大魔宗
대**마**종

임영기 新무협 판타지 소설
FANTASTIC ORIENTAL HEROES

대마종 4

임영기 新무협 판타지 소설

초판 1쇄 찍은 날 § 2008년 7월 4일
초판 1쇄 펴낸 날 § 2008년 7월 14일

지은이 § 임영기
펴낸이 § 서경석

편집장 § 문혜영
편집책임 § 이재권
편집 § 서지현

펴낸곳 § 도서출판 청어람
등록번호 § 제1081-1-89호
등록일자 § 1999. 5. 31
어람번호 § 제2-1526호

주소 § 경기도 부천시 원미구 심곡1동 350-1 남성B/D 3F (우) 420-011
전화 § 032-656-4452 팩스 § 032-656-4453
http://www.chungeoram.com
E-mail § eoram99@chollian.net

ISBN 978-89-251-1381-4 04810
ISBN 978-89-251-1307-4 (세트)

大魔宗

대마종

④

군림지도(君臨之道)

임영기 新무협 판타지 소설
FANTASTIC ORIENTAL HEROES

청어람
도서출판

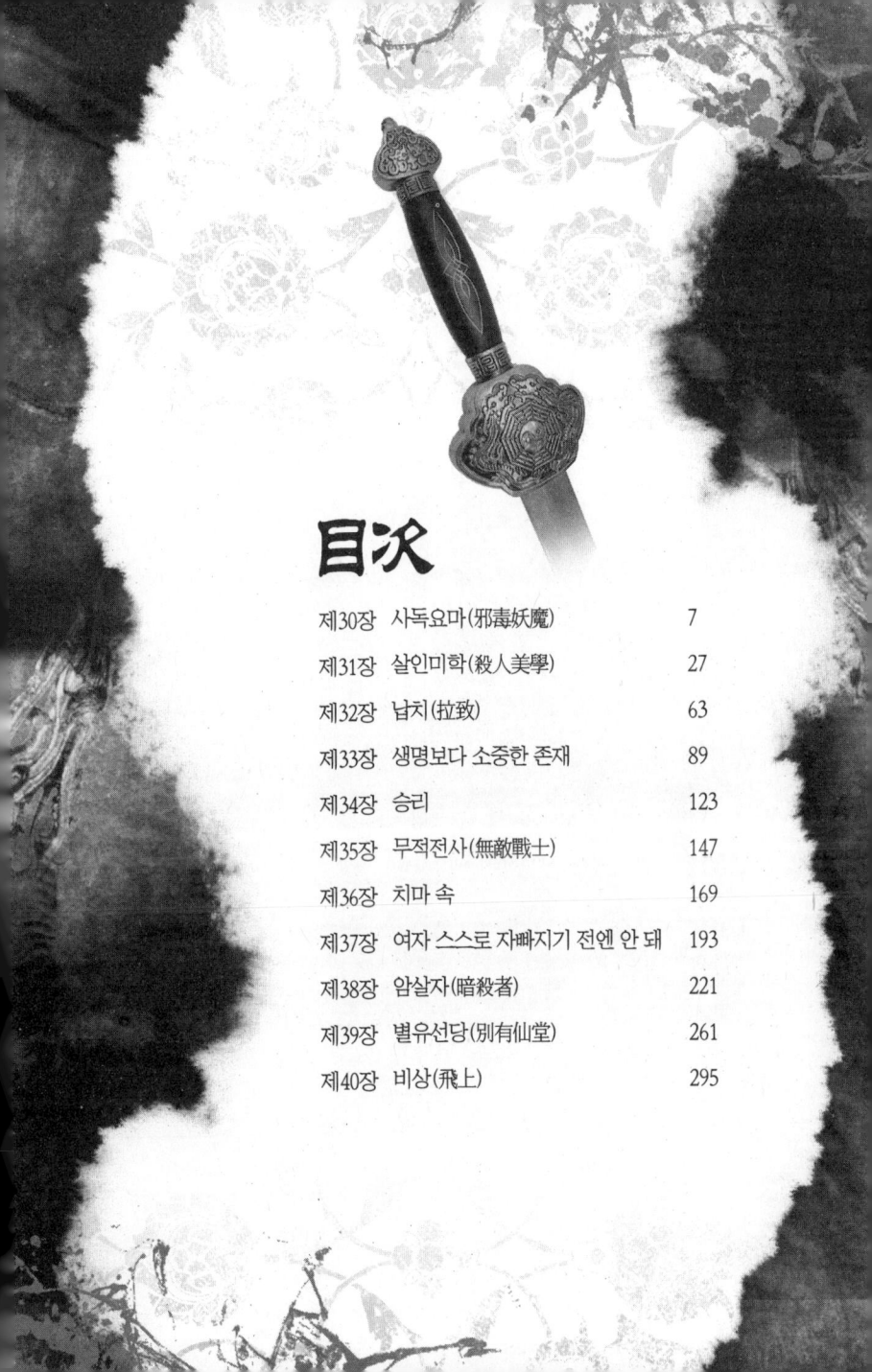

目次

第三十章
사독요마(邪毒妖魔)

대마종
大魔宗

　무적방 무적오군의 다섯 군장들은 이틀에 걸쳐서 자신들
의 수하를 모두 선발했다.

　무적군과 만신군 각 백오십 명.

　혈검군과 구주군, 요마군은 각 삼백오십 명.

　그렇게 해서 무적방 전체 인원 천삼백오십 명이 단 한 명도
빠짐없이 무적오군에 골고루 배치됐다.

　결과적으로 균현이 올렸던 조직편제에 대한 보고서는 백
지화가 돼버렸다.

　보통 다른 방, 문파에는 내부의 크고 작은 조직의 수가 적
어도 이십여 개 이상은 되는 것이 상식인데, 무적방은 그 사

분의 일 수준이었다.

심지어는 방파의 우두머리, 즉 지존을 호위하는 호위대나 좌우호법, 의결기관인 장로회의, 집법기관인 형당 같은 것들도 없었다.

요마군이 무적방 전체의 살림과 경계, 호위, 집법 등을 맡는 대신, 다른 네 개 군은 오로지 전투(戰鬪)만 담당한다.

고로, 무적방은 순전히 싸움을 하기 위해서만 탄생한 방파인 것이다.

무적오군은 예상했던 것보다 훨씬 일찍 미처 준비도 갖추기 전에 첫 전투를 치러야만 했다.

무가내가 네 명의 군장에게 앞으로 무적오군 각각이 연마해야 할 무공과 고유한 능력에 대해서 설명하고 있을 때 급보가 날아든 것이다.

"방주, 급습입니다!"

원래 치밀한 성격의 균현은 혹시 있을지도 모를 귀찮은 방문자들을 경계하기 위해서 미리 무적방 주위 요소요소에 수십 명의 수하들을 잠복시켜 두었다.

그런데 그들 중에서 관도 쪽을 지키던 수하가 숨이 턱에 차서 방주의 집무실로 달려들어 오며 부르짖었다.

무가내와 균현을 제외한 세 군장의 표정이 급변했다.

무가내는 원래 하늘이 무너져도 태연자약한 성격이고, 균현은 초절고수인 무가내와 천삼백여 수하들이 있기 때문에 급습이라고 해도 별로 놀라지 않았다.

"자세히 보고해라!"

균현의 호령에 수하는 숨을 몰아쉬면서 흥분이 가라앉지 않은 표정으로 보고했다.

"수상한 자들이 관도와 관도 좌우의 벌판을 가득 메운 채 본 방을 향해 달려오고 있습니다!"

"얼마나 되느냐?"

"너무 많아서 잘 모르겠습니다!"

그때 무적방 밖 다른 방향에 잠복해 있던 두 명의 수하가 뛰어들어 오며 외쳤다.

"방주, 습격입니다!"

수하 세 명의 보고를 종합해 본 결과, 정체가 파악되지 않은 자들이 무적방을 삼면에서 포위한 상태에서 몰려오고 있다는 것이다.

그들이 몇 명이냐에 대해서는 세 명의 보고가 각기 달랐지만, 대략 이천에서 삼천 명 정도인 듯했다.

포위되지 않은 한쪽 방향은 무적방이 등지고 있는 배후 전당강이었다.

강변에는 구룡방에서 사용하던 수십 척의 크고 작은 배들이 상시 정박해 있기 때문에 마음만 먹으면 언제라도 배를 타고 전원이 도주할 수 있을 것이다.

그러나 무가내를 비롯한 다섯 명의 군장은 도주하고 싶은 마음이 눈곱만큼도 없었다.

　습격해 오고 있는 자들의 선두와 무적방의 거리는 대략 십여 리 정도.

　그들은 늦는다고 해도 일각, 빠르면 반 각 안에 무적방에 들이닥칠 것이다.

　균현을 비롯한 네 군장의 시선이 무가내에게 집중됐다.

　이런 상황에서 무가내가 어떻게 할 것인지 짐작은 하고 있지만, 그래도 직접 명령을 들으려는 것이다.

　네 명의 군장은 태사의에 앉아 있는 무가내의 미간이 가볍게 찌푸려져 있는 것을 발견했다.

　개파하는 날에 습격을 당하는 것이다. 그것도 방주에 취임한 지 한 시진 만에 말이다.

　잠시의 침묵이 흐르는 동안 네 명의 군장은 어린 방주를 주시하고 있었다.

　그 나이 또래의 다른 청년, 아니, 아직 소년이라고 해야 마땅할 대다수는 아직도 부모의 품에서 벗어나지 못한 채 어리광을 부리고 있을 터이다.

　아직 약관(弱冠)에도 이르지 못한 나이에, 부모에게 어리광이라고는 부려본 적이 없는 무가내는 일파지존(一派至尊)이 되어 천삼백오십여 명의 생사를 책임지게 된 것이다.

　그러나 네 명의 군장은 무가내를 추호도 십팔 세 소년으로 여기지 않는다.

　무가내는 방주이기 전에 네 사람의 주군이며, 그들이 지금 껏 봐왔던 그 어떤 인물보다 강한 사람인 것이다.

　"균현."

　문득 무가내가 조용히 입을 열었다. 그의 찌푸려졌던 미간 은 펴졌고, 대신 얼굴에는 아침 안개 같은 자욱한 어떤 기운 이 깔려 있었다.

　그 기운을 접하는 순간 네 명의 군장은 부지중 움찔 몸을 떨었고, 뼛골까지 으스스한 한기가 스미는 것을 느꼈다.

　네 군장은 그것이 살기(殺氣)라는 것을 알아차렸다.

　"하명하십시오."

　균현이 즉시 일어나 공손히 허리를 굽혔다.

　"이럴 때는 어떻게 해야 하지?"

　무가내는 오악도에서 십팔 년 동안 네 마물의 무공만 죽어 라 연마했기 때문에 지금과 같은 상황이 벌어졌을 때 어떻게 대처해야 하는지 알지 못한다.

　아니, 굳이 이런 상황이 아니라 그 어떤 상황이라도 대처 방법을 모르기는 마찬가지다.

　그러나 방법을 모른다고 능력마저 없는 것은 아니다.

　그에게는 그 자신조차도 아직 제대로 가늠하지 못하는 미 증유(未曾有)의 능력이 잠재되어 있다.

　또한 그 끝을 모르는 무서운 학습과 진화 능력을 지니고 있다.

"둘 중 하나만 선택하십시오."

균현이 가라앉은 목소리로 조용히 입을 열었다. 하지만 그의 이마와 목에 힘줄이 불끈불끈 솟아 있는 것으로 미루어 극도로 긴장하고 있다는 사실을 알 수 있었다.

"말해봐."

"싸우거나 무적방을 버리는 것입니다."

"무적방을 버린다는 것이 무슨 뜻이냐?"

"일단 작전상 도주하는 것입니다."

"싸운다. 그것은 당연하다."

무가내는 생각할 것도 없다는 듯 나직하지만 또렷하고 강한 어조로 말했다.

"한 번만 더 무적방을 버린다거나 싸우지 않고 물러난다는 말을 하면 혼난다."

'혼난다'라는 것이 어느 정도 수준인지는 모르지만, 무가내의 평소 성격으로 봤을 때 필경 예사롭지는 않을 것이라고 네 명의 군장은 짐작했다.

그리고 그들은 또 한 가지 사실을 깨달았다. 무가내의 성격이 강하다는 것이다.

그것도 보통 강함이 아니라 극강(極强)함이었다.

균현은 비로소 '이럴 때는 어떻게 하지?'라는 무가내의 물음이 싸울 것이냐 도주할 것이냐가 아니라, 싸움의 방법을 알려달라는 뜻이라는 것을 깨달았다.

그것은 균현이 익히 알고 있는 무가내의 덤벙거리며 단순한 성격하고는 전혀 다른 것이었다.

만약 무가내 혼자였다면 균현에게 방법 따윌 묻지도 않고 무조건 싸우고 봤을 것이다.

그러나 지금 그는 천삼백오십여 명의 생사를 책임지고 있는 무적방주다.

그는 그 사실을 이미 충분히 인식하고 함부로 행동하지 않게 된 것이다.

균현은 무가내가 비로소 '책임'이라는 멍에를 양어깨에 걸머지기 시작했다는 것을 깨달았다.

"잠시만 기다리십시오. 속하가 둘러보고 오겠습니다."

무가내가 잠자코 고개를 끄덕이자 균현은 쏜살같이 밖으로 달려나갔다.

나란히 늘어서 있는 냉운월과 양신웅, 오도겸의 표정은 제 각기 달랐다.

자신감이 넘치는 냉운월은 당장이라도 뛰쳐나가 싸우고 싶어서 주먹을 쥐었다 폈다 온몸에 힘이 들어가 있었다.

오도겸은 명령에 살고 명령에 죽는 여태까지의 생활이 말해주듯이, 꼿꼿한 자세에 차분한 표정으로 우뚝 서 있었다.

그러나 두 사람과는 대조적으로 양신웅은 착잡한 표정이었다. 사실 그의 실력은 표국의 총표두로서는 넘치는 수준이지만, 방파에서 삼백오십 명의 수하를 거느리고 무수한 싸움에 임하는 것, 더구나 '천하쟁패'라는 과업을 수행하기에는 턱없이 부족한 수준이었다.

그래서 곧 벌어지게 될 싸움 때문에 숨을 쉬기 어려울 만큼 큰 부담을 느끼고 있었다.

그는 수많은 표행에서 녹림, 산적 무리들과 싸워서 이긴 백전노장이지만 지금과 같은 진짜 싸움은 처음이다.

그렇다고 겁이 나는 것은 절대 아니었다. 만약 혼자 몸이라면 날개라도 달린 듯 목숨을 아끼지 않고 싸워보겠지만, 이제 잠시 후에는 삼백오십 명의 수하를 이끌고 적과 싸워야 하는 것이다.

그것은 수하들의 목숨을 책임지고 싸움을 승리로 이끌어야 한다는 뜻이다.

그것이 그의 숨통을 잔뜩 옥죄고 있었다.

슥—

무가내는 몸을 일으켜 냉운월을 쳐다보았다.

"운월, 요마군의 뛰어난 자들 삼십 명을 이끌고 상아를 포구로 데려가서 배에 태워 이곳을 벗어나라."

"주군……."

냉운월은 실망하는 기색을 얼굴에 역력히 떠올린 채 무가내를 바라보았다.

무가내와 함께 적들을 맞아 싸우고 싶은데 은예상을 호위하라니 맥이 빠진 것이다.

그러나 무가내의 다음 말에 그녀는 마음을 고쳐먹었다.

"운월, 나는 천하를 얻고 상아를 잃으니, 상아를 얻고 천하를 포기할 수 있다."

냉운월은 천하보다 더 큰 존재를 호위함으로써 무가내가 마음 놓고 싸울 수 있을 것이라는 생각을 했다.

저벅저벅……

무가내는 석검을 어깨에 멘 후 큰 걸음으로 걸음을 옮기며 나직이 말했다.

"가자."

그는 빠른 속도로 변화하고 있었다. 예전에는 누굴 보호하고 싶다든지, 그 사람을 위해서 헌신하고 싶다는 생각 같은 것은 없던 감정이었다.

무가내는 무적궁 대전 입구 앞 돌계단 위에 우뚝 섰다. 돌계단 아래에는 천삼백여 명의 무적방 고수들이 무가내 쪽을 향해서 질서있게 도열해 있었으며, 그들의 앞에는 군장인 균현과 양신웅, 오도겸이 나란히 늘어서 있었다.

냉운월은 이미 뛰어난 수하 삼십 명을 이끌고 은예상을 호위하여 포구로 향했다.

이제 무가내는 거칠 것이 없었다. 오히려 원없이 싸워보게 됐다고 기대에 들떠 있었다.

그는 방금 전에 적진을 살펴보고 온 균현의 대략적인 보고를 들었다.

지금 공격을 해오고 있는 무리들은 놀랍게도 절강무림 방, 문파들의 연합 세력이었다.

그들의 수는 무려 삼천여 명에 이르렀다.

그들이 무적방을 공격하려는 이유는 충분하다. 아니, 충분하다 못해서 넘칠 정도다.

혈풍신옥 무가내는 구룡방의 대방주인 극신도황과 정협맹 이십오맹숙의 한 명인 천중검협을 죽였다.

그리고 구룡방을 전격적으로 해체시키더니 사마절강혈계의 잔당들을 끌어 모아서 구룡방 자리에 무적방이라는 새로운 방파를 세웠다.

그러니 지금껏 구룡방에게 충성을 바쳐 왔던 절강무림의 수많은 방, 문파들이 연합하여 무적방을 공격하는 것은 당연한 일이었다.

그런데 한 가지 미심쩍은 일이 있다. 그들의 대응이 지나칠 정도로 신속했다는 점이다.

마치 구룡방이 해체되고 그 자리에 무적방이 세워질 것이라는 사실을 미리 알고서 준비라도 하고 있었던 것처럼 일사불란하지 않은가.

절강성은 넓디넓다. 그리고 방, 문파의 수는 백이십여 개에 달한다.

그 많은 방, 문파들이 서로 연락을 취하여 전체 우두머리들이 모이는 데에만 아무리 빨라도 한 달여의 시간이 걸릴 것이다.

그리고 그들 모두가 의기투합하여 세력을 일으켜 무적방까지 쳐들어오는 데에는 족히 두 달 이상이 소요된다는 것이 균현의 계산이었다.

그래서 그 두 달 사이에 무적방이 항주성을 중심으로 가까운 방, 문파부터 차근차근 짓밟거나 회유해서 최소한 항주성 백여 리 이내의 방, 문파 이삼십여 개를 휘하에 복속시킨다면, 절강무림 전체의 봉기(蜂起) 같은 것은 미연에 방지할 수 있을 것이라고 예측했었다.

그런데 놀랍게도 무적방이 개파 준비를 하는 이십여 일 사이에 절강무림의 방, 문파들이 연합 세력을 만들어 공격을 해 온 것이다.

그렇지만 무가내는 상관하지 않았다.

어차피 무적방을 개파하고 나면 절강무림의 불도진명계와 강호유림계, 즉 진명유림을 차근차근 짓밟을 계획이었다.

그것이 조금 앞당겨진 것이고, 하나씩 싸워야 할 것을 한꺼번에 싸우게 된 것뿐이었다.

무가내는 천삼백여 무적방 수하들을 천천히 쓸어보았다.

얼마 전까지만 해도 무가내와 그들은 아무런 상관이 없는 관계였지만 지금은 다르다. 가족이고 식솔이다.

그리고 형제다.

"형제들아!"

이윽고 무가내가 일성을 발했다.

그는 조용히 말했지만, 천삼백여 명에게는 고막이 울리고 심장이 두근거릴 정도로 쩌렁쩌렁하게 들렸다.

무가내는 진명유림의 결정체인 정협맹이 이십 년 전에 혈검 등 네 마물을 배신하여 불구로 만들었다는 사실이 갑자기 생각나 가슴속에서 울분이 치밀었다.

"배신의 무리들을 죽이자!"

길고 장황한 말은 아니지만, 그 짧은 말은 천삼백여 명의 울분을 이끌어내기에 충분했다.

"사독요마는 영원하다!"

무가내의 마지막 말이 들끓는 기름 같은 모두의 가슴에 마침내 불을 질렀다.

이 순간 무가내는 깨달았다, 바로 자신이 사독요마의 정화(精華)이며 총체(總體)라는 사실을.

사(邪)는 소기 구주사황.

독(毒)은 독구 만독신군.

요(妖)는 빙염 요선마후.

마(魔)는 혈검 삼절마제.

무가내는 자신이 그들의 진전을 모조리 물려받았기 때문에 그들을 대표하고 있다는 생각이 들었다.

그렇다고 자신이 그들의 공동 제자라고 인정하는 것이 아니다.

형제나 가족, 사제지간보다 더 끈끈한 그 무엇이 그로 하여금 네 마물을 대신하도록 이끈 것이다.

그때 갑자기 도열해 있는 천삼백여 수하의 한쪽에서 작은 함성이 터져 나왔다.

"와아! 사독요마는 영원하다!"

뒤이어 그 함성은 바짝 마른 초원에 붙은 불처럼 순식간에 전체로 퍼졌다.

"와아아아! 사독요마는 영원하다!"

균현은 산산조각 박살난 전문을 통해서 광장으로 파도처럼 밀려들어 오는 고수들을 쏘아보고 나서 무가내를 향해 돌아서 공손히 물었다.

"주군께서 지금 지니고 계신 독으로 몇 명이나 죽일 수 있으십니까?"

무가내와 균현은 각기 무적군 백오십 명과 혈검군 삼백오십 명을 이끌고 무적궁 좌우 골목과 뒤쪽에 숨어 있었다.

무가내는 시선을 광장에 고정시키고 있는데, 보고 있는 중에도 적들은 끊임없이 쏟아져 들어오고 있었다.

"몰라."

무가내의 대답은 간단했다. 그리고 그 대답이 균현을 조금쯤 좌절시켰다.

균현은 초조한 표정을 지었다.

"독이 없으십니까?"

절박해진 그가 재차 물었다.

무가내가 황룡표국에서 천중검협과 정협맹의 고수들, 그리고 구룡방 고수들을 한꺼번에 중독시켰던 일을 기억하고 있기 때문에 지금 같은 상황에서 그때처럼 독을 사용한다면 크게 도움이 될 것이라고 생각했다.

그런데 무가내는 아예 독 같은 것은 모른다는 투로 대답하는 것이 아닌가.

"있어. 단지 내가 갖고 있는 독으로 몇 명이나 죽일 수 있는지 잘 모르겠다는 거야."

"아······."

균현은 안도의 표정으로 나직한 탄성을 토해냈다.

그는 질문을 바꾸었다.

"주군께선 독술을 어느 수준까지 익히셨습니까?"

"글쎄······."

"독군(毒君)과 비교하면 어느 정도입니까?"

독군은 만독신군을 가리킨다. 그는 무림에서 활동하던 시절에 독신지경에 이른 상태였고, 그 사실을 모르는 사람이 거의 없을 정도였다.

무가내는 광장에 시선을 고정시킨 채 태연히 대꾸했다.

"독으로 싸우면 독구는 나한테 일 초식도 버티지 못해."

균현은 할 말을 잃었다. 순간적으로 무가내가 지나치게 과장을 한다는 생각이 들었다. 독신지경이 일 초식도 버티지 못하다니, 말이 되는 소린가?

무가내는 광장을 쳐다보면서 대수롭지 않게 말했다.

"네 마물이 그러는데 나더러 만독불침지신이 됐다고 하더군."

"……."

균현은 방금 전과는 또 다른 의미에서 할 말을 잃고 멍한 얼굴로 무가내를 쳐다보았다.

누천년 무림 역사상 만독불침지신을 이룬 독인은 단 두 명뿐이었다.

그만큼 아득하게 높은 경지다. 그런데 그것을 무가내가 이루었다는 것이다.

네 마물, 즉 사대종사가 그런 말을 했다면 무가내는 정말 만독불침지신이 된 것이다. 그들이 무가내에게 거짓말을 할 이유가 없다.

균현은 지금이 어떤 상황이라는 것도 잊은 채 경이와 존경의 표정으로 무가내를 바라보았다.

그러는 사이에 어느덧 광장에는 천여 명의 고수가 운집하고 있었다.

그들의 복장은 각양각색이었는데, 한눈에 봐도 여러 방, 문파의 고수들이 모여 있다는 사실을 알 수 있었다.

"균현, 독을 사용하려면 적들이 한군데에 모여 있을수록 유리하다."

무가내는 체내에 있는 백 종류의 절독들을 뒤섞어 언제라도 쏟아낼 수 있게 만들면서 광장을 쏘아보았다.

그는 자신의 체내에 있는 독으로 한꺼번에 얼마나 많은 사람을 죽일 수 있는지 알지 못한다. 한 번도 시험해 본 적이 없으니 당연하다.

그러나 이제 잠시 후면 알게 될 것이다.

무가내는 광장에 개미떼처럼 많이 모여 있는 사람들을 모조리 죽일 궁리를 하면서도 일말의 가책이나 죄책감 같은 것은 느끼지 않았다.

그가 배우지 못한 수많은 것들 중에는 양심이니 죄책감 같은 것은 포함되어 있지 않았다.

무적방의 전문으로는 더 이상 고수들이 들어오지 않았다.

무가내는 광장에 운집해 있는 고수들의 수를 빠르게 대충 세고 나서 슬쩍 미간을 좁혔다.

"균현, 놈들 수가 삼천 명쯤이라고 하지 않았었느냐?"

균현도 마침 무가내와 같은 생각을 하면서 광장에 운집한 고수들의 수를 세고 있다가 그의 말을 듣고 퍼뜩 머리를 스치는 생각이 있었다.

"다른 놈들은 담을 넘어 공격할 계획인 것 같습니다."

광장에는 천오백 명 정도가 있다. 연합 세력이 모두 삼천 명이라고 했으니, 나머지 천오백 명은 무적방 사방의 담을 넘어 공격하려는 것이 분명했다.

즉, 안팎에서 양면 공격을 가하겠다는 것이다.

무가내는 광장을 향해서 걸음을 옮기며 균현에게 명령했다.

"균현, 본 방의 모든 형제는 담을 넘어 들어오는 적들을 맞아 싸워라."

움찔 놀란 균현은 이미 저만치 걸어가고 있는 무가내를 향해 급히 물었다.

"설마 주군 혼자서 광장의 적 천오백여 명을 상대하려는 것입니까?"

"한번 해보지 뭐."

균현은 또다시 말을 잃었다. 무가내가 초절고수인 것은 인정하지만, 혼자서 천오백 명을 상대로 싸우겠다니, 기가 막혀서 잠시 동안 아무 생각도 들지 않았다.

무모해도 지나치게 무모하다는 생각이 든 균현이 만류하려고 했을 때, 무가내는 이미 광장을 향해 한줄기 바람처럼 일직선으로 쏘아가고 있는 중이었다.

균현은 잔뜩 미간을 좁히며 갈등했다.

과연 무가내를 저대로 내버려 둬야 하는가. 아니면 그의 명령을 따를 것인가 하는 것 때문이었다.

그야말로 막무가내의 극치를 보여주고 있는 무가내였다.

'주군의 능력은 짐작조차 하기 어려운 수준이시다. 지금으로서는 일단 믿어보는 수밖에 없다.'

결국 균현은 그렇게 어려운 결정을 내려야만 했다.

지금껏 무가내는 불가능하다고 여기던 것들을 아무렇지도 않게 이루어왔었다.

그러므로 이번에도 그럴 것이라고 애써 스스로를 위로했다.

第三十一章
살인미학(殺人美學)

　광장에 운집한 천오백여 고수는 다섯 겹의 원을 형성한 채 바깥을 향해 서 있었다.

　명령만 떨어지면 즉시 공격할 수 있는 만반의 자세였으며, 무엇인가를 기다리고 있는 듯한 광경이었다.

　균현의 짐작이 맞았다. 무적방 밖에 있는 천오백 명의 고수가 사방의 담을 넘어 공격해 오면 광장의 고수들도 일제히 공격을 개시하려는 것이 분명했다.

　"누가 온다!"

　그때 광장의 일각에서 누군가 나직이 외쳤다.

　그 소리는 그리 크지 않았다. 그쪽 방향에 있던 백여 명의 고수들 시선이 한 방향으로 집중됐다.

그들의 시선이 멈춘 곳에서 한 사람이 곧장 이쪽으로 쏘아오고 있었다.

무가내였다.

고수들은 자신들을 향해 혼자 쏘아오고 있는 사람의 목적이 싸움이 아닐 것이라고 생각했다.

미치지 않고서야 어찌 홀몸으로 천오백여 명을 상대로 싸우려 들겠는가.

그래서 저자가 혼자 무엇 때문에 오는 것인가, 저마다 궁리를 했다.

그렇지만 고수들의 생각이 곧 바뀌었다. 쏘아오고 있는 사람의 경공이 굉장했기 때문이었다. 그들은 그렇게 빨리 달리는 사람을 생전 처음 봤다.

몇 명의 고수들이 무가내를 처음 발견했을 때에는 백여 장거리였었다.

그런데 눈을 두어 번 깜빡거리는 사이에 믿을 수 없게도 삼십여 장까지 쇄도하고 있었다.

스긍!

무가내가 어깨의 석검을 뽑으면서 순식간에 십여 장까지 쇄도하는 것을 보고 고수들은 비로소 그가 혼자 싸우려고 덤벼든다는 의도를 어렴풋이 깨달았다.

"허어… 미친놈!"

고수들 중에 누군가 기가 막힌다는 듯한 소리를 했다. 그것이 석검을 뽑아 들고 곧장 달려오는 무가내를 발견한 모두의 생각이었다.

그러나 그 생각 역시 곧 바뀔 것이다.

차창!

무가내가 곧장 부딪쳐 가는 방향의 고수 다섯 명이 급히 무기를 뽑았다.

혼자 쏘아오는 놈이 미쳤든 그렇지 않든, 자신들을 향해서 쏘아오고 있는데 가만히 있을 수는 없는 일이었다.

하지만 그들의 대응은 너무 늦었고 안일했다.

초절고수 무가내를 상대로 겨우 다섯 명이, 그것도 삼사 장 거리를 남겨두고 무기를 뽑다니…….

그들이 무기를 뽑을 때 무가내의 석검은 이미 그들의 목을 자르고 있었다.

사사삭!

"큭!"

"헉!"

"끅!"

미약한 음향이 흐르면서 무기를 뽑았던 자들의 답답한 다섯 마디 신음성이 터져 나왔다.

그 신음성이 전쟁의 시작이었다.

무가내는 천오백 마리가 모여 있는 양떼 속에 뛰어든 한 마리 맹호였다.

그것도 열흘 이상 굶은 맹호인 것이다.

스사사삭!

그는 질풍같이 쏘아가던 속도를 조금도 늦추지 않은 상태에서 천오백여 명이 운집한 한복판으로 뚫고 들어가며 수중의 석검을 전면과 좌우를 향해 흡사 빛과 같은 속도로 현란하게 휘둘렀다.

한차례 석검이 번뜩일 때마다 여지없이 한 명의 목이 뎅겅 잘려져 나갔다.

상대의 이목을 속이려는 허초 같은 것은 아예 없었다.

빛보다 빠른 속도로 베어오는 석검을 대저 뉘라서 피하거나 막을 수 있겠는가.

아무도 무가내의 상대가 되지 못했다. 고수들은 미처 무기를 뽑지도 못한 상태에서 우르르 목이 잘렸다.

사사삭!

"크윽!"

"캑!"

천오백여 명이 운집해 있는 한쪽 귀퉁이에서 그런 소리들이 끊임없이 흘러나왔다.

인원수가 너무 많다는 것은 이런 상황에서는 오히려 악재로 작용을 하고 있었다.

최초에 무가내가 쏘아오고 있는 모습을 발견한 고수들은

그쪽 방향에 있던 백여 명 남짓이었다.

그들은 설마 무가내 혼자서 공격하지는 않을 것이라고 판단했기 때문에 소리를 질러서 모두에게 알리려고 하지도 않았었다.

그 직후, 무가내가 무리 속으로 파고들어 마구잡이로 도륙을 시작하자 아예 그의 모습은 고수들 속에 파묻혀서 보이지도 않고 답답한 신음성만 끊임없이 흘러나왔다.

무가내가 원의 절반쯤 파고들면서 오십여 명의 목을 잘랐을 때 주변의 고수들 몇 명이 그제야 다급하게 큰 소리로 외쳤다.

"공격당하고 있다!"

"모두 조심해라! 상대는 한 명이지만 절정고수다!"

하지만 그들의 다급한 외침은 모두의 경각심을 불러일으키는 데 성공하지 못했다.

단 한 명이 공격한다는 외침의 내용 때문이었다. 그래서 외침을 들은 대다수의 고수들은 실소를 흘리면서 아예 신경조차 쓰지 않았다.

무리라는 특수한 존재는 그 수가 많으면 많을수록 소수에게는 별로 신경을 쓰지 않는다는 맹점(盲點)이 있다.

그것은 무가내로서는 예상하지 못했던 호재였다.

고수들을 주살하기 시작하여 채 열 번 호흡을 하기도 전에 무가내는 고수들이 이루고 있는 원의 한복판에 당도했으며,

그때까지 죽인 수는 무려 백여 명이었다.

그로 인해서 천오백여 명이 만든 원형의 한쪽에는 일직선의 길이 뻥 뚫려졌다.

그리고 그 길의 좌우 일 장 이내에 있던 고수들은 모조리 목이 잘려 죽었다.

원의 한복판에 당도한 무가내는 불쑥 허공으로 솟구쳤다.

순식간에 오 장 높이에 이른 그는 우뚝 선 자세로 한 바퀴 빙그르르 회전하면서 아래를 향해 연달아 열 번의 쌍장을 발출했다.

콰우웅!

허공을 은은히 떨어 울리는 기음이 터지면서, 열 개의 색깔이 각기 다른 장풍들이 거의 동시에 번갯불 같은 속도로 허공을 갈라 비스듬히 아래로 향해 뿜어졌다.

열 개의 장풍은 각기 다른 색이지만 모두 붉고, 푸르며, 검은 계통이라는 공통점이 있었다.

고수들은 장풍이 자신들을 향해 내리꽂히자 크게 놀라 분분히 사방으로 몸을 날려 피했다.

그렇지만 열 개의 장풍이 겨냥을 했던 최초의 열 명은 피하지 못했다.

서둘러 피한다고는 했지만, 장풍이 눈이 달린 듯 쫓아와 몸을 찢어발겼다.

퍼퍼퍼퍼퍽!

가죽 북을 두드리는 듯한 음향이 터지면서 장풍에 적중된 열 명은 한순간에 수만 개의 조각으로 산산이 부서져서 육편과 피가 무지개처럼 사방으로 멀리까지 튀어갔다.

그 육편과 핏물은 검거나 붉고 혹은 푸르스름한 색이었다.

무가내는 방금 발출한 열 개의 장풍에 자신이 지니고 있는 백 종류의 절독들을 모조리 쏟아냈다.

장풍이 작렬하는 커다란 음향을 듣고서야 전체 고수들은 비로소 원의 한복판 허공중에 떠 있는 무가내를 발견했다.

그러나 그때는 이미 늦어도 너무 늦었다.

방금 독장에 적중당해서 죽은 열 명이 있던 곳을 중심으로 고수들이 무더기로 픽픽 쓰러지기 시작했다.

천오백여 명이 이루고 있는 원은 지름이 약 삼백여 장에 달할 정도로 거대했다.

그 한복판 허공에서 무가내가 체내의 백 종류의 절독을 모조리 쏟아냈다.

말하자면 원의 한복판이 백 종류 절독들의 진원지(震源地)인 것이다.

독장이 발출되자마자 진원지를 중심으로 이십여 장 이내에 서 있던 고수들 백여 명이 숨 한차례 쉬기도 전에 한꺼번에 와르르 쓰러져 갔다.

마치 추수하는 가을 들판에서 낫질을 당한 벼가 우수수 쓰러지는 광경 같았다.

푸스스스—

절독이 얼마나 극독한지 그들의 몸이 땅에 닿기도 전에 타버려서 재가 되어 흩어졌다.

그리고 삼십 장 이내에 있던 고수들은 두세 차례 호흡을 하더니 목을 움켜잡으면서 쓰러졌다.

그들은 중독되고서 약간 몸을 뒤척이다가 쓰러지자마자 숨이 끊어졌다.

그들의 몸 역시 역겨운 악취를 풍기면서 타더니 곧 재가 되어 흩어졌다.

진원지를 중심으로 반경 사십 장 이내가 독의 직접적인 영향권에 들었다.

삼십 장에서 사십 장 사이에 있던 고수들은 피를 토하면서 몹시 괴로워하며 비틀거리다가 풀썩풀썩 쓰러져서 몸부림치면서 죽어갔다.

그렇다고 해서 사십 장 밖에 있던 고수들이 무사하다는 뜻은 아니다.

최초에 무가내가 강맹한 독장을 발출하여 즉사시킨 열 명이 박살나면서 만들어낸 수만 조각의 육편과 무지개처럼 뿌려진 핏물에는 백 종류의 절독이 고스란히 함유되어 있었다.

그러므로 몸뿐만이 아니라 옷자락에 육편과 핏물이 조금이라도 닿은 자들은 순식간에 중독되어 처절하게 몸부림치다가 소름끼치는 고통 속에서 죽어갔다.

그런 상황이라서 다 같은 죽음이더라도 독의 진원지에 있다가 자신이 어떻게 죽는지도 모르고 죽은 자들의 죽음이 훨씬 편안했다고 말할 수 있었다.

"독이다! 모두 외곽으로 물러나라!"

"중독된 사람들은 운공조식으로 독을 몰아내라!"

"숨을 쉬면 중독된다! 숨을 멈추어라!"

원의 외곽에 있던 방, 문파의 우두머리들은 수하들이 몸부림치면서 죽어가는 광경을 보면서 가슴이 찢어지는 듯한 표정으로 미친 듯이 악을 썼다.

이미 중독된 자들은 외곽으로 벗어나려고 허우적거리다가 쓰러져서 죽었다.

그리고 중독되지 않은 자들은 신속하게 외곽으로 몸을 날려 피했다.

그러나 독에 약간이라도 중독된 자들은 피하는 도중에 허공에서 피를 토하거나 온몸을 떨면서 추락했다.

그것은 말 그대로 추풍낙엽, 세찬 바람에 우수수 떨어지는 낙엽 같았다.

"으으… 독을 쓰다니, 천인공노할 놈이다!"

우두머리들은 치를 떨면서 아직도 원의 복판 허공중에 떠 있는 무가내를 쳐다보았다.

"저놈이 무적방주인 혈풍신옥입니다!"

그때 누군가 무가내를 가리키면서 울분을 토하듯 외쳤다.

"당장 저놈을 죽입시다!"

우두머리 중의 한 명이 무가내를 가리키며 거의 이성을 잃고 악다구니를 썼다.

"저 광경을 보고도 그런 말씀을 하시오?"

다른 우두머리가 시뻘겋게 충혈된 눈으로 원의 안쪽을 가리키며 꾸짖었다.

원의 한복판을 중심으로 육십 장 안에는 숨을 쉬고 있는 사람이 무가내 한 명뿐이었다.

그리고 칠팔십 장 거리에 있던 고수들도 칠공에서 피를 토하고 눈을 까뒤집으면서 고통에 허덕이고 있었다. 필경 그들도 곧 죽음을 맞이하게 될 것이다.

우두머리들은 바싹 마른 초원에 불을 지른 것처럼 원 안쪽의 절반 이내가 초토화된 것을 보면서 경악과 불신, 분노를 동시에 맛보고 있었다.

최초에 죽은 자들은 육백여 명에 달했다. 그렇지만 그것이 전부가 아니다.

지금 중독되어 버둥거리거나 비틀거리는 자들까지 포함하면 무려 팔백여 명에 이르렀다.

"저런 바보 같은 놈들! 운공을 해서 독을 몰아내라는 말이다! 운공을!"

우두머리 한 명이 중독되어 괴로워하는 자들에게 쏘아가면서 악을 써댔다.

주위에 있던 다른 우두머리들이 말리려고 했지만 이미 늦고 말았다.

하지만 크게 염려하지는 않았다. 쏘아간 우두머리는 이 갑자 반에 이르는 심후한 내공의 소유자라서 웬만한 독에는 중독되지 않는다.

설혹 중독된다고 해도 운공으로 해독할 수 있는 능력을 지니고 있는 고수였다.

"밥통들아! 어서 그 자리에 앉아서 운공을 해라! 어서!"

그는 버둥거리는 한 명의 고수를 일으켜 앉혀서 등 뒤 명문혈에 쌍장을 밀착시키고 내공을 주입시키며 다른 고수들에게 소리를 질러댔다.

그때 그가 내공을 주입시키고 있던 고수가 몸을 세차게 부르르 떨더니 앞으로 푹 엎어졌다.

움찔 놀란 우두머리가 급히 맥을 짚어보니 이미 숨이 끊어진 상태였다.

무가내가 사용한 절독은 일반적인 독과는 크게 달라서 운공으로 몰아내거나 내공을 주입해서 해독하려고 하면 더 빨리 중독된다.

우두머리는 그런 사실을 까맣게 몰랐던 것이다.

그러나 불행은 그것으로 끝나지 않았다.

"이런…… 우욱!"

어이없는 표정을 짓던 우두머리는 갑자기 한 사발이나 되는 검붉은 핏덩이를 토해냈다.

"내가… 중독됐다는 것인가……."

그는 망연자실한 얼굴로 급히 운공을 해보다가 안색이 가볍게 변했다.

이 갑자 반 내공의 그가 중독이 된 것이다. 숨을 쉬지도 않았다. 다만 중독된 고수의 등에 쌍장을 댔을 뿐이었다.

"감히 허접한 독 따위로……."

그는 즉시 자세를 잡고 앉아 운공조식을 시작했다.

평소 자신의 심후하고도 정순한 내공에 대해서 남다른 자부심을 갖고 있는 그였기에, 한 번의 운공으로 거뜬하게 해독시킬 수 있을 것이라고 자신했다.

"우왁!"

그러나 채 다섯 호흡도 지나기 전에 그는 도막난 내장이 뒤섞인 핏덩이를 왈칵 토해냈다.

"으으… 이런 악독한 절독이라니……."

그는 저만치 외곽에 서 있는 다른 우두머리들을 착잡한 얼굴로 쳐다보았다.

그들의 얼굴에 염려와 안쓰러움이 가득 떠올라 있는 것이 시선에 들어왔다.

그는 다시 고개를 돌려 아직도 허공중에 떠 있는 무가내를 쳐다보았다.

그리고 그는 보았다.

무가내의 두 눈에서 뿜어지는 푸르스름한 안광과 바람도 없는데 제멋대로 휘날리고 있는 길고 검은 머리카락, 그리고 입가에 떠올라 있는 한줄기 잔인한 미소.

우두머리의 두 눈에 더없는 공포가 가득 떠올랐다.

그는 자신의 몸이 스르르 기울어질 때 얼른 눈을 감았다.

너무도 가공한 공포 때문에 무가내를 보고 있을 자신이 없었기 때문이다.

그 대신 뺨을 땅바닥에 묻은 후 입에서 꾸역꾸역 시커먼 핏물을 토해내면서 중얼거렸다.

"아… 악마……."

그때였다.

차차차창! 채채챙!

"흐악!"

"크악!"

갑자기 무적방 외곽 곳곳에서 무기끼리 부딪치는 소리와 비명 소리가 한꺼번에 쏟아져 나왔다.

연합 세력의 무적방 바깥쪽 천오백 명이 무적방 담을 넘어 공격을 개시한 것이다.

그들의 의도는 무적방의 배후를 급습하려는 것이겠지만 뜻을 이루지 못했다.

담 안쪽에서 미리 대기하고 있던 무적방 고수들에 의해서 오히려 급습을 당하고 만 것이다.

무가내는 입술 끝을 말아 올리면서 씨익 잔인한 미소를 머금으며 중얼거렸다.

"후후… 나도 슬슬 놀아볼까?"

슈우우!

순간 그는 두 팔을 활짝 벌리고 광장 외곽에 몰려 있는 연합 세력의 고수들을 향해 독수리처럼 날아갔다.

지금 그의 체내에는 한 움큼의 독도 남아 있지 않았다.

독을 모조리 쏟아내서 한꺼번에 무려 팔백여 명이나 죽였기 때문이었다.

한 명의 독인(毒人)이 한꺼번에 팔백여 명이나 죽인 일은 무림사를 통틀어 전무후무한 일이다.

오늘의 독살은 아마도 무림이 끝나는 날까지 생생하게 회자되면서 모두의 치를 떨게 만들 것이다.

광장에 살아남은 연합 세력은 육백여 명 정도였다.

독에 팔백여 명이 죽었고, 무가내의 석검에 백여 명이 죽었기 때문이다.

살아남은 육백여 명은 광장의 가장자리에 모여서 우왕좌왕하고 있었다.

불과 사분의 일각 만에 동료들 구백여 명이 눈앞에서 처참하게 죽어가는 광경을 두 눈으로 똑똑히 목격했으니 제정신이라면 그것이 오히려 이상했다.

정신을 차리지 못하는 것은 그들을 지휘해야 할 우두머리들도 마찬가지였다.

　원래 연합 세력은 항주성을 중심으로 삼백여 리 이내에 있는 방, 문파들 오십여 개가 각기 많게는 백 명, 적게는 삼사십 명의 고수를 차출하여 이루어졌다.

　처음에 연합 세력을 이끌었던 최고 우두머리는 각 방, 문파의 수장인 방주나 보주 등 세 명이었다.

　그리고 중간 급 우두머리들, 즉 총당주나 총관 등의 인물들이 이십여 명이었다.

　이곳 광장에는 최고 우두머리가 두 명 있었으며, 조금 전에 중독돼서 죽은 자가 그중 한 명이다.

　남아 있는 최고 우두머리는 항주성에서 동북쪽으로 백오십여 리 거리에 있는 숭덕현(崇德縣) 건곤문(乾坤門)의 문주 추명신검(追命神劍) 배사인(裵査寅)이다.

　추명신검 배사인은 평소에 절강무림에서 매우 존경받는 명망 높은 의협으로서 수양이 깊고 무공이 정심한 인물이다.

　그렇지만 명망이 높고 수양이 깊다는 사실은 지금 그에게 아무런 도움도 돼주지 못하고 있었다.

　지금과 같은 전대미문의 대참사 앞에서의 그는 아무런 대책도 내놓지 못하는 그저 범부에 지나지 않았다.

　천오백여 명의 연합 세력이 일제히 담을 넘어 무적방의 바깥쪽을 공격하면, 광장에 있던 고수들은 그것에 부응하여 안쪽을 공격해서 무적방을 합공해야 하는데, 배사인은 그런 명령을 내리지 못하고 있었다.

천오백여 명 중에서 졸지에 구백여 명이나 죽어버린 데다, 남아 있는 육백여 명이나 배사인 자신이나 제정신이 아니기는 마찬가지라서 우왕좌왕하고 있을 뿐이었다.

더구나 남아 있는 육백여 명은 한군데에 모여 있는 것이 아니라 광장의 외곽에 뿔뿔이 흩어져 있는 상황이다.

"으으… 이것은 악몽이다……. 단 한 명에게 구백여 명이나 몰살을 당하다니……."

배사인은 진저리를 치면서 어떻게 해야 할지 갈피를 잡지 못하고 있었다.

그때 그의 시야에 저만치에서 추풍낙엽처럼 쓰러지고 있는 연합 세력의 고수들 모습이 보였다.

무가내가 고수들 틈바구니를 헤집고 다니면서 석검을 휘둘러 고수들의 목을 뎅겅뎅겅 자르고 있었다. 마치 추수철에 농사꾼이 벼를 베는 듯한 광경이었다.

배사인은 그 광경을 눈으로 뻔히 보고 있으면서도 현실처럼 여겨지지 않았다.

어떻게 사람이 사람을 저리도 간단하게, 그리고 저토록 빠르게 죽일 수 있단 말인가.

그리고 당하는 사람들은 속수무책 그저 목을 늘어뜨린 채 자신이 죽을 차례를 기다리고만 있는 것인지, 그 광경이 아득하게 꿈결처럼 느껴졌다.

"문주! 명령을 내려주십시오!"

"이대로 보고만 계실 것입니까?"

그때 몇 명의 중간 급 우두머리들이 배사인에게 몰려와 피를 토하듯이 악을 써댔다.

배사인은 퍼뜩 정신을 차리고는 검을 뽑아 들고 곧장 무가내에게 쏘아가며 우렁차게 외쳤다.

"모두 나를 따르라! 저 악마를 기필코 죽이리라!"

하지만 그는 정신을 차린 것이 아니다.

머릿속이 흙탕물처럼 엉망진창인 상황에서 정신을 차리려고 발버둥치고 있고, 그래서 정신을 차렸다고 스스로 믿고 있을 뿐이었다.

무가내는 구백여 명을 죽인 후 다시 고수들 속으로 뛰어들어 일각 동안에 백여 명을 더 죽였다.

그는 검기나 검강을 사용하지 않고 순전히 진검만으로 고수들을 죽였다.

접근전에서는 검기나 검강이 그다지 유용하지 않을뿐더러, 그런 수법을 사용하면 언젠가는 공력이 고갈될 것이라고 나름대로 계산했기 때문이었다.

자신이 비록 등봉조극의 경지에 이르렀지만, 이 많은 적들을 죽이기 위해서는 공력을 아껴야 한다는 사실을 본능적으로 알아차렸다.

더구나 그는 등봉조극이 어느 정도의 위력인지 아직 정확하게 알고 있지 않았다.

검을 사용했든, 독을 썼든 그는 이미 혼자서 천여 명의 적을 주살하고 있는 중이다.

현재 그의 정신은 그 어느 때보다도 맑고 차가웠다.

석검을 휘두를 때마다 허공에서 흘러나오는 독특한 파공음, 즉 쉥! 쉐엥! 하는 소리와 적도들의 목을 자를 때마다 서궁! 서경! 하는 소리가 너무도 듣기에 좋았다.

그는 적의 목을 자를 때 석검을 통해서 살을 베고 뼈를 자르는 미세한 감촉을 느꼈으며 그것을 한껏 즐기고 있었다.

처음에 그는 호신막을 일으켜서 적의 피가 자신의 옷이나 몸에 튀어 더럽혀지는 것을 막았었는데, 이제는 호신막을 거둔 상태였다.

적의 뜨거운 피가 얼굴이나 살갗에 뿌려질 때의 느낌이나 비릿한 피 냄새가 그리 나쁘지 않다고 생각한 것이다.

오래지 않아서 그는 핏물 속에 온몸을 담갔다가 나온 사람처럼 새빨간 혈인(血人)이 됐다.

몸에서 뚝뚝 피를 흘리면서, 피를 뒤집어쓴 얼굴의 두 눈에서는 시퍼런 살기가 소름끼치도록 줄기줄기 뿜어지고 있었다.

또한 입술 끝이 말려 올라가 잔인한 미소를 지었으며, 허연 이를 드러낸 그의 모습은 아무리 좋게 봐주려고 해도 '악마'

그 자체였다.

적들은 아무도 그의 몸에 무기를 대지 못했다.

아니, 무기를 그의 몸 반 장 이내까지 접근시키지도 못한 채 목이 잘려서 거꾸러졌다.

"크크크… 진명유림이라고? 이 배신자들! 구역질나는 놈들!"

죽이면 죽일수록, 목을 자르면 자를수록 적들에 대한, 진명유림에 대한 분노와 원한이 증폭되어 무가내의 온몸을 활활 불태웠다.

"크흐흐… 잘들 보고 고마워하라구, 마물들. 내가 지금 복수를 해주고 있는 거야."

그의 미소, 아니, 마소(魔笑)가 더욱 짙어졌다.

이제 적들은 삼백오십여 명 남짓이 남아 있을 뿐이었다.

그런데 그들은 감히 무가내를 상대하려 들지 못하고 비실비실 물러나면서 피하기에 급급했다.

자신들 실력으로는 도저히 무가내를 당해낼 재간이 없다고 판단한 것이다.

그러나 그보다는 그에 대한 공포 때문에 어떻게 해서든 그에게서 도망치고 싶다는 생각만 간절하게 들 뿐이었다.

"어?"

무가내는 동작을 뚝 멈췄다. 자신의 주변에 서 있는 적들이 아무도 없었기 때문이다.

그는 뿔뿔이 흩어지는 적들을 둘러보면서 '요것들 봐라?'
하는 표정을 지었다.

순간 그는 훌쩍 신형을 날려 한쪽 방향으로 낮게 떠서 두
팔을 벌린 채 날아갔다.

그가 날아가는 방향에 도망치는 적들이 가장 많았기 때문
에 그들을 주살하려는 것이었다.

적들이 아무리 빨리 도망치려고 해도 등봉조극에 이른 무
가내가 전개하는 섬신비에서 벗어나는 것은 불가능했다.

무가내는 지상으로 내려가지 않았다.

허공에서 엎드린 자세로 적들의 머리 위를 낮게 날면서 석
검을 그어댔다.

키이잉! 키킹!

그의 검이 아래를 향해 반원을 그리자 세 줄기 붉은 빛줄기
가 폭발하듯이 뿜어졌다.

퍼퍼퍽!

필사적으로 도망치던 고수들 세 명이 빛줄기에 적중되어
머리가 수박처럼 박살나더니 몇 걸음 비틀거리며 걸어가다가
고꾸라졌다.

직접 석검을 휘둘러 적의 목을 자르는 것은 그 나름대로의
묘미가 있었다.

적들은 목이 잘려서 죽든 말든 그는 살과 뼈가 잘라지는 느
낌과 목이 잘려지면서 피가 분수처럼, 혹은 무지개처럼 확 뿜

어지는 광경을 보는 것이 좋았다.

개인적으로 그는 피가 무지개처럼 확 뿜어지는 광경을 더 좋아했다.

그래서 어떻게 하면 그런 광경을 볼 수 있을까 적들을 여러 방법으로 죽이다가 결국 터득했다.

적의 목을 뎅겅 자르면 피가 분수처럼 뿜어지지만, 목을 절반만 자르면 잘라진 부위가 벌어지면서 피가 뿜어지며 처음에는 안개처럼, 그러면서 점점 굵어져 나중에는 이슬비처럼 뿜어지는 것이었다.

하지만 그가 그런 방법을 터득했을 무렵 적들이 우르르 산지사방으로 도망치는 바람에 그는 허공으로 떠올라 추격을 할 수밖에 없는 상황이어서 기껏 터득한 방법을 써먹지 못하게 되었다.

그런데 허공에서 검기를 발출하여 도망치는 적들의 머리통을 박살 내는 것도 또 다른 재미가 있었다.

그는 사방으로 도망치는 개미들을 어슬렁거리면서 쫓으며 긴 젓가락으로 한 마리씩 꾹꾹 눌러서 죽이듯 적들을 죽였다.

아니, 가지고 놀았다.

그는 귀중한 생명을 천이백여 명씩이나 죽이면서 마침내 자신만의 살인미학(殺人美學)을 터득하고 있었다.

쐐액!

그때 한 자루 검이 무가내 뒤쪽에서 맹렬하게 그어왔다.

그대로 놔둔다면 그의 오른쪽 어깨에서 왼쪽 옆구리까지 비스듬히 잘라 버릴 기세였다.

무가내는 막 지상에 내려서서 전면에 도망치는 적 두 명을 향해 검기를 발출하려던 중이었다.

하지만 그는 자신의 어깨, 아니, 몸통을 잘라오는 검을 그냥 내버려 둔 채 석검을 휘둘러 두 줄기 검기를 뿜어냈다.

키유웃!

퍽! 퍽!

"흐악!!"

"아악!"

다리가 보이지 않게 도망치다가 검기에 적중된 두 명의 고수는 등이 관통당해서 처절한 비명을 터뜨리며 몇 걸음 걸어가다가 픽픽 쓰러졌다.

검기로 적의 머리통을 깨부수던 무가내는 오래지 않아서 싫증을 느끼고 색다르게 죽이는 방법을 여러모로 모색하고 있는 중이었다.

"시끄럽군."

그러나 목을 자르거나 머리통을 박살 내서 죽이는 것에 비해서 등을 관통하는 것은 적들이 죽어가면서 꽥꽥 비명을 지르는 것이 아주 귀에 거슬렸다.

더구나 금세 죽지도 않고 비틀거리거나 데굴데굴 구르면서 별 지랄염병을 다 떨다가 죽었다. 비명 소리보다 그 꼴을 보는 것이 더 고역이었다.

그래서 무가내는 처음처럼 목을 자르거나 머리통을 박살 내서 단번에 죽여야겠다고 생각했다.

꺼겅!

"흐윽!"

바로 그 순간 뒤에서 그어 내린 검이 무가내의 어깨에 강하게 부딪치면서 튕겨 나가며 쇠와 쇠끼리 부딪쳤을 때 같은 음향과 누군가의 내장이 도막나는 듯한 신음이 터졌다.

무가내는 힐끗 뒤돌아보았다.

건곤문주 추풍신검 배사인이 입에서 피화살을 뿜으면서 뒤로 비틀비틀 물러나고 있는 모습이 보였다.

그리고 몇 명의 고수들이 무가내를 향해 소나기처럼 도검을 그어대고 있는 모습도 보였다.

무가내와 배사인의 시선이 마주쳤다.

씨익!

무가내의 입술 끝이 비틀리면서 사악하고도 산인한 미소가 밤안개처럼 피어났다.

그 미소를 접하는 순간 배사인은 소름이 오싹 끼치면서 온 몸의 털이 곤두섰다.

그는 방금 일검에 자신의 이 갑자 반 내공을 모두 주입해서 전력으로 휘둘렀다.

그런데 어찌 된 일인지 그의 검이 무가내의 몸에 닿는 순간 쏟아낸 이 갑자 반 내공이 오히려 고스란히 반탄지기가 되어 그의 검과 오른손을 타고 체내로 쏟아져 들어왔다.

그 결과 그는 내장이 모조리 자리를 이탈하고 조각조각 끊어지는 중상을 당했다.

'맙소사……! 금강불괴지체라니……!'

배사인은 입을 쩍 벌리며 아연실색하고 말았다.

이 갑자 반 내공을 실어 전력으로 그어 내린 검이 튕겨져 오히려 반탄지기에 자신이 중상을 입었다면 한 가지 이유밖에 없다.

상대가 전설의 금강불괴지체를 이루었다는 것이다.

절대로 믿어지지 않는 일이지만, 눈앞에 벌어진 현실을 믿을 수밖에 없었다.

배사인은 자신을 돌아보면서 히죽 웃고 있는 무가내가 악마로 보였다.

문득, 그의 시야에 무가내를 향해 도검을 휘둘러가고 있는 고수들, 즉 중간 급 우두머리들의 모습이 들어왔다.

'안 돼……!'

소리치려고 했지만 말이 되어 나오지 않고 입속에서만 뱅뱅 맴돌았다.

부우우—

그때 배사인은 무가내의 온몸에서 은은한 혈광이 뿜어지는 것을 발견하고 눈을 잔뜩 부릅떴다.

금강불괴지체인 그가 그것도 모자라서 호신강기까지 끌어올리고 있는 것이었다.

쩌꺼꺼껑!

"크악!"

"으악!"

고막을 찢을 듯한 요란한 음향과 함께 대여섯 마디의 처절한 비명성이 터져 나왔다.

다음 순간 무가내를 공격했던 대여섯 명의 고수가 모조리 튕겨 날아갔다.

그들은 팔다리가 떨어져 나가거나 목 위에 머리가 뜯겨져 나가고, 또는 가슴과 복부가 터져 내장을 쏟으며 그 자리에서 즉사했다.

허공중에 떨어져 나간 팔다리와 머리통, 그리고 내장들이 뒤덮였다가 우박처럼 쏟아졌다.

"으으으……"

배사인은 방금 죽은 자들이 쏟아낸 내장과 핏물을 온몸에 고스란히 뒤집어쓴 채 무가내를 보면서 와들와들 사시나무 떨듯이 온몸을 떨어댔다.

그의 얼굴에는 공포와 분노가 뒤범벅이 된 표정이 가득 떠올라 있었다.

저벅저벅…….

그때 무가내가 배사인을 향해 똑바로 걸어왔다.

배사인은 물러나지도 피하지도 못한 채 입에서 피를 꾸역 꾸역 흘리면서 무가내를 쳐다보았다.

죽음이 자신을 향해 성큼성큼 다가오는 것을 지켜보면서 잠시 후에 자신에게 닥칠 죽음을 기다리는 느낌이란 과연 어떤 것일까.

그것은 필설로는 도저히 표현할 수 없는 그 무엇일 것이다.

지금 이 순간의 무가내는 죽음의 신. 즉, 사신(死神)이었다.

사신은 배사인의 한 걸음 앞에 우뚝 멈추고는 물끄러미 그를 응시하다가 고개를 갸웃거리면서 입을 열었다.

"너는 무엇 때문에 사독요마를 공격하느냐?"

그는 균현에게 이십여 년 전의 대천신등과 사마총혈계, 정협맹에 얽힌 많은 이야기를 들은 후 여러 의문이 생겼는데 그 중 하나를 물은 것이다.

즉, 왜 정협맹으로 대변되는 정파인들은 사독요마를 잡아먹지 못해서 안달을 하는 것인가라는 사실이다.

사마총혈계가 대천신등을 몰아낸 공적을 가로채어 그들을 배신하는가 하면, 도리어 탕마령을 발동하여 이십여 년 동안이나 소탕을 하고 있는 이유가 궁금했다.

문득 배사인의 눈빛이 마구 헝클어졌다.

무가내의 얼굴은 핏물을 흠뻑 뒤집어쓴 상태라서 알아볼

수 없는 지경이었다.

그렇지만 그 눈빛이 방금 전과는 달리 지금은 몹시 맑고 깊은 것을 발견했으며, 그의 목소리가 매우 청아하다고 느꼈기 때문이었다.

그 눈빛과 목소리에는 믿을 수 없게도 정기(精氣)가 가득 담겨 있었다.

그래서 배사인은 이자가 정말 혼자서 천 명 넘게 도륙한 그 악마인가 잠시 혼란에 빠지고 말았다.

그러나 그는 곧 정신을 차리고 어금니를 악물었다.

"사독요마는 무림에, 아니, 천하에 백해무익한 존재들이다! 정파가 그들을 징계하여 이 땅에서 몰아내는 것은 지극히 당연한 일이다!"

배사인은 무가내의 눈빛이 조금 더 맑아지는 것을 발견했다.

무가내는 호기심을 느끼면 눈빛이 해맑아진다.

"어째서 그렇게 말하느냐?"

"어째서라니? 사독요마들은 원래 벌레만도 못한 자들이다! 그것은 낮에는 해가 뜨고 밤에는 달이 뜨는 것처럼 영원히 변하지 않는 사실이다!"

"그 말은, 사독요마가 아무런 잘못을 저지르지 않는다고 해도 그들이 단지 사독요마라는 이유 하나 때문에 죽여야 한다는 것이냐?"

"그것은……."

말문이 막힌 배사인은 어물거렸다.

문득 그는 자신을 비롯한 정협맹의 수많은 고수들이 과연 그 이유 하나 때문에 사독요마를 죽이려 하고 사갈시했었는 가를 자문해 보았다.

그리고 그 대답은 '그렇다' 였다.

지난 이십여 년 동안 과연 정협맹은 사독요마가 사독요마 라는 이유 하나만으로 그들을 거의 몰살지경에 이르게 만들 어놓았었다.

"너희 정파인들은 천하와 무림에 아무 잘못도 저지르지 않 느냐? 혹시 너희 중에 사독요마보다 더 악한 자들은 한 명도 없느냐?"

무가내는 말주변이 없어서 유창하게 말하지는 못하지만, 자신의 속에 있는 말을 차근차근 뱉어냈다.

"……."

배사인은 이번에도 역시 아무런 대꾸를 하지 못했다.

왜냐하면, 정파인 중에도 인면수심의 악인들이나 사람들 의 고혈을 빨아먹으며 괴롭히는 자들이 많이 있다는 사실을 알고 있기 때문이었다.

아니, 어쩌면 그런 자들은 정파라는 가면을 쓰고 있다는 점 에서 사독요마보다 더 가증스럽다고 할 수 있었다.

무가내의 눈빛이 조금씩 강렬해지기 시작했다.

"도대체 무엇이 착한 일이고 무엇이 나쁜 일이냐?"

"……."

"너는 평생 동안 한 번도 나쁜 짓을 한 적이 없느냐?"

비수처럼 날카로운 물음이었다.

사람이, 더구나 칼을 잡고 살아가는 무인으로서 일평생 나쁜 짓을 하지 않은 사람이란 아마도 거의 없을 것이다.

무가내는 배사인이 대답을 하지 못하는 것을 보면서 과연 정협맹이 아무런 이유도 없이 사독요마를 핍박하는 것이라고 마음을 굳히고는 빠르게 원래의 잔인한 눈빛을 되찾으며 비릿한 잔소를 흘렸다.

"클클클… 결국 너도 사독요마와 다르지 않다는 말이로구나."

배사인은 얼굴이 일그러져서 허둥거렸다.

"무… 슨 헛소리를! 혈풍신옥! 나는 사독요마 같은 벌레가 아니다!"

무가내는 슬쩍 눈살을 찌푸렸다.

"네놈들이 멋대로 나를 혈풍신옥이라고 부르는 것이 마음에 들지 않았다. 내 이름은 무가내(無可奈)다. 다르게 부르는 놈들은 용서하지 않겠다."

"무가내……."

배사인은 입속으로 중얼거리면서 이름이 썩 잘 어울린다는 생각이 들었다.

"또 한 가지."

무가내는 석검을 어깨에 걸치면서 한 손으로는 뒷짐을 지며 느긋하게 여유를 부렸다.

"너희들, 어떻게 해서 이렇게 빨리, 그리고 이렇게 많은 자들을 모아서 싸우러 올 수 있었던 거지?"

그것도 궁금했다.

절강무림 내의 정협맹 소속 방, 문파들이 구룡방의 몰락과 무적방의 개파를 알고 나서 한데 모여 쳐들어오기까지는 최소한 두 달 이상이 걸릴 것이라고 균현이 장담했었다.

그런데 도대체 어떻게 이처럼 빨리 공격할 수 있었는지 의문이 풀리지 않았다.

배사인은 입을 다물었다. 죽는 마당에 대답을 해주어도 상관이 없으나 그러기가 싫었다.

자신의 실력이 턱없이 부족해서 무가내 같은 악마에게 죽어야 하는 신세지만 마지막 순간에서도 대장부의 기개만큼은 꺾이고 싶지가 않았던 것이다.

말하자면 싸구려 기개였다.

무가내는 잔인한 표정도 짓지 않았다. 그저 지나간 옛 이야기를 친구에게 해주듯 나직이 중얼거렸다.

"널 죽이기 전에 우선 눈을 후벼내고, 그리고 코와 귀를 자르고, 팔다리를 자른 다음에……."

"말하겠다."

배사인의 기개는 너무도 쉽게 꺾였다. 그는 하얗게 질려서 급히 말했다.

"사해방 소방주가 갑자기 찾아와서 우리 모두에게 구룡방이 몰살됐고 정협맹의 천중검협이 죽었다는 사실, 그리고 너 혈풍신옥이……."

배사인은 거기까지 말하다가 무가내가 약간 눈을 부릅뜨자 그가 혈풍신옥이라는 별호를 싫어한다는 사실을 깨닫고 고쳐서 말을 이었다.

"사해방 소방주가 너 무가내가 사마절강혈계와 결탁하여 구룡방 자리에 무적방을 개파한다는 사실을 알려주고 우리를 규합했다."

"규합… 이 뭐냐?"

"모았다는 말이다."

배사인은 이렇게 무식한 놈에게 자신이 죽어야 한다는 사실이 더욱 억울해서 미칠 지경이었다.

무가내의 눈에서 새파란 빛이 번뜩였다.

"조진우 그놈이!"

배사인은 무가내의 눈빛을 발견하고는 급히 외면했다. 뼛골이 시릴 정도로 섬뜩했기 때문이다.

무가내는 은예상에게 그녀의 가문인 숭검문과 부모, 그리고 식솔들이 누구에게 무슨 이유로 멸문당하고 죽었는지에 대해서 자세히 들었기에 사해방 소방주가 조진우라는 사실을 잘 알고 있었다.

삭!

순간 무가내의 석검이 좌에서 우, 수평으로 간단하게 그어졌고, 검이 베어져 오는 사실도 모르고 있던 배사인의 목이 뎅겅 잘라져서 허공으로 둥실 떠올랐다.

그의 잘려진 목에서 피가 분수처럼 수직으로 솟구쳤지만 무가내는 보고 있지 않았다.

무가내는 시체가 산을 만들고 핏물이 내를 이루어 흐르는 광장을 더없이 잔인한 눈빛으로 천천히 쓸어보면서 지그시 어금니를 악물었다.

무가내는 이제 일이 어떻게 된 것인지 짐작할 수 있었다.

이 모든 일이 조진우라는 놈이 꾸민 일이었다.

그놈은 은예상을 찾으러 진작부터 항주성에 와 있었다.

그렇지만 그녀 곁에 무가내와 균현, 사파 고수들이 언제나 붙어 있었기 때문에 어떻게 해볼 도리가 없었던 것이다.

조진우가 함부로 덤벼들지 않은 것으로 미루어, 무가내의 무서움을 익히 알고 있었던 것이 분명했다.

무가내가 구룡방 대방주 구양중겸을 죽인 것이나 천중검 협을 죽이고, 또 황룡표국에서 풍정감단 이하 수많은 고수들을 중독시킨 사실 등을 두루 알고 있기에 감히 덤벼들어 은예상을 납치할 꿈조차 꾸지 못한 것이리라.

그때 어떤 생각이 무가내의 뇌리를 번갯불처럼 스쳤다.

"그렇다! 그놈이 이런 일을 꾸민 목적은 상아를 납치하기
위해서다!"

조진우가 오직 은예상을 탈취하기 위해서 절강무림의 방,
문파들을 이용했을 것이라고 추측한 것이다.

第三十二章
납치(拉致)

무가내는 마음이 급해졌다. 그는 재빨리 사방을 둘러보았다.

차차차창! 채챙챙!

"흐악!"

"크악!"

그런데 언제부터인지 모르지만 광장의 사방에서는 요란하게 병장기끼리 부딪치는 소리와 처절한 비명 소리가 어지럽게 터져 나오고 있었다.

균현은 무적방 전체 고수들을 이끌고 담을 넘은 절강무림 연합 세력의 천오백 명을 상대하고 있는 중일 텐데, 대체 누가 광장에 남아 있는 연합 세력의 잔당들과 싸우고 있는 것인지 궁금했다.

문득 무가내는 싸우는 자들 중에서 무엇인가를 발견하고 가볍게 의아한 표정을 지었다.

연합 세력의 잔당들과 싸우는 자들의 복장이 무척 눈에 익었기 때문이다.

그렇다. 그들은 다름 아닌 구룡방 고수들이었다.

무가내는 약간 어이가 없었다.

그가 구룡방을 해체하고 무적방을 세웠는데, 난데없이 구룡방 고수들이 나타나서 자신들의 복수를 해주고 있는 연합 세력과 싸우다니, 얼른 이해가 되지 않는 일이었다.

그때 문득 그의 시선이 연합 세력 고수들을 무차별 주살하고 있는 한 사람에게 고정되었다.

'진아!'

그 사람은 바로 구룡방 칠방주인 자미룡 손진이었다.

무가내에게 염안마령술을 당해서 심지가 제압된 채 오직 일편단심 그만을 사랑하게 된 소녀.

그래서 자신의 사부이며 구룡방 대방주인 극신도황 구양 중겸이 자신의 눈앞에서 무가내에게 처참하게 죽임을 당하는 것을 뻔히 보고서도 오히려 그를 감싸주었다.

뿐인가. 황룡표국 대전에서 천중검협과 구룡방의 여러 방주들 면전에서 당당하게 무가내의 편에 섰었으며, 구룡방이 해체되고 그 자리에 무적방이 세워지는데에도 결코 반대하지 않았던 그녀였다.

놀랍게도 그 자미룡이 지금 이곳에 나타나서 무가내를 돕고 있는 것이었다.

문득 무가내는 그녀를 쳐다보면서 가슴 한구석이 약간 아린 것을 느꼈다.

미안함이었다.

그것은 그로서는 생전 처음 느껴보는 감정이었다. 예전에는 그런 감정이 존재한다는 사실조차 모르고 살았었다.

그래서 그는 기회가 되면 그녀를 제압하고 있는 염안마령술을 풀어줘야겠다고 생각했다.

그녀는 양손에 채찍과 단창을 움켜쥐고 연합 세력 고수들 사이를 바람처럼 누비면서 실로 깨끗한 솜씨로 고수들을 주살하고 있었다.

그녀가 이끌고 온 구룡방, 아니, 그녀의 수하들은 자룡오위를 비롯하여 백여 명 정도였다.

연합 세력의 잔당들이 삼백여 명인 데 비해서 자미룡과 그녀가 이끄는 수하들은 삼분의 일 수준이었다.

그렇지만 원래 구룡방 고수들은 절강무림에서도 일류 중의 일류에 속하기 때문에 수적인 열세에도 굴하지 않고 팽팽한 접전을 이루고 있었다.

그때 문득 자미룡이 무가내 쪽을 바라보았다.

두 사람의 시선이 마주치자 그녀는 격전장에서 신형을 뽑아 올려 곧장 무가내에게로 쏘아왔다.

"진아, 나는 바쁘다."

조진우가 은예상을 목표로 삼고 있다는 사실을 알았기 때문에 마음이 급해진 무가내는 자미룡과 한가하게 대화를 나눌 여유가 없어서 떠날 자세를 취하며 그녀를 맞았다.

"조진우가 천상옥봉을 쫓아 강 상류로 수하들을 이끌고 가는 것을 봤어요!"

자미룡은 빠른 어조로 말해주었다. 그녀는 무가내의 짐작처럼 한가하게 대화를 하려는 것이 아니라 중요한 정보를 말해주려는 것이었다.

"천상옥봉이 누군데?"

무가내가 찌푸린 얼굴로 반문을 하자 자미룡은 약간 어이없는 표정을 지었다.

"오빠의 부인이라면서 그녀의 아호도 몰랐어요?"

무가내는 '아호'가 무슨 뜻인지 모르지만, '오빠의 부인'이라는 말에 천상옥봉이 은예상을 가리킨다는 것을 알아차렸다.

그는 가볍게 놀라는 표정을 지었다.

"네가 그것을 어떻게 아느냐?"

"오빠가 무적방을 개파하느라 바쁜 동안에 소녀는 수하들을 데리고 무적방 주변과 항주성 일대를 줄곧 감시하고 있었

어요. 혹시 무적방을 개파하려는 오빠에게 해를 끼칠 만한 일
이 벌어지지 않을까 해서요."

"그랬었느냐?"

무가내는 또 가슴 한구석이 아렸다. 그런데 아까보다 강도
가 조금 더 셌다.

사실 무가내는 자미룡에게 염안마령술을 걸어놓은 후에
그녀에 대해서 거의 잊고 지냈었다.

그가 처음 항주성에 나타났을 때 그녀가 귀찮게 굴어 임시
방편으로 염안마령술을 전개했었는데, 이후 그것을 풀어줄
마땅한 기회에 없어서 차일피일했던 것이다.

자미룡이 여러 차례에 걸쳐서 무가내를 도와주었지만, 그
러려니 하고 그마저도 잊어버렸었다.

또한 무적방을 개파하느라 동분서주할 때에는 그녀에 대
해서 아주 잠깐 한 번 생각한 적이 있었다.

그마저도 '귀찮은 계집애가 이제 저절로 떨어져 나갔구
나' 라는 후련함이었다.

하지만 그는 염안마령술의 위력을 과소평가하고 있었다.
염안마령술에 제압되면 목숨이 끊어지지 않는 한 시술자를
끝까지 맹종하게 된다.

무가내는 자미룡을 그렇게 헌신짝처럼 여겼었는데, 그녀
는 행여 누군가 그에게 해를 끼치지 않을까 노심초사 바깥을
감시하고 있었던 것이다.

그리고는 끝내 무가내에게 있어서 너무도 중요한 정보를 제공해 주었다.

"조진우가 강 상류로 갔다고?"

하지만 무가내는 지금 이 순간에도 자미룡의 눈물겨운 호의보다는 은예상의 안위가 더 걱정이 됐다.

자미룡이 몸을 쭉 펴고 고개를 치켜세우더니 짐짓 차갑게 코웃음을 쳤다.

"흥! 오빠는 천상옥봉만 소중하고, 소녀 같은 것은 안중에도 없군요?"

그녀가 염안마령술에 제압된 이후 무가내 면전에서는 한 번도 보이지 않았던 그 자신의 전매특허가 마침내 나왔다.

그녀를 항주의 빙화(氷花)로 불리게 했던 바로 그 차가우면서도 오만한 아름다움이었다.

그녀가 입고 있는 자주색 경장은 몸에 착 달라붙어 늘씬하면서도 풍만한 몸매가 고스란히 드러나 있었다.

긴 머리를 틀어 올려 머리 위에 찔러 넣은 자주색 옥비녀와 갸름한 얼굴에 검은 눈매, 오뚝한 콧날과 작고 도톰하며 새빨간 입술.

그리고 그 얼굴에 떠올라 있는 오만하면서도 차가운 표정은 그녀를 왜 항주의 빙화라고 부르는지 이유를 알 수 있게 해주었다.

전체적으로 조화를 이룬 아름다움에서는 은예상이 한 수

위지만, 도발적이며 육감적인 몸매에서는 오히려 자미룡이
은예상을 능가했다.

"죽고 싶으냐?"

무가내는 자미룡의 도발에 미간을 좁히며 가볍게 발을 구
르면서 엄포를 놓았다.

문득 자미룡의 얼굴에 서운함이 스쳤다.

하지만 그녀는 곧 해맑게 웃으면서 몸을 꼬며 무가내의 팔
에 안기듯이 매달렸다.

"아이~! 화내지 말아요~! 무서워요~!"

그녀는 뺨을 무가내의 어깨에 비비고 나서 요염하면서도
애처로운 눈빛으로 그의 얼굴을 바라보았다.

그 모습에서는 조금 전의 오만함과 차가움은 눈을 씻고도
찾아볼 수가 없었다.

그녀의 풍만한 젖가슴이 무가내의 팔에 짓눌려서 금방이
라도 터질 것만 같았다.

그러나 무가내는 거칠게 그녀를 뿌리쳤다.

탁!

"빨리 말해라. 조진우가 강 상류로 갔다고 했느냐? 상아도
강 상류로 갔느냐?"

자미룡은 쓰러질 듯이 비틀거리다가 자세를 바로잡고 공
손한 자세와 표정으로 대답했다.

"한 시진 전에 천상옥봉이 탄 배가 강 상류 부양현(富陽縣)

방면으로 갔는데, 조진우는 포구에서 기다리고 있다가 잠시 후에 고수들을 이끌고 강을 따라 달려 올라갔어요."

무가내는 눈썹을 치켜떴다.

"너는 그것을 지켜보고만 있었느냐?"

자미룡은 죄를 지은 듯한 얼굴로 눈을 내리깔았다.

"그 당시 소녀는 항주성에 있었어요. 연락을 받고 즉시 달려갔는데 조진우는 이미 강 상류로 떠난 후였어요."

"그렇다면 그 즉시 나한테 알리고 너라도 그놈을 쫓아갔었어야지!"

자미룡은 기가 꽉 꺾였다.

"조진우가 사해방 정예 고수 이백여 명을 이끌고 있다는 말을 듣고 엄두가 나지 않았어요. 솔직히 소녀는 그자보다 약해요. 게다가 소녀의 수하들은 백여 명밖에 되지 않아서……."

"쓸모없는 년!"

무가내는 차갑게 내뱉고 한쪽 방향으로 쏘아가면서 우렁차게 외쳤다.

"균현! 이리 오너라!"

그는 조금 전에 자미룡에게 미안한 마음을 조금이라도 품었던 사실을 까맣게 잊어버렸다. 은예상에 대한 걱정이 너무 크기 때문이었다.

자미룡은 쏜살같이 멀어져 가는 무가내의 모습을 쓸쓸한

표정으로 바라보면서 중얼거렸다.

"잘못했어요. 하지만 당신을 너무나 사랑해요."

그 사랑이 염안마령술에 제압됐기 때문이라는 사실을 그녀는 꿈에서조차 모를 터이다.

무가내는 마랑도의 한쪽 팔을 잡은 채 전당강 상류를 향해 이미 반 시진째 쏘아가고 있는 중이다.

그렇지만 아직 조진우와 그의 수하로 보이는 자들이나 은예상의 모습은 보이지 않았다.

균현이 수하들을 대거 이끌고 따라오려는 것을 무가내가 제지했다.

조진우를 잡는 것은 얼마나 빨리 놈을 뒤쫓아가느냐는 것이 관건이지, 수하를 얼마나 많이 데려가느냐는 것은 중요하지 않기 때문이었다.

제대로 따라잡기만 한다면 조진우와 그놈의 수하 이백여 명쯤은 무가내 혼자서도 충분히 상대힐 수 있었다.

대신 균현은 무가내에게 절강성 지리에 훤한 마랑도를 길잡이로 내주었다.

마랑도는 일 갑자가 겨우 넘는 수준이라서 경공을 전개하면 무가내는 독수리고 마랑도는 병아리 같았다.

그래서 무가내가 그의 팔을 잡고 절세의 경공 섬신비를 전개하여 빛처럼 질주하고 있는 것이었다.

마랑도는 지금처럼 빨리 달려보기는 생전 처음이었다.

아니, 정확히 설명하자면 그의 두 발로 달리는 것이 아니라 무가내의 손에 잡혀서 허공을 날아가고 있는 것이었다.

상체가 무가내 쪽으로 비스듬히 누웠고 두 다리가 허공에 뜬 상태에서 쏘아가니까 날아가고 있는 것이 맞았다.

마랑도가 살펴보니 무가내의 두 발도 거의 땅에 닿지 않고 있었다.

땅이든 풀잎이든 한차례 살짝 딛고서는 단번에 족히 십오륙 장 이상씩 쏘아갔다.

'아아… 방주께선 신인(神人)이시다…….'

마랑도는 한없는 존경의 표정으로 무가내를 바라보았다.

문득 그는 무가내를 처음 만났던 괄창산의 산촌 마을을 떠올렸다.

그때 무가내는 알록달록한 옷을 입은 괴상한 차림에 무일푼으로 장님소녀와 소녀의 할아버지를 강제로 끌고 주루에 들어왔었다.

그러더니 장님소녀에게 비파를 타고 노래를 부르라고 시킨 후에 모두에게 돈을 내놓으라고 협박을 했었다.

그 당시 마랑도는 주루 안에서 네 명의 수하와 함께 의검문 고수들에게 포위된 채 진퇴유곡에 처해 잠시 후면 죽을 수밖에 없는 절박한 상황이었다.

그때 무가내가 말도 되지 않는 독방귀를 뀌어 의검문 고수들을 모조리 독살시켰었다.

이른바 방귀신공이었다. 마랑도는 방귀로 사람을 독살시킨다는 말조차 들어본 적이 없었다.

그때 무가내가 왜 자신들을 구해주었는지 마랑도는 아직도 이해하지 못하고 있었다.

마랑도가 조심스럽게 쳐다보자 무가내의 얼굴은 납덩이처럼 무겁고도 차갑게 굳어 있었다.

사해방 소방주가 은예상을 납치하기 위해서 뒤쫓아갔기 때문이라는 것을 마랑도는 무가내의 길잡이가 되기 직전에 균현에게 슬쩍 언질을 받아서 알게 되었다.

마랑도는 얼마 전에 무가내를 두어 달 만에 다시 보게 되었을 때 너무도 변한 그의 모습에 크게 놀랐었다.

하지만 무엇보다도 놀란 것은 당금 천하에서 아름다움으로는 천하제일이라는 평판을 받고 있는 천상옥봉 은예상을 자신의 마누라로 거느리고 있다는 사실이었다.

마랑도가 보기에 무가내가 강제로 은예상을 겁탈했다든지 협박을 했기 때문은 아닌 것 같았다.

아니, 오히려 무가내보다 은예상이 훨씬 더 그를 좋아하는 것 같았다.

"마랑도, 부양현은 아직 멀었느냐?"

그때 무가내가 전면을 주시한 채 가라앉은 목소리로 묻자 마랑도는 퍼뜩 정신을 차렸다.

"아까 지났습니다."

"그래?"

무가내는 속도를 약간 늦추었다. 그래도 몹시 빨라서 마랑도의 두 발은 여전히 허공에 떠 있었다.

무가내는 빠르게 주위를 둘러보았다. 짙은 석양 때문에 하늘과 강은 온통 핏빛으로 물들어 있었다.

"우리가 얼마나 왔느냐?"

무가내는 달리면서 석양을 주시한 채 물었다.

마랑도는 온몸이 핏빛으로 물든 무가내를 바라보았다.

문득, 그의 온몸이 핏빛인 것은 석양 때문이 아닐지도 모른다는 생각이 들었다.

"무적방 포구에서 약 이백여 리 정도 온 것 같습니다."

"고수들은 경공을 전개하여 보통 한 시진에 얼마나 갈 수 있느냐?"

마랑도는 무가내가 무엇을 묻는지 금세 알아차렸다.

"조진우 정도의 고수라면 백여 리 정도 갈 수 있을 것입니다. 그러나 그의 수하들은 조진우만큼 고강하지 못하므로 전체가 이동하려면 최대 칠팔십여 리 정도 가능합니다."

그렇게 계산하면, 조진우가 은예상을 추격한 지 한 시진 반쯤 지났으니까 아무리 빨라봐야 포구에서 백십여 리 정도 갔을 것이다.

"음……."

무가내는 미리 자세히 계산도 하지 않은 채 무작정 달리기만 해서 그들을 훨씬 지나쳐 왔다는 사실을 깨닫고 착잡한 마음을 금치 못했다.

그는 신형을 멈추었다. 백 리 가까이 지나왔다고 생각하니까 가슴이 답답해졌다.

마랑도가 무가내를 보며 조심스레 물었다.

"혹시 소저께서 배를 타셨습니까?"

은예상이 어떤 경로로 무적방을 빠져나가 피신했는지에 대해서 마랑도는 전혀 모르고 있다.

"그렇다."

마랑도가 강을 살펴보는 시늉을 하면서 다시 조심스러운 표정으로 설명했다.

"배는 조진우 일당이 달리는 속도에 비해 사분의 일에도 못 미칠 것입니다. 그러므로 쾌속선이라고 해도 한 시진에 이십여 리 이상은 가지 못했을 것입니다."

냉운월에게 수하들을 이끌고 은예상을 배로 호위하라고 지시한 것은 무가내였다.

조진우가 이런 계책을 꾸몄을 것이라고 까맣게 몰랐기 때문이었다.

"빌어먹을!"

무가내는 인상을 쓰면서 욕설을 내뱉었다. 오악도를 떠난 이후 거의 쓰지 않던 말투였다.

마랑도의 말대로라면, 은예상이 탄 배는 한 시진 반 동안 포구에서 겨우 삼십여 리 남짓 상류로 올라갔다는 얘기다.

조진우가 추격을 했다면 능히 납치하거나 해코지를 했을 것이다.

"너는 도대체 뭘 한 거냐?"

무가내는 마랑도를 심하게 꾸짖었다.

"네……?"

마랑도는 여전히 무가내에게 팔이 잡힌 상태에서 영문도 모른 채 안색이 하얗게 질렸다.

"속하는……."

그는 자신이 무엇 때문에 무가내에게 꾸중을 듣는 것인지 이유도 모르면서 잔뜩 겁을 집어먹었다.

"네 잘못이 아니다."

그러나 무가내는 곧 착잡한 얼굴로 고개를 가로저었다.

답답해서 마랑도를 꾸짖어놓고는 곧 그가 아무 잘못도 없다는 사실을 깨달은 것이다.

사실 그가 꾸짖은 것은 자기 자신이었다. 그는 은예상을 그처럼 소홀하게 안배했던 자신에게 화가 치밀었다.

그러나 지금은 화만 내고 있을 때가 아니다.

그렇게 해서는 조진우로부터 은예상을 구해내는 일에 조금도 도움이 되지 않는다.

무가내는 얼굴을 돌덩이처럼 굳히고 강을 쏘아보면서 궁

리를 해보았다.

그렇지만 지금과 같은 상황에서 어떻게 하면 좋을지 아무 것도 생각이 나지 않았다. 머릿속이 완전히 텅 비어버려서 바보가 된 것만 같았다.

지금 이 순간 그는 자신이 무림에 대해서 너무도 경험이 없다는 사실을 뼈저리게 절감하고 있었다.

아니, 경험뿐만이 아니라 지식마저도 없었다.

그는 오악도에서나 중원에 출도한 이후에도 줄곧 자신이 최고라고 여기며 살아왔었다.

그런데 그는 무공이 최고일지 몰라도 머릿속은 텅 비어 있었던 것이다.

아마 이번 일이 아니었으면 더 오랫동안 그런 사실을 모른 채 저 잘났다고 으스대며 살았을 것이다.

무가내는 가슴 한복판이 뻥 뚫려서 찬바람이 지나가는 것을 느꼈다.

'그동안 나는 참 어리석었구나……'

그러다가 그는 퍼뜩 정신을 차렸다.

이러고 있을 때가 아니다. 지금 이 순간 은예상이 무슨 고초를 겪을지 모르는 일이다.

무가내는 마랑도를 보았다. 그는 건장한 체구에 호걸풍의 용모를 지녔으며, 한눈에도 경험이 풍부하다는 사실을 알아볼 수 있었다.

무가내는 마랑도에게 진지한 얼굴로 물었다.

"마랑도, 지금이 어떤 상황인지 이해하느냐?"

마랑도는 조심스럽게 대답했다.

"알 것 같습니다."

"부디 부탁한다. 지금 상황에서 내가 어떻게 해야 할는지 가르쳐다오."

"바… 방주……."

무가내는 마랑도에게 고개를 숙이고 있었다.

그는 태어나서 처음 누군가에게 진심에서 우러난 '간곡한 부탁'이라는 것을 하고 있는 것이다.

마랑도는 크게 놀라서 무가내를 쳐다보았다. 그는 무가내처럼 고강한 인물을 처음 보지만, 그런 인물이 이처럼 겸손한 것도 처음 보았다.

강하고 높은 지위에 있는 인물치고 겸손한 자가 드물다는 사실을 잘 알고 있는 마랑도다.

그는 무가내에 대한 진심 어린 존경심이 뭉클뭉클 샘솟았다.

"방주, 속하가 방법을 강구해 볼 테니 고개를 드십시오."

무가내는 고개를 들고 마랑도를 바라보았다.

문득 마랑도는 무가내가 짓고 있는 표정과 눈빛에서 두 가지 사실을 깨달았다.

그가 은예상을 정말로 사랑하고 있다는 것.

그리고 그 무엇보다도 순수한 영혼을 지녔다는 것.

마랑도는 무가내의 진실한 신분을 모른다. 하지만 그가 사파 무공이나 마공, 독공을 자유자재로 사용한다는 사실은 잘 알고 있다.

그런 무공을 익혔다면 사악하거나 잔인무도해야 하는데 오히려 순수한 영혼을 지녔다는 것은 명백한 모순이었다.

하지만 지금 마랑도는 너무도 맑은 영혼을 지닌 눈빛을 보고 있었다.

마랑도는 한차례 마른침을 삼킨 후 생각을 정리했다.

아니, 지금과 같은 상황에서는 굳이 생각을 할 필요까지도 없었다. 방법은 모르지만 무엇이 급선무인지는 잘 알고 있기 때문이다.

"방주, 지금으로선 조진우와 은 소저를 찾는 것이 무엇보다 시급합니다."

무가내는 입을 다문 채 가볍게 고개를 끄덕일 뿐 마랑도의 말을 끊지 않았다.

"여기까지 오는 동안 은 소저께서 탄 배를 발견하지 못했습니다. 그로 미루어 아마 불행히도 조진우가 은 소저를 납치한 것 같습니다. 그렇다면 십중팔구 배를 버렸을 것입니다. 조진우라면 눈에 잘 띄는 데다 느리기까지 한 배를 타고 도주할 정도로 어리석지는 않을 테니까요."

무가내는 계속 고개를 끄덕였다. 그는 별것 아닌 것 같은 마랑도의 말에서 하나씩 배우고 있었다.

마랑도는 아까보다 더욱 짙어진 노을을 바라보면서 얼굴이 어두워졌다.

"조금 있으면 날이 어두워질 것입니다. 그렇게 되면 수색이 힘들어집니다. 지금 당장 수하들을 풀어서 대대적인 수색을 해야지만……."

그러나 그는 무슨 생각을 하고는 말을 끝내지 못했다.

대대적인 수색을 하려면 많은 인원이 필요한데 지금 무적방의 전 고수들은 절강무림의 연합 세력과 치열한 싸움을 벌이고 있는 중이었다.

그런 상황에서 어떻게 사방 수백 리에 달하는 지역을 수색할 인원을 조달할 수가 있겠는가.

"네 말이 맞다. 상아가 탄 배가 보이지 않는 것은 이미 조진우에게 납치됐다는 뜻이고, 배는 눈에 잘 띄고 느릴 테니 그놈은 배로 도주하지는 않을 것이다."

무가내는 고개를 끄덕이며 마랑도의 말에 동의하고 나서 혼잣말처럼 중얼거렸다.

"넓은 지역을 수색해야 한다고……?"

문득 그는 무적방이 걱정됐다.

자신이 광장에 있던 연합 세력 천오백여 명 중에 천이백여 명을 죽였고, 지금은 자미룡과 그녀의 수하들이 남은 삼백여 명과 싸우고 있으며, 균현이 이끄는 천삼백여 무적방 수하들이 연합 세력 천오백여 명과 싸우고 있는 상황이었다.

그것은 절대 승리를 장담할 수 없는 상황이다. 무적방이 승리한다고 해도 큰 손실을 입을 것이 뻔했다.

만약 은예상의 일이 터지지 않았더라면 무가내가 무적방을 떠나는 일도 없었을 것이다.

그랬다면 승리는 당연히 무적방이 챙기고 손실도 크게 줄일 수 있을 터이다.

책임이라는 것. 지금 무가내는 그것을 통감하고 있었다.

그러나 은예상을 찾아서 구하겠다고 여기까지 온 이상 되돌아갈 수는 없었다.

무적방도 중요하지만, 은예상은 더 중요했다. 그는 한 사람이 자신에게 이토록 큰 영향을 미칠 줄은 꿈에도 생각해 본 적이 없었다.

꾸아악!

그때 약간 먼 곳의 허공에서 괴상한 소리가 터졌다.

순간 무가내의 얼굴이 밝아졌다.

방금 들려온 소리는 오악도에서도 자주 들었던 귀에 익은 소리였다.

그가 쳐다보자 저만치 강 위 허공 높은 곳에서 한 마리 새가 또 한 마리 새를 향해 맹렬한 속도로 내리꽂히며 공격하고 있는 광경이 눈에 띄었다.

날개를 접은 채 번갯불 같은 속도로 내리꽂히고 있는 새는

매(鷹)였고, 매의 공격으로 당황하여 파닥거리고 있는 새는
산비둘기였다.

그 광경을 발견한 무가내가 갑자기 한 손을 둥그렇게 말아
입에 대어 매 쪽으로 향하게 하여 입술을 오므리며 괴이한 소
리를 냈다.

"구우우~ 꾸우~ 꾹꾹!"

마랑도는 의아한 얼굴로 무가내를 쳐다보았다.

순간 내리꽂히던 매가 멈칫하며 이쪽을 쳐다보는 것 같았
다.

무가내와 매의 거리는 백여 장 이상 됐지만 매의 시력은 금
수 중에서 가장 뛰어나기 때문에 매가 무가내를 식별하는 데
에는 문제가 없었다.

"꾸오오~! 꿔억꿔억~!"

무가내는 다시 입술을 더욱 오므리며 날카로운 소리를 한
번 더 냈다.

휘익!

순간 수직으로 내리꽂히던 매가 급격하게 방향을 틀어 무
가내를 향해 곧장 날아왔다.

마랑도는 어리둥절한 얼굴로 매가 쏘아오는 것을 지켜보
았다.

그때 놀라운 일이 벌어졌다. 무가내가 팔을 내밀자 날아온
매가 그 팔에 가볍게 날아내렸다.

'방주께서 길들이신 수진(手陳)인가?'

수진이란 길들인 매를 가리킨다. 무가내가 부르는 소리에 날아와 팔뚝에 앉은 것을 본 마랑도가 그렇게 생각하는 것도 무리가 아니었다.

마랑도는 매의 꽁지를 살펴보다가 수진이 아니라는 것을 깨달았다.

길들여진 매, 즉 수진의 꽁지에는 매의 주인이 누군지 밝히는 '시치미'가 달려 있는데 지금 이 매에는 그것이 없었다.

그런데도 매는 부리로 무가내의 팔을 부비면서 마치 오랜 친구를 대하듯 친숙하게 굴었다.

마랑도는 놀라움을 감추지 못했다.

'야생 송골(松鶻)이 분명하다.'

매는 흰 것을 '송골', 푸른 것을 '해동청(海東靑)'이라고 하는데, 무가내 팔에 앉은 매는 송골매였다.

무가내는 매, 즉 송골매를 들어 올려 부드럽게 머리를 쓰다듬으면서 입술을 오므렸다 폈다 입속에서 혀를 이리저리 놀리면서 낮은 소리를 흘려냈다.

사실 무가내는 지금 독구, 즉 만독신군의 수법인 제령수어법(制靈獸御法)을 전개하고 있는 중이다.

이 수법을 발휘하면 영물이나 독물은 물론이고 천하에 존재하는 모든 짐승들을 마음대로 제압하고 부릴 수 있다.

무가내는 지금 송골매를 제압하는 것이 아니라 부리고 있는 것이었다.

"구구구…… 구오오… 구구……."

마랑도는 놀라기도 하고 신기하기도 한 얼굴로 과연 무슨 일이 일어날는지 자세히 지켜보았다.

무가내의 행동은 송골매에게 무슨 말을 하는 것 같은데, 설마 그럴 리가 있겠는가 싶어서 반신반의하는 표정을 지었다.

그때 무가내가 허공으로 팔을 휘두르자 송골매가 힘차게 날개를 펄럭이며 도약했다.

송골매는 백여 장까지 높이 떠올랐다가 강 하류 쪽으로 쏜살같이 날아갔다.

무가내는 송골매가 멀리 사라져 가는 것을 지켜보다가 마랑도의 팔을 잡았다.

"가자."

어디로 가려는 것인지 궁금해하는 마랑도의 팔을 잡고 무가내는 강 하류를 향해 달리기 시작했다.

그 속도가 아까보다 훨씬 빨랐기 때문에 마랑도는 도대체 무가내의 능력이 어디까지인지 궁금해졌다.

무가내는 쏘아가면서 공력을 끌어올려 사혼섭기통(邪魂攝氣通)을 전개했다.

사혼섭기통은 사도무공의 가장 꼭대기에 있는 절학 중 하나로써, 일단 전개하면 백여 리 이내의 모든 기척을 완벽하게 감지할 수 있다.

더욱 놀라운 것은, 어떤 기척을 감지할 것인지를 임의로 정할 수 있다는 사실이다.

무가내는 사혼섭기통을 소기에게 배웠으며, 물론 소기보다 훨씬 완벽하게 전개할 수 있다.

아까 무적방을 떠나서 강 상류로 올 때에는 마음이 급박해서 미처 사혼섭기통을 생각해 내지 못했었다가 이제야 생각이 난 것이다.

그것 때문에 무가내는 급할수록 더 침착해야 한다는 사실을 배웠다.

第三十三章
생명보다 소중한 존재

석양이 사라지면서 어둠이 깔리기 시작했다.

칠십여 리쯤 달렸을 때 무가내는 갑자기 강둑에서 강변의 우거진 갈대숲을 향해 쏘아 내려갔다.

키보다 두 배 이상 큰 갈대들이 드넓은 강변에 빽빽하게 밀생하고 있었지만, 무가내는 두리번거리지도 않고 곧장 한쪽으로 쏘아갔다.

슉!

이윽고 무가내는 가늘고 낭창낭창한 갈댓잎 위에 사뿐히 내려섰다.

마랑도는 자신까지 두 사람이 올라섰는데에도 불구하고

갈댓잎이 추호도 아래로 처지거나 흔들리지 않는 것을 보고 혀를 내둘렀다.

"운월."

그때 무가내가 아래를 보면서 나직한 목소리로 불렀다.

놀랍게도 갈대숲 아래에는 시체들이 어지럽게 널려 있었다.

얕은 물에 몸을 반쯤 담근 채 엎드렸거나 누워 있는 시체들은 모두 붉은 경장을 한 무적방 요마군 고수들이었다.

그들 중에 냉운월의 모습이 보였다.

그녀는 반듯한 자세로 누운 채 목 위의 얼굴만 물 밖으로 내놓고 눈을 감고 있었다.

창백한 안색에 입술이 파리한 것이 이미 죽은 것 같았다.

그때 무가내가 냉운월을 향해 손을 뻗었다.

촤아!

그러자 냉운월이 물속에서 빠져나와 허공으로 둥실 떠올라 무가내의 손으로 빨려왔다.

'허공섭물!'

마랑도는 크게 놀라 속으로 부르짖었다.

구파일방의 몇몇 장로들이나 무림의 절정고수들이 내공으로 찻잔이나 무기 따위를 허공섭물의 신기로 끌어당겼다는 말은 들은 적이 있어도, 무거운 사람을, 그것도 전혀 힘들이지 않고 끌어 올렸다는 말은 들어본 적이 없었다.

마랑도는 바로 그 광경을 지금 눈앞에서 생생하게 목격하고 있는 것이다.

슥—

무가내의 오른팔이 냉운월의 나긋나긋한 허리를 안자 그녀의 상체와 머리가 뒤로 축 처졌다.

그녀의 앞가슴과 어깨, 옆구리에 도검에 의해서 길고도 깊숙이 베인 상처가 입을 쩍 벌리고 있었다.

상처에서는 아직도 피가 흘러나왔으며 상의는 갈가리 찢어져서 아예 옷을 입지 않은 것이나 같아 그녀의 상체가 거의 다 드러난 상태였다.

오랜 세월 무술 수련으로 잘 발달된 상체였다. 그렇지만 여자들은 여간해서는 남자들처럼 울퉁불퉁한 근육이 생기지 않는다.

그저 살이 탱탱한 정도이고 어깨와 옆구리, 배가 단단해지는 정도에 불과하다.

예상외로 냉운월은 멋진 상체를 갖고 있었다. 특히 그리 크지도 작지도 않은 탱탱한 젖가슴은 일품이었다.

마랑도는 무가내가 무엇 때문에 죽은 냉운월을 건져 냈는지 궁금했다.

그러나 사실 그녀는 죽지 않았다. 중상을 입고 혼절한 상태에서 미약하게 숨이 붙어 있었는데, 무가내는 그것을 감지하고 그녀를 찾아냈던 것이다.

무가내는 그녀의 허리에 두른 팔을 통해서 약간의 진기를
주입시켜 주었다.

그런 사실을 모르고 있는 마랑도는 그가 왜 냉운월을 안은
채 묵묵히 쳐다보고만 있는 것인지 의아하게 생각했다.

마랑도는 냉운월을 보지 않으려고 애썼다. 그녀를 보면 자
연히 젖가슴을 볼 수밖에 없기 때문이었다.

"음……."

다섯 호흡쯤 지났을 때 냉운월이 미약한 신음을 흘리면서
천천히 눈을 떴다.

"아……!"

그녀는 자신의 바로 눈앞에 무가내의 얼굴이 보이자 크게
놀라는 표정을 지었다.

"어떻게 된 일이냐?"

그녀는 눈을 내리깔다가 자신의 상체가 거의 벌거벗은 상
태라는 것, 젖가슴이 완연하게 드러나 있다는 사실을 발견하
고 움찔 놀랐다.

다른 여자들 같았으면 호들갑을 떨었을 텐데 과연 냉운월
은 달랐다.

순간 그녀의 창백한 뺨에 살짝 홍조가 피어났다.

사내보다 더 사내다운 그녀가 무가내 앞에서 젖가슴을 드
러냈다는 사실 때문에 부끄러움을 느낀 것이다.

그러나 그녀는 또 한 사람이 자신을 보고 있다는 사실을 깨

닫고 마랑도를 날카롭게 쏘아보았다.

그러자 마랑도는 당황해서 급히 외면을 하면서 짐짓 딴청을 부렸다.

냉운월은 머리와 상체가 자꾸 뒤로 처지자 팔을 뻗어 무가 내의 어깨를 잡으며 죄송스러운 표정을 지었다.

하지만 상체가 뒤로 젖혀지는 꼴이 더 우스울 것 같아서 어쩔 수가 없었다.

이어서 그녀는 두어 번 심호흡을 한 후에 입을 열었다.

"저희는… 포구를 출발한 지 반 시진 만에 습격을 당했습니다. 그놈… 바로 조진우였습니다. 속하는 필사적으로 저항했지만 조진우와 이백여 고수를 당해낼 수가 없었습니다."

그녀의 눈에 분함이 가득 차올랐다.

"조진우가 상아를 데려갔느냐?"

"그렇습니다."

"상아는 다치지 않았느냐?"

"조진우는 소저를 몹시 사모하기 때문에 절대 다치게 하지는 않습니다. 놈의 목적은 오로지 소저를 자신의 부인으로 삼는 것입니다."

"음……!"

냉운월은 착잡한 표정을 지었다.

"소저께서 조진우에게 끌려가시면서 주군께 말씀을 남기셨습니다."

"무슨 말이냐?"

"적들로부터 무적방을 구하시고 그 후에 자신을 구해달라고 하셨습니다."

"음……."

무거운 침음을 흘리는 무가내의 눈초리가 파르르 떨렸다.

자신이 납치되는 위급한 상황에서도 무적방을 염려하는 은예상의 숭고한 마음이 무가내의 가슴속으로 고스란히 전해져 왔다.

이것 역시 생전 처음 느끼는 기이한 감정이었다.

그 원인이 누가 누군가를 위해서 자신을 희생한다는 것 때문일 것이라고 그는 생각했다.

무적방은 무가내가 천하쟁패를 이루겠다는 목적을 갖고 나서 세운 첫 번째 방파다.

그렇기 때문에 매우 중요한 의미를 갖고 있는 것이다.

만약 지금 이 시점에서 무적방이 와해되거나 일패도지의 타격을 입게 된다면 무가내의 천하쟁패는 시작부터 크게 휘청거리게 될 것이 명약관화하다.

"놈이 어디로 갔는지는 모르느냐?"

"모릅니다. 죄송합니다."

냉운월은 죽고 싶은 심정이었다.

무가내의 정식 수하가 된 후에 최초로 받은 임무인데 자신이 망쳐 버린 것이다.

아니, 그것보다는 은예상을 보호하지 못했다는 자책 때문에 견딜 수가 없었다.

스윗!

무가내가 아무런 동작도 취하지 않았는데 그의 몸이 꼿꼿하게 선 자세에서 강둑으로 미끄러지듯이 빠르게 쏘아가 소리없이 두 발이 지면에 닿았다.

그는 두 사람을 바닥에 내려놓으며 명령했다.

"마랑도, 너는 운월을 데리고 방으로 돌아가라."

"주군과 함께 소저를 되찾아오고 싶습니다!"

"속하는 방주를 따라가겠습니다!"

그러자 냉운월과 마랑도는 약속이나 한 듯 외쳤다.

무가내는 아무런 대답도 없이 이미 어두워진 밤하늘을 바라보았다.

송골매가 돌아오기를 기다리는 것이었다.

냉운월과 마랑도는 그의 침묵에서 자신들의 바람이 거절당했음을 깨달았다.

마랑도는 냉운월 때문에 자신이 무가내를 모시지 못하게 됐다고 여겨 사나운 표정으로 그녀를 쏘아보았다.

그런다고 기가 꺾일 냉운월이 아니다. 그녀는 마랑도보다 더 무서운 얼굴로도 부족해서 당장이라도 살수를 전개할 듯이 눈을 부라렸다.

파다닥!

그때 날갯짓 소리가 들리더니 밤하늘에서 하나의 물체가 나타나 무가내 머리 위 허공에서 멈추었다.

아까 날려보낸 송골매가 허공에서 날개를 파닥이면서 정지비행을 하고 있는 것이었다.

송골매를 발견한 무가내는 기쁜 표정을 지었다. 송골매가 무슨 소식을 가져왔을지 짐작하기 때문이었다.

송골매는 정지비행을 하면서 낮은 소리로 울었다. 마치 무가내에게 무슨 말인가를 하는 듯했다.

구구구~ 구구~

그러자 무가내의 얼굴에 방금 전보다 더욱 기쁜 표정이 환하게 떠올랐다.

그는 즉시 입술을 오므리고 송골매에게 낮은 소리를 냈다.

순간 송골매가 한쪽 방향으로 힘차게 날아가기 시작했고, 무가내는 송골매를 따라 한줄기 바람처럼 쏘아갔다.

냉운월은 무가내가 갑자기 나타난 송골매와 이상한 소리를 주고받는가 싶더니 송골매를 따라서 쏘아가자 의아한 표정으로 쳐다보았다.

냉운월은 무가내가 사라진 어둠을 주시하면서 마랑도에게 딱딱한 어조로 물었다.

"무슨 일이냐?"

마랑도는 굳은 얼굴로 대답을 하지 않았다.

"죽고 싶으냐?"

냉운월이 윽박지르자 마랑도는 부루퉁한 얼굴로 마지못해서 입을 열었다.

"방주께서 송골매를 시켜서 조진우의 행방을 알아내게 하신 것 같소."

냉운월은 요마군장의 신분이다.

마랑도가 방주 직속인 무적군 소속이라고 해도 군장의 명령을 거스를 수는 없다.

"이놈이 무슨 헛소리를!"

냉운월은 와락 인상을 쓰면서 소리를 질렀다.

사람이 짐승인 송골매에게 사람 찾는 일을 시키다니 가당치도 않은 일이라서 마랑도가 자신을 능멸하는 것이라고 여긴 것이다.

"나는 사실을 말했는데 믿지 않는다면 어쩔 수 없소."

"이놈이 그래도!"

냉운월은 겨우 서 있는 주제에 당장 마랑도를 죽일 듯이 어깨의 검을 움켜잡다가 고통스러운 표정을 지었다.

"흐윽······!"

마랑도는 가볍게 눈살을 찌푸렸다.

"나 같으면 성질을 내기 전에 우선 그 보기 흉한 가슴부터 가리겠소."

"······."

냉운월은 자신의 가슴을 굽어보다가 안색이 해쓱하게 변

했다. 화가 나서 몸을 흔들고 있었기 때문에 한 쌍의 젖가슴
이 덜렁거리고 있는 것을 발견한 것이다.

"이놈!"

스릉!

분노한 냉운월은 검을 뽑다가 혼절하여 그 자리에 풀썩 쓰
러지고 말았다.

불행하게도 그녀는 혼절해서도 젖가슴을 가리지 못했다.
하늘을 향해 반듯한 자세로 누웠기 때문이다.

마랑도는 착잡한 표정으로 냉운월을 잠시 굽어보다가 한
숨을 내쉬고는 그녀의 찢어진 옷으로 젖가슴을 대충 가려준
후 둘러업고 무적방 쪽으로 달리기 시작했다.

조진우는 교활한데다 경계심까지 많은 자였다.

그는 은예상을 납치한 후 사해방이 있는 강서성, 즉 서쪽으
로 가지 않고 오히려 북쪽으로 도주했다.

만약 동쪽이 바다가 아니었다면 아마 그 방향으로 도주했
을 것이다.

이유는 간단했다. 동쪽이 사해방과 반대 방향이기 때문이
다.

그가 거느리고 있던 수하들은 처음에는 이백 명이었지만
냉운월과의 싸움에서 오십여 명을 잃었다.

그는 수하 백 명을 강서성이 있는 서쪽으로 향하게 하고,

자신은 수하 오십 명을 거느리고 최대한 흔적을 남기지 않으면서 북쪽으로 향했다.

그 정도로 용의주도하며 또 한편으로는 무가내를 매우 두려워하고 있었다.

무가내는 송골매의 도움이 아니었으면 조진우를 찾아내지 못했거나 몹시 애를 먹었을 것이다.

송골매는 지상에서 삼십여 장 높이로 낮게 떠서 일직선으로 쉬지 않고 날아갔고, 무가내는 그 아래에서 조금도 뒤처지지 않은 채 따라갔다.

송골매는 동물 중에서 가장 빠른 속도를 자랑한다. 반 시진에 무려 오백여 리 이상을 날 수 있다.

또한 먹이를 향해 날개를 접은 채 급강하할 때에는 반 시진당 팔백여 리의 무시무시한 속도를 낸다.

그런데도 무가내는 송골매에 조금도 뒤처지지 않고 따르고 있었다.

무가내가 송골매를 뒤따르기 시작한 지 반 시진 정도 지난 건시(乾時:밤 9시) 무렵.

그는 북쪽으로 사백오십여 리 이상 달려와 항주성 북쪽 막간산(莫干山)에 이르렀다.

이 산은 대평원 한복판에 우뚝 솟아 있는 그리 크지 않은 산이었다.

하지만 높은 봉우리와 깊은 계곡, 수많은 기암괴석과 울창한 숲이 우거진 험산이었다.

막간산 기슭에는 무강현(武康縣) 지역의 명문인 유운검문(流雲劍門)이 있다.

송골매는 유운검문 위에서 크게 선회비행을 하고 있었다.

바로 그 아래에 무가내가 찾는 사람이 있다는 뜻이었다.

무가내는 앞뒤 잴 것도, 생각할 것도 없다는 듯 곧장 유운검문으로 쏘아갔다.

흡사 빛과 같은 속도로 비스듬히 쏘아 올라 유운검문의 담을 넘으면서 그는 청력을 끌어올려 장원 내의 모든 소리를 감지하기 시작했다.

장원 내의 모든 소리들이 생생하게 들려왔지만 그 속에 은예상의 기척은 없었다.

은예상이 있는 장소만 알면 다 된 줄 알고 있던 무가내는 담 안쪽 어두운 숲에 우뚝 멈춰 서서 잠시 생각에 잠겼다.

그녀가 어디에 있는지 알지 못한 상태에서 무작정 공격을 개시했다가는, 조진우가 그녀를 위협하여 도망치거나 아니면 그녀에게 못된 짓을 할 수도 있다는 생각이 들어 무가내는 초조해졌다.

'그렇지! 숨소리다!'

그가 내공을 더욱 끌어올려 청력을 배가시키자 온갖 소리들이 감지됐다.

심지어 벌레가 나뭇잎을 갉아먹는 소리까지 들릴 정도였다.

무가내는 수천 가지 소리들 중에서 은예상의 숨소리를 잡아내느라 온 신경을 집중시켰다.

그는 평소에는 은예상의 숨소리를 주의 깊게 듣지 않았었다. 하지만 이런 상황에서 그녀를 찾아낼 수 있는 방법은 숨소리밖에 없다고 판단했다.

그래서 수많은 숨소리들 중에서 귀에 익은 숨소리를 찾아내려는 것이었다.

약 열 호흡 정도가 지났을 때 그는 고개를 갸웃거리면서 공력을 거두었다.

은예상의 숨소리, 즉 귀에 익은 숨소리를 찾아내지 못한 것이었다.

'상아가 이곳에 없는 것인가?'

그는 초조한 얼굴로 내심 중얼거리면서 아직도 장원 상공에서 선회비행을 하고 있는 송골매를 올려다보았다.

송골매가 다른 짐승에 비해서 영특하기는 해도 미물일 수밖에는 없다.

무가내는 송골매에게 은예상의 모습을 가르쳐 주고 나서 찾아내라고 했었다.

하지만 그녀를 한 번도 본 적이 없는, 아니, 사람의 남녀를 구별할 수 있을지 없을지도 모르는 송골매가 그녀를 찾아낸다는 것은 어쩌면 처음부터 무리였는지도 모른다.

'어떻게 하지?'

강호 경험이 전혀 없는 무가내로서는 이럴 때 어떻게 해야 할지 대책이 서지 않았다.

마음만 급해서 머릿속이 뒤죽박죽이었고 쉴 새 없이 주먹을 쥐었다가 펴기를 반복하고 있었다.

문득 그는 고개를 세차게 흔들었다.

'이럴 때일수록 침착해야 한다! 정신 차려라, 무가내야!'

그는 스스로를 다독인 후에 크게 몇 차례 심호흡을 했다.

그러는 동안에 어지러웠던 마음과 정신이 빠르게 안정을 되찾아갔다.

'내가 조진우라면 이럴 때 제일 먼저 무엇을 하겠는가?'

그는 아무도 가르쳐 준 적이 없는 역지사지(易地思之)를 스스로 터득하고 있었다. 즉, 상대의 입장에서 상황을 생각하는 것이다.

그러자 한 가지 생각이 퍼뜩 머리에 떠올랐다.

'그렇다! 그놈은 무조건 상아를 자빠뜨릴 것이다!'

말인즉, 조진우가 은예상을 강간하여 억지로라도 자신의 여자로 만들 것이라는 추측이었다.

그리고 그것은 충분히 가능성이 있는 일이었다.

은예상을 너무 연모해서 상사병 지경에 이르러서 그녀의 부모를 죽이고 가문인 숭검문까지 멸문시켰는데 이제 와서 무슨 짓인들 못하겠는가?

그런데 방금 전에 무가내가 장원 내를 두루 살핀 바에 의하

면 조진우가 은예상을 강간하는 기척은커녕 그녀의 숨소리조
차 감지해 내지 못했었다.

'이곳에 없다!'

결국 그는 그런 결론을 내렸다.

결론이 내려졌으면 그 즉시 행동에 옮기는 것이 그의 장점
중의 하나다.

'조진우는 조심성이 많은 놈인 것 같다. 또한 내가 추격할
것이라고 예상했다면 이런 곳에서 상아를 자빠뜨리지는 않을
것이다. 놈은 이곳에 도착했다가 또 다른 장소로 이동한 것이
분명하다.'

순간 그는 추호의 기척도 없이 장원을 빠져나와 백여 장쯤
멀리 벗어났다.

이어서 여전히 허공에서 선회비행을 하고 있는 송골매를
향해 입술을 오므리고 명령을 내렸다.

"구구구··· 구오··· 구구구······."

그러자 송골매가 즉시 한쪽 방향으로 쏘아갔다. 송골매에
게 이 근처에서 사람을 찾아보라고 지시한 것이다.

이어서 그는 송골매가 날아간 반대 방향으로 한줄기 바람
처럼 신형을 날리면서 사혼섭기통을 전개했다.

막간산은 봉우리가 높고 계곡이 깊으며 숲이 울창한 험산
중에서도 험산이었다.

그렇지만 무가내는 마치 평지처럼 산중을 쏘다녔다.

그는 유운검문을 중심으로 하여 오른쪽 방향으로 원을 그리면서 선회하며 꾸준히 사혼섭기통을 전개했다.

그렇게 일각 만에 그는 유운검문에서 반경 이십여 리 바깥쪽을 달리고 있었다.

그런데도 그때까지 어떤 기척도 감지하지 못하자 조바심이 나기 시작했다.

'그놈이 이곳으로 온 것이 아닌가?'

그런 생각마저 들었다. 그렇다면 송골매가 그를 엉뚱한 곳으로 이끌었다는 것이다.

바로 그때였다.

"……!"

그는 하나의 흐릿한 기척을 감지하고 뚝 신형을 멈추었다.

이어서 기척이 감지된 방향으로 공력을 집중시켰다.

두근두근…….

"하아… 하아…….."

그것은 너무도 귀에 익은 심장 박동 소리와 숨소리였다.

'상아!'

무가내는 속으로 비명처럼 외쳤고, 이미 그 방향을 향해 번개처럼 쏘아가고 있었다.

구구구우…….

그때 그가 달려가고 있는 방향 십여 리쯤 떨어진 곳 허공에서 송골매의 나직한 울음소리가 들려왔다.

그곳은 그가 은예상의 심장 박동과 숨소리를 감지한 곳과 정확하게 일치했다.

송골매의 울음소리는 밤새의 그것과 비슷해서 조진우라고 해도 의심하지 않을 것이다.

그는 바위와 계곡, 울창한 숲 때문에 빨리 달리는 것이 여의치 않자 불쑥 허공으로 이십여 장가량 솟아올랐다.

저 멀리 전면 허공중에 송골매가 선회비행을 하고 있는 모습이 보였다.

무가내는 송골매 아래쪽에서 은예상의 심장 박동과 숨소리를 감지했다.

슈우우—

순간 그의 몸이 송골매가 있는 곳을 향해 빛과 같은 속도로 쏘아갔다.

혈검의 절세 경공술인 섬신비 최고 절초식에는 상승과 초상승이 있는데, 상승은 어풍비류행이고, 초상승은 섬광비류행(閃光飛流行)이다.

지금 무가내에 의해서 전개되고 있는 것이 섬광비류행이며, 그것은 말 그대로 섬광과 같은 속도였다.

그는 일다경의 사분의 일의 시간 만에 송골매가 떠 있는 허공에 도착했다.

그 아래는 깎아지른 낭떠러지가 있었고, 낭떠러지 끝에 한 채의 낡은 암자가 위치해 있었다.

은예상의 심장 박동과 숨소리는 바로 그 아래에서 감지되고 있었다.

송골매도 무가내와 똑같은 소리를 감지했을 것이다.

그러나 암자 안에서는 그녀의 기척뿐, 조진우의 기척은 일체 감지되지 않았다.

조진우는 없고 은예상 혼자만 있는 것인가?

순간적으로 그런 생각이 들었다.

무가내는 앞뒤 잴 것 없이 암자 지붕 위에서 곧장 하강하여 그대로 지붕을 뚫고 들어갔다.

퍽!

암자 안에서 그가 가장 먼저 발견한 것은 은예상의 백옥보다 더 희고 눈부신 나신이었다.

은예상은 암자의 불상이 놓인 제단의 앞쪽 바닥에 반듯한 자세로 누워 있었다.

혈도를 제압당했는지 꼼짝도 하지 못했으며, 참담한 표정으로 눈물을 흘리고 있는 모습이었다.

암자 안에는 그녀만 있지 않았다.

한 놈이 더 있었다.

그놈 역시 알몸이었는데 누워 있는 은예상 옆에 무릎을 꿇고 앉아서 한 손으로는 젖가슴을, 다른 손으로는 아랫도리의 음부를 더듬었고, 입으로는 목덜미를 핥고 있는 중이었다.

그놈은 자신의 모든 기척, 즉 숨소리와 심장 박동, 혈맥과

기혈의 흐름까지도 감추는 능력이 있는 듯했다.

천장을 뚫고 들어가는 순간 그 광경을 발견한 무가내는 온몸의 피가 머리로 한꺼번에 몰리는 것을 느꼈다.

찰나 머리를 아래로 한 채 쏘아져 내리고 있는 무가내와 은예상의 시선이 딱 마주쳤다.

은예상의 두 눈이 한껏 커지면서 놀라움과 반가움이 가득 떠올랐다.

다음 순간 은예상을 애무하고 있던 사내가 다급히 고개를 들어 무가내를 쳐다보았다.

이십오륙 세가량의 나이에, 준수한 용모를 지녔으며, 눈이 좀 가늘고 턱이 갸름한 서생 같은 청년이었다.

그가 바로 사해방 소방주인 광천패도 조진우였다.

투우—

순간 무가내의 손가락 끝에서 현존하는 지풍 중에서 가장 빠르고 위력적인 마영신지가 섬전처럼 뿜어졌다.

그러나 다음 순간 그는 마영신지를 발출하자마자 급히 거두어들여야만 했다.

조진우가 은예상을 잡아서 들어 올리고 있었기 때문이다.

만약 그대로 발출한다면 마영신지는 조진우 대신 은예상에게 적중될 수도 있었다.

무가내가 마영신지를 거두는 것과 동시에 암자의 바닥에 내려서고 있을 때, 조진우는 은예상을 자신의 몸 앞에 세우면서 벌떡 일어섰다.

무가내는 조진우를 공격할 수가 없었다.

왜냐하면 그가 은예상 뒤에 숨은 상태에서 한 손으로는 그녀의 목을 움켜쥐고, 다른 손으로는 허리를 끌어안고 있었기 때문이다.

조진우에게 은예상은 최상의 은폐물이었다.

벌거벗은 은예상 뒤에 역시 벌거벗은 조진우가 그녀를 끌어안은 상태에서 밀착한 채 서 있는 모습은 무가내의 허파를 뒤집어놓기에 부족함이 없었다.

"상아, 괜찮아?"

그러나 무가내는 분노를 억누르고 염려스런 얼굴로 은예상을 보며 물었다.

그러나 혈도가 제압된 은예상은 움직이는 것은 물론 말도 할 수 없는 처지라서 원래 커다란 두 눈을 더 크게 뜬 채 하염없이 눈물만 흘리고 있을 뿐이었다.

"물러서지 않으면 이 계집의 목을 꺾어버리겠다!"

그때 은예상보다 머리 하나는 더 큰 조진우가 은예상 머리 위에 턱을 얹은 채 눈을 번뜩이며 나직이 외쳤다.

그의 그런 태도는 그가 은예상을 연모하고 있다고 볼 수가 없었다.

무가내는 자신도 모르게 은예상을 향해 다가가다가 멈칫 걸음을 멈추었다.

"물러서라. 두 번 경고하지 않겠다."

조진우가 다시 한 번 말하면서 은예상의 목을 움켜쥐고 있는 왼손에 슬쩍 힘을 가했다.

조진우의 커다란 손아귀에 은예상의 학처럼 가느다란 목이 온통 다 들어갔다.

그리고 조진우의 손가락이 그녀의 목 속으로 파고들어 가 있는 것이 무가내의 동공 속으로 아프게 쏘아들었다.

무가내는 천천히 뒤로 두 걸음 물러나며 눈에서 은은한 살기를 뿜어냈다.

"상아를 놔주고 물러나면 곱게 죽여주겠다."

조진우는 무가내에게서 시선을 떼지 않으면서 키득거렸다.

"덜떨어진 놈. 나는 이 계집하고 백년해로할 생각인데 죽긴 왜 죽느냐?"

그러면서도 그는 쉴 새 없이 눈알을 굴리고 혀로 입술을 핥는 불안한 행동을 했다.

어떻게 하면 이 상황에서 빠져나갈 수 있을 것인가를 궁리하고 있는 것이 분명했다.

그렇지만 현재로선 방법이 없었다. 은예상을 놓는 순간 무가내가 공격할 것이고, 그것은 곧바로 죽음으로 이어질 것이기 때문이다.

원래 그는 은예상을 찾아내서 사해방으로 끌고 가려는 목적을 품고 일찌감치 항주성에 도착했었다.

그러나 그 당시 황룡표국은 절강무림 전체를 뒤흔들어 놓은 대지진의 진원지나 다름이 없는 상황이었다.

무가내가 혈풍신옥이라는 별호를 얻고 구양중겸을 죽인 직후였기 때문이다.

조진우는 위험을 무릅쓰고 황룡표국에 한차례 잠입했었으나 은예상 주위를 사파 고수들이 삼엄하게 호위하고 있는 것을 감지했다.

더구나 사파 고수들의 우두머리로 보이는 인물은 결코 만만할 것 같지 않았다.

그 인물이 바로 균현이었는데, 그가 사도십존의 한 명인 사혼귀존일 것이라고는 상상조차 하지 못하는 조진우지만, 자신보다 고강할 것이라는 사실은 단지 느낌만으로도 감지할 수가 있었다.

더구나 무가내가 은예상의 곁에 거의 붙어 있다시피 해서 수십 장 이내로 접근하는 것조차 어려웠다.

조진우는 무가내가 균현보다 훨씬 고강하다는 것을 한눈에 간파했다. 혈풍신옥이라는 소문은 사실이었다.

이후 천중검협과 화영이 이끄는 정협맹 정감단 고수 이십 명, 그리고 구룡방의 방주들과 삼백여 고수가 밀물처럼 황룡표국에 들이닥쳤을 때, 조진우는 쾌재를 불렀다.

천중검협 등이 무가내를 작살내는 혼란한 틈을 타서 자신은 은예상을 납치해야겠다는 계략을 세운 것이다.

그런데 그가 황룡표국 밖에서 아무리 기다려도 안에서는 혼란의 조짐이 조금도 일어나지 않았다.

그러던 차에 조진우는 풍정감단의 단주인 화영이 참담한 표정으로 혼자 나오는 것을 발견하고 즉시 그에게 달려가서 어떻게 된 일인지 물어보았다.

사해방은 정협맹 소속이고 조진우와 화영은 연배가 비슷해서 평소 약간의 안면이 있는 사이였다.

화영의 말에 의하면, 무가내가 천중검협을 중독시킨 후에 완전히 한 덩어리 어육으로 만들어 죽였다는 것이다.

그뿐만 아니라 정감단 고수 이십 명도 눈 깜짝할 사이에 모두 목을 잘라 죽였으며, 구룡방 방주들과 삼백여 고수도 깡그리 중독됐는데, 아마 그들은 살아서 나올 확률이 전무하다는 것이었다.

조진우는 대경실색했다. 무가내가 자신이 알고 있는 것보다 몇 배나 더 고강한데다 독까지 자유자재로 사용한다는 사실 때문이었다.

그는 갈등했다. 무가내가 은예상 곁에 붙어 있는 한 그녀를 납치하기는 애당초 틀린 일이다.

하지만 이대로 돌아가자니 은예상의 아름다운 모습이 눈앞에 삼삼해서 도저히 그럴 수가 없었다.

그래서 그는 그녀를 포기하는 것은 스스로 자결을 하는 것이나 다름이 없다는 각오를 되새겼다.

그가 항주성 외곽의 어느 장원에서 고민하고 있을 때, 혈풍신옥에 의해서 구룡방이 해체됐으며 그 자리에 무적방이 개파한다는 소식이 들려왔다.

그 순간 조진우의 머리를 번갯불처럼 스치는 한 가지 꼼수가 있었다.

구룡방 휘하에 있는 절강무림의 방, 문파들을 규합해서 무적방을 공격하게 하고, 자신은 그 틈을 이용해서 은예상을 납치하자는 것이었다.

그리고 그것은 지체없이 실행에 옮겨졌으며, 조금 전까지만 해도 멋지게 성공하는 것처럼 보였었다.

그는 조금 더 서둘러서 은예상을 겁탈하지 않은 것을 뼈저리게 후회했다.

여자에게 순결은 목숨이나 다름이 없다. 더구나 은예상 같은 여자에겐 더욱 그럴 터이다.

그러므로 일단 자신이 그녀를 짓밟아놓으면 나중에 상황이 어떻게 변하더라도 그녀는 죽을 때까지 자신의 여자일 수밖에 없을 것이라는 논리였다.

'저놈이 내가 여기에 있는 것을 도대체 어떻게 알아냈단 말인가?'

조진우는 무가내를 보면서 등골이 저려왔다. 이 순간의 그는 무가내가 사람으로 보이지 않았다.

구양중겹과 천중검협을 죽이고, 풍정감단 고수 이십 명의 목을 순식간에 자른 악마처럼 여겨졌다.

그뿐인가? 구룡방의 해체와 무적방의 개파를 일사천리로 해치운 괴물이기도 했다.

'그러나 이 계집이 내 손에 있는 이상, 저놈은 감히 나를 어쩌지 못할 것이다.'

조진우는 내심 그렇게 중얼거리다가 문득 사악한 미소를 떠올렸다.

자신의 음경이 은예상의 엉덩이 계곡에 밀착되어 있는 것을 느꼈기 때문이다.

그렇게 느끼자마자 움츠러들었던 음경이 순식간에 단단하게 커져서 은예상의 계곡을 찔렀다.

그 바람에 은예상은 움찔 몸을 떨며 뱀이 자신의 엉덩이에 닿아 있는 듯한 일그러진 표정을 지었다.

이런 상황에서 음탕한 생각을 하는 조진우는 결코 평범한 사내가 아니었다. 그는 소위 말하는 변태고 광포한 성격의 소유자인 것이다.

"흐흐… 이 자식아, 이거 보이느냐?"

조진우는 허리를 슬쩍 비틀어서 자신의 단단해진 음경이 은예상의 엉덩이 옆으로 삐져 나오게 했다. 음경은 마치 살아 있는 것처럼 꺼떡거렸다.

그의 음경을 본 무가내의 눈이 커지고 호흡이 가빠졌다. 온몸의 피가 죄다 머리로 몰린 것처럼 분노가 치밀었다.

"흐흐흐… 잘 보고 있어라, 이 자식아. 지금부터 이것을 이 계집의 엉덩이 사이에 쑤셔 넣을 테니까."

"이 죽일 놈! 당장 멈추지 못해?"

무가내는 버럭 노성을 지르며 앞으로 다가갔다.

"다가오면 이년을 죽인다고 했을 텐데?"

순간 조진우가 은예상의 목을 움켜쥔 손에 힘을 주면서 흰 이를 드러내며 으르렁거렸다.

무가내는 멈칫했다. 그의 시선은 조진우의 왼손에 뚫어지게 못 박혀 있었다.

지금 그 손톱이 은예상의 희디흰 목 속으로 파고들어 새빨 간 피가 주르르 흐르고 있었다.

무가내는 급히 그녀의 얼굴을 쳐다보았다.

그녀는 안색이 창백하게 질려서 눈을 부릅뜨고 있는데 눈 에 동공이 사라지고 흰자위가 가득했다. 목이 졸려서 숨을 쉬 지 못하고 있는 것이 분명했다.

무가내는 급히 물러나면서 부르짖었다.

"그만둬! 그녀를 죽이면 네놈을 갈가리 찢어 죽이겠다!"

"크흐흐… 오냐. 이년을 죽이더라도 욕심이나 채운 다음에 죽일 것이다."

조진우는 잔인하게 웃으면서 그녀의 목을 잡은 손에서 힘 을 빼는 대신에 오른손으로 그녀의 다리를 벌리고 허리를 굽히게 했다.

은예상은 혈도가 제압된 상태라서 그가 하는 대로 가만히 있을 수밖에 없었다.

그녀는 허리를 잔뜩 굽힌 자세라서 앞에 있는 무가내를 볼 수도 없게 되었다.

조진우는 오른손으로 은예상의 옥문을 더듬으면서 허리를 엉거주춤 숙이고 어떤 자세를 취했다.

무가내는 아직 동정의 몸이지만 지금 조진우가 취하고 있는 자세가 그의 음경을 은예상의 옥문에 삽입하려는 단계라는 것을 본능적으로 간파했다.

"크으으······."

무가내의 악다문 이빨 사이로 상처 입은 맹수의 포효 같은 신음 소리가 새어 나왔다.

꽤 자라난 그의 더벅머리 머리카락이 가시처럼 빳빳하게 곤두섰으며, 옷이 당장이라도 터져 버릴 것 같은 풍선처럼 팽팽하게 부풀어올랐다.

조진우는 흠칫 하는 표정을 지었으나 하던 일을 멈추지는 않았다.

"케헤헤··· 네놈이 분노하는 모습을 보니까 기분이 좋구나. 자! 이제 들어간다!"

오히려 자신의 음경을 은예상의 계곡 사이에 밀어 넣으려고 하며 광기 어린 웃음을 흘렸다.

무가내는 빠르게 이성을 잃어가고 있었다.

사랑하는 은예상이 능욕을 당하고 있는 것을 뻔히 보면서도 그녀를 구해줄 방법이 없다는 사실이 그를 더욱 분노하게 만들었다.

사실 이런 상황에서 무가내가 침착하게 생각을 정리하기만 하면 조진우를 제압하거나 죽일 수 있는 몇 가지 방법을 떠올릴 수도 있었다.

하지만 그는 천장을 뚫고 들어온 순간 벌거벗은 은예상과 조진우를 발견하고는 이미 절반쯤 이성을 잃은 상태였기에 방법을 떠올리지 못한 것이다.

그 순간 무가내의 뇌리를 번갯불처럼 스치는 것이 있었다.

생각이 떠오르자마자 그는 두 팔을 아래를 향해 늘어뜨린 상태에서 오른손 중지를 오른쪽을 향해 가볍게 튕겼다.

찰나 무형 무음의 지풍, 즉 마영신지 한줄기가 조진우에게서 왼쪽으로 반 장쯤 떨어진 벽을 향해 발출됐다.

그런데 무가내에게서 시선을 떼지 않고 있던 조진우는 그가 손가락을 튕기는 것을 발견하고 움찔 동작을 멈추었다.

그는 무가내가 손가락을 튕긴 방향, 즉 자신의 왼쪽을 재빨리 쳐다보았다. 하지만 아무것도 발견하지 못했다.

교활하고 의심이 많은 조진우는 그 순간 재빨리 은예상을 왼쪽으로 향하게 했다.

무가내는 움찔 놀라면서 그 즉시 중지 손가락을 살짝 옆으로 틀었다.

퍽!

그 순간 조진우는 자신의 옆 가슴 높이 벽에서 격타음이 나자 힐끗 쳐다보다가 움찔 놀랐다.

그곳에 호두알 하나가 통째로 빠져나갈 정도의 구멍이 뚫려 있었기 때문이다.

'저놈······.'

조진우는 심장이 완두콩만 하게 오그라들었다. 오그라든 것은 심장만이 아니었다. 음경마저 번데기처럼 작아졌다.

그는 무가내가 왼쪽을 향해 중지 손가락을 튕기는 것을 보았다.

그것은 지풍이 틀림없었다. 그런데 왼쪽으로 발출한 지풍이 급격히 반원을 그려 조진우 쪽으로 쏘아온 것이다. 보이지 않았지만 벽에 뚫린 구멍을 보면 알 수 있었다.

만약 마지막 순간에 은예상을 방패막이로 삼지 않았더라면 뚫어진 것은 벽이 아니라 조진우의 심장이 됐을 것이다.

그는 곡선으로 휘어지는 지풍이 있다는 것은 들어본 적도 없었다.

그렇다면 더 이상 은예상으로 방패막이를 삼는 것은 불가능해졌다.

생각이 거기에 미치자 조진우는 즉시 행동으로 옮겼다.

은예상을 꽉 끌어안은 채 몸을 날려 바로 옆의 벽으로 돌진

한 것이다.

우직!

무가내는 뻥 뚫린 벽의 돌조각이 바닥에 떨어지기도 전에
몸을 날려 조진우의 뒤를 따랐다.

벽 밖은 바닥까지 무려 백여 장이나 되는 깊은 낭떠러지였
다.

무가내가 벽 밖으로 쏘아나갔을 때 은예상은 낭떠러지 아
래를 향해 빠른 속도로 떨어지고 있는 중이었다.

하지만 조진우는 보이지 않았다.

무가내는 재빨리 위를 쳐다보았다. 조진우가 위로 솟구쳐
막 암자의 지붕을 넘어가고 있었다.

무가내가 당연히 은예상을 구하러 쏘아내려 갈 것이라 여
기고 그사이에 도망치겠다는 얕은 술수였다.

조진우는 지붕 위로 방향을 꺾으면서 무가내를 굽어보며
웃음을 터뜨렸다.

"우핫핫핫! 그 계집을 잠시 맡겨두겠다! 다음에는… 흐익!"

그러나 그는 말을 잇지 못했다.

피잉!

무가내가 은예상을 향해 쏘아 내려가면서 조진우를 향해
마영신지 한줄기를 발출했기 때문이다.

조진우는 한줄기 핏빛 지풍이 자신의 얼굴을 향해 번갯불
처럼 쏘아오는 것을 보고 소스라치게 놀라 황급히 몸을 비틀

면서 얼굴을 돌렸다.

퍽!

"으악!"

순간 그는 왼쪽 눈이 불에 달군 인두로 쑤신 듯한 지독한 통증을 느꼈다.

마영신지가 그의 왼쪽 눈알을 터뜨리고 뺨 위 광대뼈 위를 뚫고 지나간 것이었다.

마지막 순간에 얼굴을 틀지 않았으면 왼쪽 눈과 뒤통수가 관통되어 즉사했을 것이다.

"크으으……."

쿵!

그는 지붕 위로 떨어져 고통 때문에 몸부림치면서 데굴데굴 구르다가 암자 앞 땅으로 떨어졌다.

"으아아! 내 눈! 눈알이 터졌어!"

그는 왼쪽 눈에서 흘러내린 피 때문에 얼굴이 피범벅이 된 채 처절하게 울부짖었다.

하지만 그 와중에서도 무가내가 덮쳐 올지도 모른다고 생각하여 벌떡 일어나 캄캄한 숲속으로 죽을힘을 다해서 달리기 시작했다.

달리면서 그는 이를 부득부득 갈았다.

"으으으… 무가내 이놈! 두고 봐라… 언젠가는 기필코 이 빚을 갚고야 말겠다……!"

슈우욱!

무가내는 조진우의 원한에 가득 찬 외침을 들으면서 전력으로 섬신비를 전개하여 낭떠러지 아래를 향해 쏘아갔다.

저 아래에서 백옥처럼 흰 알몸으로 추락하고 있는 은예상의 모습이 마치 흰 꽃잎처럼 애처롭게 보였다.

척!

그는 낭떠러지 중간쯤에 이르러 두 팔로 가볍게 은예상을 안아 들었다.

이어서 그녀를 안은 손에 진기를 일으켜서 제압된 혈도를 풀어주었다.

"풍 랑······."

은예상은 그 한마디만을 하고 두 팔로 무가내의 목을 꼭 끌어안으며 그의 뺨에 자신의 뺨을 비벼댔다.

무가내도 묵묵히 팔에 힘을 주어 그녀를 깊이 끌어안았다.

그러면서 그는 절감했다.

자신에게 은예상이 얼마나 소중한 존재이며, 그녀를 잃고서는 살아갈 수 없다는 사실을······.

第三十四章

승리

大唐人宗

　무가내가 은예상을 안고 무적방에 도착했을 즈음, 무적방 곳곳은 아수라지옥처럼 변해 있었다.

　처음에 무적방을 공격했을 당시에는 삼천여 명이던 절강 무림의 연합 세력은 지금은 오백여 명만 살아남아 있었다.

　무적방 천삼백오십 명은 칠백여 명만 남아 절반 정도를 잃은 상태였다.

　불행 중 다행으로 연합 세력의 고수들은 구룡방 고수들처럼 정예가 아니었다.

　그래서 수는 많았지만 대다수 사파의 정예 고수들로 구성된 무적방 고수들을 당해내지는 못했다.

또한 무적방 고수들은 연합 세력 고수 오백여 명을 무적방에서 가장 큰 대광장 한복판으로 몰아넣어 포위한 상태에서 집중 공격을 퍼붓고 있었다.

"상아, 나를 꼭 붙잡고 있어야 한다."

무가내는 쏘아가면서 안고 있던 은예상을 등으로 돌려 업으며 당부했다.

그는 무슨 일이 있어도 은예상을 자신에게서 떼어놓지 않을 각오였다.

은예상은 대답 대신 두 팔을 무가내의 겨드랑이 밑으로 집어넣어 가슴을 꼭 끌어안았다.

그녀 역시 죽으면 죽었지 무가내에게서 떨어지지 않을 작정이었다.

대광장의 허공 십여 장 높이에서 잠시 멈춘 무가내는 재빨리 아래쪽을 쓸어보았다.

어지럽게 쌍장을 휘둘러서 칼날 같은 경력을 발출하여 닥치는 대로 적을 주살하고 있는 균현의 모습이 보였다.

그다음에 눈에 띄는 사람이 자미룡이었다. 그녀는 온몸에 피를 뒤집어쓴 모습으로 반 도막이 된 채찍과 단창을 신들린 듯이 휘두르며 적을 죽이고 있었다.

냉운월과 마랑도, 오도겸, 당경림이 좌충우돌하면서 적을 베고 찌르는 모습도 보였다.

그런데 석중명과 양신웅의 모습이 보이지 않아서 무가내

는 두리번거렸다.

그때 문득 그의 눈이 가볍게 빛났다. 석중명과 양신웅의 모습을 찾아낸 것이다.

그런데 두 사람은 부상을 입은 상태에서 서로 등을 맞댄 자세로 힘겹게 싸우고 있었다.

주변에 무적방 고수들이 있었지만 그들도 두 사람을 도와줄 상황은 아니었다.

현재 무적방이 우세하기 때문에 두 사람 정도 힘을 보태지 않는다고 해서 달라질 것은 없는 상황이었다.

그런데도 두 사람은 격전장에서 빠져나가지 않고 사력을 다해서 싸우고 있었다.

그렇지만 매 순간이 위태롭기 짝이 없었다.

두 사람은 부상이 심해서 제 한 몸 돌보기도 어려운 상황에서 싸우고 있기 때문에 한 번 몸을 움직일 때마다 위기가 찾아들고 있는 형편이었다.

슈우욱!

무가내는 곧장 두 사람을 향해서 쏘아 내리면서 쌍장을 발출했다.

과우움!

괴이한 음향과 함께 그의 쌍장에서 위력적인 경력이 소용돌이처럼 뿜어져 나갔다.

마도 사상 두 번째로 강력한 호천무적신장(昊天無敵神掌)이었다. 호천무적신공을 장력으로 변형한 것이다.

콰아아!

"으아악!"

"끄아악!"

무가내가 발출한 단 일장에 석중명과 양신웅 주위에서 공격하던 연합 세력의 고수 칠팔 명이 소용돌이 장풍의 여파에 휘말려서 온몸이 잘라지고 찢어지면서 지푸라기처럼 훌훌 날아갔다.

"주군!"

"주군!"

석중명과 양신웅은 자신들의 옆에 내려서는 무가내를 발견하고 기쁨의 탄성을 터뜨렸다.

"다친 몸으로 방해하지 말고 너희는 나가서 쉬어라!"

서긍!

무가내는 어느새 석검을 뽑아 적 두 명의 목을 뎅겅뎅겅 자르면서 석중명과 양신웅에게 명령했다.

방해하지 말라고는 말했지만, 두 사람은 무가내가 자신들을 염려하는 의도에서 그런다는 사실을 잘 알기에 즉시 격전장 밖으로 나갔다.

이제 무가내가 돌아왔으니 더 이상 무리하지 않아도 되기 때문이었다.

방주가 돌아왔다는 사실은 순식간에 무적방 고수들 전체

에게 퍼졌다.

그렇지 않아도 싸움에서 이기고 있는 중인 무적방 고수들은 용기백배, 사기충천하여 여태까지보다 더욱 거세게 연합 세력 고수들을 몰아붙였다.

무가내는 은예상을 구하러 다녀오느라 무적방 고수들이 많이 희생됐기 때문에 모두에게 미안한 마음이 들어서 더욱 전력으로 초식을 전개했다.

그의 석검에서 찬란하게 펼쳐지고 있는 검초식은 혈검의 쾌뢰검이었다.

그는 혈검보다 더 완벽한 쾌뢰검을 구사했다.

예전에 그가 오악도에서 혈검에게 당했던 이유는 그보다 공력이 부족했기 때문이었지, 검초식의 숙련도가 뒤졌기 때문이 아니었다.

등봉조극의 경지에 도달한 무가내가 펼쳐 내는 쾌뢰검은 완벽 그 자체였다.

우르릉!

쩌르릉!

쾌뢰검이 전개될 때에는 고막을 떨어 울리는 벽력 소리가 터져 나갔다.

소리만 벽력(霹靂)이 아니었다.

초식이 전개될 때마다 검광이 번뜩이면서 검기가 마치 번 갯불처럼, 아니, 번갯불의 파도처럼 쏟아져 나가 적들의 머리와 목과 심장에 꽂혔다.

쾌뢰검은 혈검의 성명검법인 혈전탄류나 참마인의 위력에
는 못 미치지만 다수의 약한 상대들과 싸울 경우에는 오히려
훨씬 효과적이었다.

냉운월과 석중명, 당경림은 황룡표국에 있을 때부터 무가
내에게 쾌뢰검을 전수받았었다.

그들은 벽력 소리가 터져 나오자 그곳을 쳐다보다가 무가
내가 쾌뢰검을 펼치는 광경을 발견하고는 넋을 잃은 채 구경
하기 시작했다.

냉운월과 당경림은 자신들이 싸우는 중이라는 사실도 잊
은 채 건성으로 검을 휘두르다가 몇 번이나 적의 도검에 당할
뻔했다.

하지만 그래도 정신을 차리지 못하고 눈길은 무가내를 향
하고 있었다. 무공을 향한 집념 때문이었다.

그들의 눈은 빛나고 있었다. 자신들도 열심히 연마하여 무
가내처럼 완벽한 쾌뢰검을 전개하고 싶다는 열망이 눈빛에서
번들거렸다.

은예상은 예전 같으면 이런 상황에서 무가내의 등에 얼굴
을 묻은 채 눈을 꼭 감고 처절한 비명 소리도 듣지 않으려고
귀까지 막았을 것이다.

하지만 지금 그녀는 눈을 뜬 상태였다. 그냥 뜬 것이 아니
라 부릅뜨고 되도록 깜빡이지 않으려고 애썼다.

무가내의 동작을, 그리고 어떻게 적들을 죽이는지 똑똑히 보기 위해서였다.

그녀는 조진우에게 납치됐다가 강간을 당하기 직전에 무가내에 의해서 기적적으로 구출되어 이곳까지 오는 동안에 많은 생각을 했다.

그리고는 한 가지 결론을 내렸다.

강해져야겠다는 것이었다.

자신이 약하기 때문에 많은 사람들에게 피해를 입히고 있는 현실이 싫었다.

그녀는 그 무엇보다도 무가내를 위해서 강해져야 한다는 결심을 했다.

무가내는 천하쟁패를 목표로 삼았다. 그런데 약해빠진 여자 때문에 번번이 발목이 잡히고 있는 실정이다.

그는 막간산에서 이곳까지 오는 동안 은예상에게 여러 번이나 미안하다는 말을 거듭했었고, 앞으로는 그녀 곁을 떠나지 않겠노라고 다짐에 다짐을 했었다.

무가내가 은예상 곁을 떠나지 않고 붙어 있으면, 그만큼 천하쟁패에 지장을 초래할 것이고 목표를 달성하는 것이 늦어질 터이다.

반대로 그녀가 강해져서 최소한 제 한 몸을 지킬 수 있게 되면, 무가내의 천하쟁패 기간은 그만큼 단축될 터이다.

벌레 한 마리조차 죽이지 못하는 여린 감성의 소유자가 은예상이다.

이 싸움이 끝나면, 그녀는 무가내를 졸라서 되도록 고강한 무공을 가르쳐 달라고 할 작정이었다.

그런 각오를 하고 있는 그녀이기에 지금 무가내가 전개하는 초식이나 그의 검에 죽어가는 자들에 대해서 익숙해지려고 기를 쓰며 눈을 뜨고 있는 것이었다.

약 일각여의 시간이 흘렀을 때, 절강무림 연합 세력은 오백여 명에서 백오십여 명으로 줄어들었다.

무가내 혼자서 이백여 명을 죽였고, 무적방 고수들이 백오십여 명을 죽였다.

무적방 고수들 칠백여 명이 죽인 것보다 무가내 혼자서 오십여 명을 더 죽인 것이다.

그 즈음 연합 세력의 살아남은 백오십여 명은 더 이상 저항하지 않은 채 광장 한복판에 몰려 웅송그리고 있었다.

그들의 얼굴에서는 처음의 사기와 용맹 같은 것은 찾아볼 수가 없었다.

그 대신 절망과 허탈, 두려움이 그 자리를 대신하고 있었다.

쩽강!

쩔그렁!

마침내 그들은 무기를 바닥에 버리면서 싸우기를 포기했다.

그러자 무적방 고수들도 일제히 공격을 멈춘 채 그들을 겹겹이 포위하고 명령을 기다렸다.

균현이 재빨리 무가내에게 다가와 공손히 아뢰었다.

"방주, 대승입니다. 이쯤에서 저놈들을 놓아주고 싸움을 끝내야겠습니다."

무가내는 여전히 은예상을 업은 채 연합 세력의 잔당을 쏘아보며 중얼거렸다.

"모두 죽여."

"…네?"

균현은 자신의 귀를 의심했다.

싸우다가 항복한 자들은 죽이지 않는 것이 무림의 상식이고 통념이다. 그런데 그들을 모두 죽이라는 것이다.

"방주."

무가내의 말을 한 번도 거역한 적이 없는 균현이지만 이런 경우는 달랐다.

"모두 죽여서 무적방이 호락호락하지 않다는 사실을 모두에게 알려라."

잔당을 살려주자고 무가내를 설득하려고 막 입을 열려던 균현은 급히 입을 다물었다.

무가내가 감정 때문에 그들을 죽이려는 것이 아닐지도 모른다는 생각이 들었다.

"지금 저들을 죽이면 나중에 더 많은 자들의 목숨을 살리게 될 거야."

순간 균현은 머릿속이 환하게 밝아지는 느낌을 받았다.

무가내는 분노나 단지 살인을 즐기기 때문에 잔당들을 죽이려는 것이 아니었다. 그는 이 상황에서 냉철하게 분석을 하고 있었다.

말하자면 이것은 일벌백계(一罰百戒)인 셈이다.

저들을 살려서 보낼 경우, 저들은 무적방을 괴멸시키려는 또 다른 세력에 가담하여 다시 공격해 올지도 모른다. 그것은 적을 놔주어 다시 적을 만드는 어리석은 짓이다.

또한 저들을 살려서 보내는 자비를 베풀면 그것을 곡해한 절강무림은 물론 천하무림이 무적방을 우습게, 그리고 가볍게 여길 것이다.

무적방의 목표는 천하쟁패다. 자비로움으로는 천하를 장악하지 못한다.

저들 백오십 명을 지금 죽여서 나중에 무적방을 공격할지도 모르는 천오백 명, 아니, 만 오천 명에게 경종을 울리는 것이 훨씬 효과적인 병법인 것이다.

아직 무가내의 말을 듣지 못한 잔당들 백오십여 명은 빨리 이곳을 벗어나기만 학수고대하며 초조하게 무가내와 균현을 주시하고 있었다.

그때 균현이 잔당들을 향해 성큼성큼 걸어가며 냉랭하게 명령했다.

"한 놈도 남기지 말고 죽여라!"

잔당들의 얼굴이 해쓱하게 변했고, 무적방 고수들은 어리둥절한 표정을 지었다.

그때 균현과 냉운월, 당경림, 마랑도, 오도겸이 거의 동시에 잔당들에게 덮쳐 가면서 공격을 퍼부었다.

"으악!"

"끄아악!"

그때부터 터져 나온 비명 소리는 여태까지보다 더 구슬프게 들렸다.

무가내는 철탑처럼 우뚝 선 채 눈도 깜빡이지 않고 그 광경을 지켜보았다.

무엇 때문에 갑자기 그런 생각이 들었는지 모른다.

저들을 죽여야 나중에 더 많은 사람들을 살릴 수 있을 것이라고 말이다.

지금 이 순간에도 그는 빠른 속도로 군림자의 법칙, 즉 '군림지도(君臨之道)'를 학습하고 있었다.

은예상 역시 그의 등에 업혀서 커다란 두 눈을 깜빡이지 않으려고 애를 쓰며 잔당들이 죽어가는 광경을 지켜보았다.

그녀의 이성은 무가내의 결정이 옳다고 말하지만, 그녀의 여린 감성은 눈앞에서 벌어지는 광경이 너무도 끔찍해서 비 오듯이 눈물을 흘리고 있었다.

대격전 이후, 균현과 각 군장들의 지휘 아래 무적방은 일사불란하게 피해 복구에 전력을 쏟았다.

가장 큰 피해는 뭐니 뭐니 해도 무적방 고수들이 절반 가까이 죽고, 생존자 칠백여 명 중에서 또 절반이 중상을 입었다는 사실이다.

그러나 피해보다는 이득이 더 많았고 또 컸다.

그 싸움은 언젠가 한 번은 치러야 할 싸움이었다.

만약 절강무림이 무적방을 괴멸시키기 위해서 충분한 시일을 두고 준비를 하게 된다면, 절강무림의 거의 모든 방, 문파나 무림인들이 가세를 할 것이다.

그렇게 운집한 고수의 수는 아무리 적게 잡는다고 해도 이번 싸움에 가담한 삼천여 명보다 최소한 서너 배, 많게는 열 배 이상은 더 많을 것이 분명하다.

물론 그런 최악의 사태가 벌어지지 않게 하기 위해서 무적방은 전력을 다할 것이다.

하지만 그것은 길고도 지루한 싸움이 될 터이고, 어쩌면 극단적으로 무적방이 붕괴하는 사태가 벌어질 수도 있을 것이다.

그런데 무적방은 이 한 번의 싸움으로 명실 공히 단번에 절강무림의 패자로 떠올랐다.

아직 무적방에 적대하는 세력이 들고일어날 불씨는 여기저기에 많이 남아 있는 상황이다.

하지만 말 그대로 그것은 불씨일 뿐이다. 걷잡을 수 없이 거대하게 번지는 불길과는 다르다. 불씨란 그저 찾아내서 밟으면 꺼진다.

앞으로 시간은 충분하다.

무적방은 전열을 가다듬는 직후 항주성을 중심으로 불씨 진화에 나서면 된다.

무적방이 이번 싸움으로 얻어낸 이득은 그것뿐이 아니다.

무적방 개파에 절강무림의 연합 세력 삼천여 명이 공격을 하여 단 한 명도 살아남지 못했다는 소문은 삽시간에 천하무림으로 퍼져 나갔다.

당금 무림의 최대 화젯거리는 단연 무적방이었다. 천하 어디를 가도 무적방에 대해서 분분하게 쑥덕거리지 않는 사람이 없을 정도였다.

무적방은 개파를 하자마자 천하무림에 제대로 출사표를 던진 셈이다.

못이 튀어나오면 망치를 맞기 십상이라고는 하지만, 그것을 두려워할 무가내가 아니다.

그는 그 못을 정협맹의 정수리에 꽂을 생각을 하고 있었다.

"주군! 나와 보셔야겠습니다!"

무가내가 은예상에게 무공을 전수하고 있을 때 균현이 바람처럼 무적궁 오층으로 달려 올라왔다.

균현은 무가내와 은예상에게 두루 예를 취한 후 흥분을 감추지 못한 표정으로 입을 열었다.

"전혀 예상하지 못했던 일이 생겼습니다!"

그의 목소리는 들떠 있었다. 강호에서 사혼귀존이라는 별호는 무심(無心)과 잔인함으로 대변된다.

그런데 지금 그가 짓고 있는 흥분된 표정은 사혼귀존이라는 별호를 무색하게 만들었다.

이럴 경우에 무가내는 언제나 침묵으로 일관한다.

상대의 희비에 휩싸이지 않고 냉정을 유지하는 것이다. 그것은 무림에 출도한 이후 갖게 된 여러 습관 중 하나였다.

"속하가 설명을 드리느니 주군께서 직접 보시는 편이 나을 것입니다."

균현은 침착하려고 애쓰면서 공손한 어조로 덧붙였다.

접객당 앞 광장에는 무림인들이 많이 모여 있었다. 그런데 그들은 무적방 고수들이 아니었다.

그들의 앞쪽 돌계단 위에는 냉운월이 양 허리에 손을 얹은 채 당당한 자세로 서서 그들을 굽어보고 있었으며, 주위에는 요마군 고수들이 늘어서서 경계하고 있었다.

균현이 무가내를 모시고 나타나자 냉운월과 수하들은 공손히 예를 취했다.

균현이 운집해 있는 무림인들을 가리키며 설명했다.

"주군, 이들은 본 방이 개파했다는 소문을 듣고 본 방의 일원이 되고자 찾아왔습니다."

그때만큼은 무가내도 얼굴 표정이 가볍게 변했다. 균현의 말마따나 이것은 전혀 기대하지 않았던 일이다.

같이 따라온 은예상은 균현의 말을 듣고 그가 완곡하게 돌려서 말했다고 생각했다.

이곳에 운집해 있는 무림인들은 무적방이 개파했다는 소문을 듣고 찾아온 것이 아니다.

정확하게 꼬집자면 무적방이 절강무림의 연합 세력을 깡그리 대파했다는 소문을 듣고 나서 찾아온 것이다.

즉, '그 정도 실력있는 방파라면 믿고 내 한 몸 의탁할 수 있겠다' 라는 확신이 섰다는 뜻이다.

그렇다고 이들을 '기회를 엿보는 박쥐' 같은 부류로 매도할 수는 없다.

내 인생과 미래와 희망을 모두 걸어야 하는 상황인데, 그정도 하지 않는다면 오히려 그 사람이 이상한 것이다.

물론 무가내는 이들을 얍삽한 부류로 여기지 않는다. 그 자신이 이들 입장이었어도 능히 그랬을 것이라고 생각했다.

"그래? 모두 몇 명인가?"

그렇게 묻는 무가내의 입가에는 싱글벙글 예의 순진무구한 미소가 떠올랐다.

"삼백오십 명입니다."

무가내는 흐뭇하게 고개를 끄덕였다. 그 정도면 절강무림 연합 세력의 공격 때 잃은 육백오십 명을 웬만큼 보충할 수 있을 것이라는 생각이 들었다.

"좋아. 모두 받아들이게."

무가내는 선선히 삼백오십 명의 입방(入幫)을 허락했다.

"그것은 안 됩니다."

"그건 안 돼요."

그때 균현과 은예상이 동시에 말했다.

무가내는 의아한 표정을 지었다.

"왜?"

당연한 물음이다.

균현은 은예상을 쳐다보며 그녀가 설명하도록 종용했다. 자신과 그녀가 같은 의견이라고 여긴 것이다.

은예상은 아름다운 눈빛으로 무가내를 바라보며 설명했다.

"우선, 저들 중에 정협맹의 첩자나 불순한 목적으로 본 방에 들어오려는 사람이 있는지 살펴봐야 해요."

그녀는 될 수 있는 한 어려운 말을 쓰지 않고 무가내가 알아들을 수 있는 쉬운 말만 사용했다. 그런 작은 것에서도 그녀의 배려가 빛났다.

균현은 공력을 일으켜 자신들이 있는 돌계단 위와 무림인들이 모여 있는 광장 사이에 막을 쳐서 그들이 대화를 듣지 못하게 만들었다. 그들이 은예상의 말을 들어서 좋을 것이 없기 때문이다.

"첩자?"

무가내는 눈을 약간 크게 떴다가 고개를 끄덕였다.

"그렇군. 상아 말이 맞다."

만약 저 속에 정협맹의 첩자가 섞여 있는데, 무조건 모두 받아들인다는 것은 화를 자초하는 일이다.

첩자 한 명이 무적방을 붕괴시킬 수도 있기 때문이다. 그런 의미에서 은예상의 지적은 백번 정확하고 옳았다.

"둘째, 옥석을 가려야 해요."

"옥석?"

은예상은 자신이 실언했음을 깨닫고 즉시 말을 바꾸었다.

"능력과 자질, 재능 등을 따져서 우수한 사람을 받아들이고, 그렇지 못한 사람은 돌려보내야 해요."

"음……."

무가내는 잘 모르겠다는 듯 고개를 모로 꼬았다. 사람이란 가르치기만 하면 모두 뛰어난 능력을 발휘할 것이라고 믿기 때문이었다.

그는 자신이 얼마나 뛰어난 자질의 소유자인지 모르고 있는 것이 분명했다.

"본 방은 돈을 받고 무공을 가르쳐 주는 한가한 무도관이 아니에요. 가르친 만큼 능력을 발휘해야 하는 방파지요. 그러므로 아무리 가르쳐도 발전이 없는 쭉정이 같은 사람들을 받아들여서 그들에게 시간과 재력을 낭비할 필요는 없어요."

무가내는 아까보다 고개를 더 크게 끄덕였다.

"그렇군. 역시 우리 마누라는 똑똑해."

그는 말로만이 아니라 예뻐 죽겠다는 듯 손으로 은예상의 엉덩이를 툭툭 두드린 다음에 슬슬 쓰다듬기까지 했다. 남이 보거나 말거나 아랑곳하지 않았다.

무가내가 틈만 나면 은예상의 온몸을 만지고 쓰다듬고, 뽀뽀를 해대는데도 그녀는 아직 이력이 나지 않았는지, 그럴 때마다 얼굴을 노을처럼 붉히고 부끄러워서 어쩔 줄을 몰랐다.

무가내는 그녀가 그런 반응을 보이는 것이 또 재미있고 예뻐서 더욱 짓궂게 달려들곤 했다.

그렇지만 은예상은 그러는 무가내에게 한 번도 신경질을 부리거나 싫은 내색을 한 적이 없었다.

그렇다고 그녀가 싫은데도 억지로 참고 있는 것은 아니었다.

무가내의 그런 행동에서 그가 얼마나 자신을 사랑하고 있는지 절실하게 느끼고 있기 때문에 오히려 감사한 마음이 들 따름이었다.

"풍 랑은 그저 그런 만 명의 무사와 일당백의 백 명의 고수들 중에서 어느 쪽을 선택하겠어요?"

"음……."

무가내는 진중한 표정으로 턱을 쓰다듬으며 생각에 잠겼다.

은예상의 물음에 보통사람들 같으면 대뜸 '일당백의 백 명의 고수'라고 대답을 했을 것이다.

그런데도 무가내는 심각하게 생각하고 있었다.

은예상과 균현은 그의 그런 점을 좋아했다. 저런 깊은 생각 끝에는 언제나 모두를 놀라게 만드는 기발함이 튀어나오곤 했었다.

"상아."

그리고 한참 만에 그가 드디어 입을 열었다.

"네?"

은예상은 그 어느 때보다도 눈을 빛내며 그를 바라보았다.

그녀의 눈빛만 보면, 이 세상에서 당신을 가장 사랑하고 있는 사람은 '바로 나예요'라는 사실을 즉시 알 수 있었다.

"그런데 일당백이 무슨 뜻이지?"

무가내가 무슨 말을 할 것인지 잔뜩 기대하고 있던 은예상과 균현은 하마터면 쓰러질 뻔했다.

균현이 무가내에게 하려고 했던 말이 바로 은예상이 조목조목 명쾌하게 한 말이었다.

마치 균현이 사전에 은예상더러 무가내에게 그렇게 말을 해달라고 부탁을 한 것 같았다.

아니, 균현은 말주변이 별로 없어서 은예상처럼 조리있게 말하지 못했을 것이다.

균현은 다시 한 번 은예상의 총명함에 탄복할 수밖에 없었고, 그녀가 무가내의 두뇌가 되기에 손색이 없다는 사실을 새삼 절감했다.

어쨌든 무가내는 은예상의 말대로 실행하라고 명령을 내렸다.

그렇게 해서 삼백오십 명 중에서 선발된 인원은 기껏 이십오 명뿐이었다.

균현이 매우 엄격한 잣대를 적용하여 선발했기 때문이었다.

선발 기준의 첫째는 무조건 사독요마 출신이어야 한다는 것이고, 둘째는 능력, 셋째는 자질이었다.

그 결과 삼백오십 명 중에서 삼백이십오 명이 탈락하게 된 것이다.

각 군장들은 선발된 이십오 명 중에서 한 명이라도 많은 인원을 자신의 휘하에 달라고 균현에게 통사정을 했다.

절강무림 연합 세력과의 싸움에서 다들 많은 고수들을 잃었기 때문에 충원을 하려는 것이었다.

그러나 균현은 그들 이십오 명을 무적오군에 고르게 배치하지 않았다.

무적오군은 각기 특성이 다르다.

혈검군은 혈검. 즉, 삼절마제의 검법을 주된 무공으로 연마하고, 싸움이 벌어질 경우에는 적과 직접 전투를 벌이는 주력군으로 편성되었다.

이들을 혈검전사(血劍戰士)라고 부른다.

구주군은 구주사황의 모든 사도무공을 연마한다. 그리고 혈검군과 마찬가지로 무적방의 주력군이다.

이들은 구주전사(九州戰士)라 불린다.

만신군은 만독신군의 독술이 총망라된 총독비술과 제령수어법 같은 것들을 배운다.

이들은 주력군인 혈검군과 구주군을 측면과 배후에서 지원하고, 어떤 경우에는 독단적으로 일을 수행하게 될 것이다.

이들은 만신전사(萬神戰士)라는 이름을 갖게 됐다.

요마군은 무적방의 내전과 같은 기능을 한다. 즉, 무적방의 살림을 도맡고 집법, 감찰 등의 기능을 하며, 방의 경호와 주요 인물의 호위 등을 담당하는 역할을 수행한다.

이들은 요마전사(妖魔戰士)로 불린다.

무적군은 방주인 무가내가 직접 가르치고 지휘한다는 점에서 다른 무적사군과 차별화가 된다.

또한 이들은 사독요마의 사대종사인 삼절마제와 구주사황, 만독신군, 요선마후의 절학들을 자신의 능력에 따라서 모두 배울 수 있는 특권을 누린다.

말하자면 무적군 고수 한 명이 혈검전사와 구주전사, 만신전사, 요마전사 등 네 명의 능력을 한꺼번에 연마하고 또 발휘하는 것이다.

이들은 무적방의 최정예 고수이며, 모든 무적방도들의 동경의 대상이다.

무가내는 무적방의 전 고수들에게 무적군에 들어올 수 있는 길을 상시 열어두었다.

그러나 그 길을 지나서 무적군에 들려면 무가내가 직접 주관하는 시험에서 통과해야만 한다.

그리고 아직 무적사군에 적을 두고 있다가 시험을 통과하여 무적군이 된 고수는 한 명도 없다.

이들 무적군 고수를 무적전사(無敵戰士)라고 부른다.

하지만 무적사군의 고수들은 무적전사들을 달리 천군전사(天軍戰士)라고도 부른다.

무적사군의 고수들이 질투와 선망을 섞어서 만들어낸 또 다른 이름인 것이다.

균현은 삼백오십 명에서 최종 선발한 이십오 명을 각자의 능력과 자질에 맞게 무적사군에 배치했지만, 무적군에는 단한 명만을 배치했다.

第三十五章
무적전사(無敵戰士)

　무적방이 절강무림의 연합 세력과의 싸움에서 승리를 거
두고 나서 닷새가 정신없이 지났다.

　무가내의 집무실인 구층짜리 거대한 탑 모양의 전각 무적
궁 뒤쪽 넓은 면적에는 이층의 견고하게 지어진 석조 건물이
위치해 있었다.

　무적군 무적전사들의 전용 수련장인 그곳은 그들에 의해
서 무간도(無間道)라는 이름이 붙여진 곳이다.

　무간도는 온갖 세속의 번뇌를 벗어던지고 모든 것에 막힘
이 없는 경지를 뜻한다.

　무적전사들은 사대종사의 절학들을 두루 연마해서 자신들

이 그런 경지에 이르기를 간절하게 소원하고 있었기에 수련장을 무간도라고 부르게 되었다.

절강무림 연합 세력과의 싸움에서 무적군은 삼분의 이 이상인 백삼 명이 죽었고, 살아남은 사람들 대다수도 중경상을 입는 큰 피해를 봤다.

백사십 명을 잃은 구주군에 비하면 수적으로는 희생이 적지만, 총원이 삼백 명인 구주군과 총원이 백오십 명인 무적군의 희생이 같은 비중일 수는 없었다.

무적오군 중에서도 무적군의 희생이 가장 컸던 이유로는 그들이 몸을 사리지 않고 적과 싸웠기 때문이라는 최종 분석이 나왔다.

자신들이 무적방에서 최고의 정예라는 지나친 자부심과 모든 사람들에게 자신들이 용맹의 모범을 보여야 한다는 중압감이 그런 막대한 희생을 야기한 것이었다.

현재 남아 있는 무적전사는 사십칠 명이었다.

그런데 오늘 새로 무적군에 배치된 한 명이 들어와서 사십팔 명이 됐다.

지금 무적군의 수련장인 무간도의 넓은 석실 안에는 무가내를 비롯한 사십팔 명의 무적전사가 모두 모여 있었다.

흑의 경장을 입고 석검을 멘 무가내가 천신처럼 우뚝 서 있고, 그의 앞쪽 좌우에 사십칠 명이 반씩 나누어 벽을 등진 채 서로 마주보고 서 있으며, 무가내 앞에 새로 무적전사가 된 사내가 서 있었다.

현재 살아남은 무적전사들은 석중명과 당경림, 마랑도, 혈마곡주였던 인물과 혈마곡의 당주였던 인물, 그리고 혈마곡 고수 이십이 명과 나머지 이십삼 명이었다.

처음에 무적군에 편성됐을 때 혈마곡 사람들은 모두 삼십 삼 명이었는데, 지금은 이십이 명이 남았으니 절강무림 연합 세력과의 싸움에서 불과 열한 명이 죽은 것이다.

혈마곡 출신 사파 고수들의 생존율은 기대했던 것보다 훨씬 높았다.

그들은 오랜 세월 동안 정협맹의 탕마령에 추격당하는 과정에서 수백 차례의 싸움을 겪고 살아남은 백전노장들이며 악바리들이었다.

이곳에 모여 있는 무적전사들은 무가내와 오늘 새로 들어온 사내를 제외하고 사십칠 명 모두가 크고 작은 상처들을 입은 상태였다.

무가내가 그들에게 최상의 조건에서 치료와 휴식을 취하라고 지시했지만, 벌써 한 명도 빠짐없이 무간도에 모습을 나타낸 것이다.

이들은 하고자 하는 의지와 집념이 그만큼 투철하게 무장되어 있었다.

무가내를 비롯한 모든 무적전사들은 새로 들어온 사내를 주시하고 있었다.

그 사내는 삼십 세가량의 나이에, 짧은 머리카락과 갸름한 얼굴 윤곽, 움푹 꺼진 눈과 두 뺨을 지닌 무척이나 강팍한 용모의 소유자였다.

　더구나 턱에서 귀밑까지 깊이 새겨진 긴 흉터는 그를 잔인하면서도 강인하게 보이게 했다.

　또한 후리후리한 키와 체구에 두 팔과 다리가 유난히 길어서 성성이를 연상시켰다.

　"이름이 뭐냐?"

　사내를 지켜보던 무가내가 이윽고 조용히 입을 열었다.

　"기개세(氣蓋世)요."

　"무슨 뜻이냐?"

　무식한 무가내로서는 당연한 물음이었다.

　사내는 표정 하나 변하지 않고 무심한 어조로 대답했다.

　"기세가 세상을 뒤덮을 만하다는 뜻이오."

　무가내는 작게 감탄했다.

　"호오! 재미있는 이름이로구나."

　"무가내라는 이름보다는 덜 재미있소."

　"뭐어?"

　무가내는 어? 하는 표정을 지었다.

　"이놈! 감히 방주께 무례하게 굴다니!"

　차창!

　순간 석중명과 당경림, 마랑도, 혈마곡주 네 사람이 어느새 도검을 뽑아 사내 기개세를 덮쳐 가며 호통을 쳤다.

"그만둬라."

무가내가 명령하자 허공을 가르던 네 자루 도검이 일제히 기개세의 몸 반 자 거리에서 뚝 정지했다.

그런데도 기개세는 외눈 하나 까딱하지 않은 채 무가내를 주시하고 있었다.

"핫핫핫핫! 너 아주 재미있는 놈이로구나!"

무가내는 고개를 젖히고 어깨를 들먹이며 유쾌하게 웃었다.

"소문에 듣기로는 당신이 더 웃기는 사람이라고 들었소."

"엉?"

무가내는 웃음을 뚝 그치고 기개세를 쳐다보면서 고개를 끄덕였다.

"그래. 나는 웃기고 재미있는 것을 좋아한다. 산다는 것은 즐기는 것이니까 말이야."

"동감이오."

기개세는 네 자루 도검이 자신의 온몸을 겨누고 있는데도 할 말은 꼬박꼬박 다 했다.

"그런데 너는 어째서 표정이 그러냐?"

"웃기고 재미있는 일이 없기 때문이오."

"음, 딴은 그렇군."

무가내는 손을 가볍게 저어서 석중명 등에게 물러나라고

한 후 기개세를 보며 빙그레 미소를 지었다.

"너의 인내심과 자질이 입심만큼 대단하기를 기대한다."

그때만큼은 기개세도 대답을 하지 않았다.

무가내는 느릿하게 좌중을 둘러보고 나서 조용히 말문을 열었다.

"지금부터 내가 무적일전사(無敵一戰士)다."

뜬금없는 말에 기개세를 제외한 모두들 의아한 표정을 지으며 무가내를 주시했다.

"한 달 후에 너희 사십팔 명을 서로 대결시켜서 순번을 정하겠다. 나를 제외하면 무적이전사(無敵二戰士)가 가장 강하고 사십팔전사가 꼴찌다. 그 후부터는 반년에 한 번씩 대결을 펼쳐서 순번을 새로 정한다."

그제야 무적전사들은 무가내의 말뜻을 알아들었다.

모두의 얼굴에 강렬한 투지가 가득 떠올랐다. 이때만큼은 기개세도 예외가 아니었다.

무적전사는 무적방 내에서 최정예이며 특권층이다. 다른 네 개 군의 군장도 부럽지 않은 신분이다.

그런 무적군에서 무적이전사가 된다는 것은 실로 굉장한 일이 아닐 수 없다.

그것은 방주이며 무적군장인 무가내의 바로 아래 단계를 가리키는 것이며, 무적방 내에서 서열 이위라는 뜻이기도 하기 때문이다.

물론 자타가 인정하는 무적방 서열 이위는 혈검군장인 사혼귀존 균현이지만, 무적전사들은 그런 것은 개의치 않았다.

무적군 내에서의 서열이 최우선한다고 생각하기 때문이다.

한 달 후에 그것이 결정될 것이다.

모두들 가슴이 설레며 얼굴이 상기되었다.

"너희는 삼 년 안에 나의 삼 할 수준이 되어야 하고, 오 년 안에 오 할 수준이 돼야 한다."

무가내는 평소와 다름없는 느긋한 표정으로 뒷짐을 지고 어슬렁어슬렁 걸으면서 말했다.

그러자 모두들 애매한 표정을 지었다. 무가내의 삼 할과 오 할 수준이 도대체 어느 정도인지 감을 잡을 수가 없기 때문이었다.

그의 무공을 여러 차례 눈으로 직접 본 적이 있는 석중명과 당경림도 감을 잡지 못하기는 마찬가지였다.

그가 엄청 고강하다고만 알고 있을 뿐이지, 어느 정도인지 정확하게는 모르는 그들이었다.

무적전사들의 시선이 석중명과 당경림에게 집중되었다. 두 사람이 무가내에게 그의 무위가 어느 정도 수준인지 자세히 물어보라는 무언의 압박이었다.

결국 석중명이 조심스럽게 입을 열었다.

"저… 주군의 삼 할과 오 할이 각각 어느 정도 수준입니까?"

"나도 몰라."

무가내의 대답은 간단했다.

그럴 수밖에 없는 것이, 그조차도 자신의 무공 수위를 정확하게 모르고 있는 것이다.

무적전사들은 암담한 표정을 지었다. 목표가 뚜렷해야만 수시로 자신들의 성취도를 재가면서 노력을 경주할 텐데, 그러지 못하니 목적지를 모르고 길을 떠나는 것이나 다름이 없는 노릇이었다.

그때 당경림이 기지를 발휘했다.

"혈검군장을 주군과 비교하면 어떻습니까?"

무가내는 즉시 대답했다.

"균현? 내 삼 초식도 못 버틸 거야."

모두의 얼굴에 말도 안 된다는 표정이 떠올랐다. 당금 무림에 사도십존의 한 명인 균현을 삼 초식 안에 죽일 수 있을 만한 실력의 소유자가 어디에 있느냐는 듯한 표정이었다.

하지만 석중명과 당경림, 마랑도는 달랐다. 그들은 무가내가 콩을 팥이라고 해도 믿는 사람들이다.

"그럼 구양중겸이나 천중검협은 어떻습니까?"

"음! 구양중겸은 오 초식. 천중… 뭔가 하는 영감은 잘하면 십 초식까지는 버티겠더군."

방금까지 말도 안 된다는 표정을 지었던 무적전사들은 구양중검과 천중검협이라는 이름이 나오자 움찔 놀랐다.

둘 다 무가내에게 죽은 인물이다. 그들을 그처럼 손쉽게 죽일 수 있을 정도라면, 균현을 삼 초식 안에 제압할 수 있다는 말이 틀리지 않을 것이다.

석중명이 놀라움을 간신히 삼키면서 더듬거렸다.

"그럼… 혈검군장이 삼 할이고, 구양중검이 오 할, 천중검협이 십 할입니까?"

초식을 할(割)로 계산한 것이다.

무적전사들은 어이없는 얼굴로 석중명을 쳐다보았다.

그의 계산법대로라면, 누군가 무가내에게 이십 초식을 버티면 이십 할이고, 백 초식을 버티면 백 할이라는 말인가? 십 할이 전부인데, 이십 할은 무엇이고 백 할은 또 무어란 말인가.

그런데 무가내의 반응이 또 가관이었다. 그는 석중명의 물음에 고개를 끄덕였다.

"그런가? 응. 그런가 보지."

사실은 조금 전에 그가 했던 말, 즉 '삼 년 안에 나의 삼 할 수준이 되고, 오 년 안에 오 할 수준이 되라'는 말은 그의 주문에 따라서 은예상이 암기시킨 말이었다.

그러니 어느 정도가 몇 할인지의 셈은 모르고 은예상의 말을 앵무새처럼 나불나불 옮겼을 뿐이었다.

그러나 무가내가 무식하다는 사실을 익히 알고 있는 무적 전사들은 그다지 놀라지 않았다.

그러나 석중명까지 무가내처럼 어수룩하게 구는 것은 비난의 대상이 되기에 충분했다.

"왜……."

그런데도 석중명은 자신의 실수를 모르는 듯 동료들의 시선에 어리둥절한 표정을 지었다.

그때 혈마곡주였던 인물이 침착한 어조로 입을 열었다.

"그렇다면 혈검군장이 주군의 일이 할 수준이고, 구양중겸이 삼 할, 천중검협이 오 할 정도라고 할 수 있겠군요."

그는 탈혼검(奪魂劍) 강조(姜朝)라는 이름을 갖고 있다.

그는 원래 의지가 굳고 용맹하며 말수가 몹시 적은 강의목눌(剛毅木訥)한 사람이지만, 당장 죽어도 할 말은 꼭 하는 사람이기도 했다.

무가내는 또다시 고개를 끄덕였다.

"그래, 맞아. 바로 그거야."

석중명 말도 맞고, 강조의 말도 맞다는 것이다.

그야 어쨌든, 무적전사들은 한 가지 사실만은 분명하게 알게 되었다.

자신들 모두가 삼 년 안에 구양중겸 정도의 고수가 되고, 오 년 내에는 천중검협과 같은 수준의 절정고수가 돼야 한다는 사실이었다.

그때부터 아무도 입을 열지 못했다.

실내는 무덤 속처럼 고요했고, 깊은 바다 밑바닥처럼 무겁게 가라앉은 분위기였다.

절강무림의 절대자 극신도황 구양중겸이 어떤 인물이고, 강소무림의 절대자이며 정협맹 이십오맹숙 중 한 명인 천중검협이 또 어떤 거물인가.

삼 년 안에 구양중겸 정도가 되고, 오 년 안에 천중검협만큼 되는 것은 애당초 불가능한 목표라고 생각하는 그들이었다.

차라리 삼 년 안에 태산을 다른 장소로 옮기고, 오 년 동안 장강의 물줄기를 바꿔놓으라고 하는 쪽이 조금이라도 더 가능성이 있을 터이다.

그때 무가내가 조용한 목소리로 입을 열었다.

"나 지금 열여덟 살이야. 내가 너희들 중에서 가장 어리지?"

그것은 모두 알고 있는 사실이었다. 그러나 그가 왜 갑자기 그런 말을 하는지는 짐작하지 못했다.

무가내는 해맑게 미소를 지으며 말을 이었다.

"여기서 제일 어린 나의 삼 할과 오 할을 이루어보라고 하는데 못하겠다는 거야? 그렇게 자신이 없어?"

무적전사들 중에서 몇 명이 무엇을 느꼈는지 움찔움찔 가볍게 몸을 떨었다.

그들에게는 '나 같은 어린 사람도 하는데 어른이 그 정도를 못해?' 라는 소리로 들린 것이다.

무가내는 천천히 그들 앞을 거닐며 말을 이었다.

"내가 열심히 가르칠 테니까, 너희들은 죽을 각오로 연마해. 그럼 가능할 거야."

그는 멋있는 말로 화려하게 치장을 하는 말재주는 없다.

그렇지만 그의 투박한 말은 무적전사들 가슴속으로 무딘 칼날처럼 쑤셔 박히고 있었다.

뚝.

무가내는 무적전사들 한가운데에서 걸음을 멈추었다. 그리고 조용하지만 힘있는 목소리로 입을 열었다.

"나는 너희들과 함께 저 넓은 중원을 달리고 싶다! 나는 너희들과 함께 먹고, 마시며, 울고 웃으면서 적들과 싸워서 이기고 싶다!"

무적전사들은 무가내의 진심 어린 말에 가슴이 떨리고, 피가 뜨겁게 끓어오르며, 심장 박동이 빨라지는 것을 느꼈다.

무가내는 오른손을 들어 주먹을 힘껏 움켜쥐었다.

"천하쟁패라는 것을 했을 때, 그 꼭대기에 너희들과 함께서 있고 싶다는 말이다!"

진심 어린 사람들에게 진심은 통한다. 그다음에는 아무 문제도 없다.

무적전사들은 약속이나 한 듯이 부르르 몸을 떨면서 얼굴이 격동으로 물들었다.

무가내는 무적전사들을 슥 둘러보며 우렁차게 외쳤다.

"이봐! 우린 형제 아니냐?"

아무도 움직이거나 말을 하지 않았다.

다만 사내들의 이글거리는 눈빛과 씨근거리는 거친 숨소리와 뜨거운 열기가 실내를 가득 메웠다.

쿵!

그때 전 혈마곡주였던 탈혼검 강조가 무가내를 향해 무너지듯이 무릎을 꿇었다.

"하겠습니다!"

그는 이마를 차가운 바닥에 대며 웅혼하게 부르짖었다.

"하지 못하면 죽겠습니다!"

뒤를 이어 당경림과 석중명, 마랑도, 그리고 무적전사들이 앞 다투어 무가내를 향해 무릎을 꿇고 이마를 바닥에 대며 심장을 쥐어짜듯 외쳤다.

"하겠습니다!"

"하지 못하면 죽겠습니다!"

실내에 서 있는 사람은 무가내와 기개세 두 명뿐이었다.

무가내를 주시하는 기개세의 두 눈은 고요하게 가라앉아 있어서 침착하게 보였는데, 반면에 이마와 목에는 힘줄이 불거져 있어서 그가 격한 감정을 인내하고 있다는 사실을 알 수 있었다.

이윽고 그는 천천히 무릎을 꿇고 이마를 바닥에 댔다. 그리고 조용히 중얼거렸다.

"나도 하겠소. 그러나 죽지는 않겠소."

그는 이를 갈 듯이 말을 이었다.

"기필코 살아남아서 무적이전사가 되고 말겠소."

정협맹의 손길을 피해서 절강무림 곳곳에 숨거나 흩어져 있던 사독요마의 방, 문파들이나 고수들이 속속 무적방으로 모여들었다.

첫날에 삼백오십 명이 찾아온 것을 필두로, 보름째까지는 매일 이삼백 명씩 모여들었다.

그러더니 그 수가 점차 줄어 한 달이 지날 즈음에는 하루에 적게는 오륙십 명에서 많게는 백여 명까지 찾아왔었다.

혈검군장 균현의 분석에 의하면, 전반기에 많은 수가 몰려든 이유는 그들이 절강무림에 속한 사독요마의 고수들이기 때문이고, 시일이 지나 적은 수가 찾아오는 것은, 그들이 절강성 밖 천하 곳곳에서 소문을 듣고 찾아온 것이라는 것인데, 그의 분석은 정확했다.

지난 한 달 동안 무적방에 입방하려고 찾아온 사독요마 고수들은 무려 육천여 명에 달했다.

그러나 균현의 엄격한 심사 기준을 통과하여 최종 선발된 고수는 일 할에도 미치지 못하는 오백여 명에 불과했다.

지금 이 순간에도 천하 도처에서 사독요마 방, 문파와 고수들이 절강성의 무적방으로 꾸준히 모여들고 있었다.

그래서 항간에서는 무적방이 사독요마의 실질적인 총혈계라는 소문까지 나돌 정도가 되었다.

사십여 일이 지날 무렵, 무적방을 찾는 사독요마의 고수들 수가 하루 평균 삼십여 명으로 줄자 균현은 그들을 심사하는 일을 요마군장인 냉운월에게 넘겨주었다.

"에고고… 기운없다."

쿵!

무가내는 쌍장을 밀착하고 있던 기개세의 등에서 손을 떼고는 뒤로 벌렁 드러누우며 죽는소리를 했다.

그는 기개세를 마지막으로 무적전사 전원 사십육 명의 임독양맥을 소통시켜 주었다.

하루에 한 명씩 무려 사십육 일이 걸린 길고도 힘든 대장정이었다.

말이 사십육 명이지, 하루에 한 명씩 무려 사십육 일 동안 사십육 명의 임독양맥을 소통시켜 주는 일은 그 누구도 엄두조차 내지 못할 일이었다.

아니, 그런 일을 생각해 내는 사람조차 없었을 것이다.

오직 무가내이기에 가능한 일이었다.

석중명과 당경림은 황룡표국에 있을 때 이미 임독양맥을

소통시켜 주었으므로, 이제 무적전사 사십팔 명은 모두 임독양맥이 소통되어 예전에 비해 두 배 이상 강해진 것이다.

마지막으로 기개세의 임독양맥을 소통시켜 주고 나서 기진맥진하여 뒤로 쓰러졌던 무가내는 어느새 코를 골며 깊은 잠에 빠져 있었다.

연거푸 세 차례의 운공조식을 하고 난 기개세는 천천히 일어나서 우뚝 섰다.

사실 그는 자신의 차례가 되기 전까지는 무가내가 무적전사 모두의 임독양맥을 소통시켜 주었다는 말을 믿기 어려웠었다.

임독양맥이 소통된 동료들의 무위가 그전보다 두 배 이상 증진된 것을 자신의 두 눈으로 똑똑히 목격하면서도 긴가민가했었다.

어쩌면 그들 모두가 한통속이 되어 자신을 놀리는 것일 수도 있다는 생각이 들기도 했었다.

의문은 의문을 낳고, 또한 불신과 의심을 잉태시켰다.

그는 무가내가 무공을 펼치는 것을 직접 본 적이 한 번도 없었다.

그래서 그가 정말 구양중겸과 천중검협을 죽이고, 손가락 하나만 까딱해도 죽일 수 있었던 정협맹 풍정감단의 단주인 화영을 놓아주었으며, 그 수하들 이십 명을 모조리 목을 잘라 몰살시켰다는 사실마저 의심하게 되었다.

급기야 사혼귀존 균현이 주동이 되어 무가내를 꼭두각시로 내세워 무슨 음모를 꾸미고 있을지도 모른다는 의심까지 하기에 이르렀다.

그동안 이루어놓은 일이 이제 겨우 열여덟 살짜리 무가내가 이룬 것치고는 너무 컸기 때문에 의심은 가중되었다.

그러나 기개세는 이제야 깨달았다. 그리고 그 모든 일들을 믿을 수 있었다.

자신의 체내에서 갑자기 두 배로 증진된 공력이 맥맥하게 혈맥을 흐르면서 임독양맥까지도 거침없이 소통하고 있는 사실을 생생하게 느끼고 있기 때문이었다.

그는 잠에 곯아떨어져서 코까지 골고 있는 무가내를 물끄러미 굽어보면서 내심 중얼거렸다.

'이 사람 물건이로군.'

무가내는 하루가 다르게 지식이 쌓여가고 있었다.

매일 은예상에게 틈나는 대로 공부를 하고 있기 때문이다.

절강무림 연합 세력과의 싸움이 끝나고 며칠이 지난 어느 날, 은예상이 무가내를 자신의 방으로 불렀다.

은예상과 노는 일이라면 자다가도 벌떡 일어나는 무가내는 오늘은 무엇을 하고 놀까를 궁리하면서 그녀에게 한달음에 달려갔다.

그런데 방에 들어서는 그에게 은예상이 차분한 표정으로 입을 열었다.

"오늘부터 소녀에게 글을 배우도록 하세요."

무가내는 당연히 반대했다.

반대하는 이유로는, '공부보다 바쁘고 중요한 일이 너무 많아서 도저히 시간을 낼 수 없다' 는 것이었다.

그렇지만 사실은 공부라는 것이 지겨울 것 같은 예감이 들었기 때문이다.

그는 은예상으로부터 천하쟁패를 하려면 학식이 왜 필요한지에 대해서 장장 한 시진 동안 지루한 설교를 듣고 나서야 마지못해서 공부를 하겠다고 수락했다.

하지만 그녀의 설득에 공감을 했기 때문이 아니라, 그녀가 그를 설득시키려고 너무 오랫동안 쉬지 않고 말하는 것이 안쓰러웠기 때문이었다.

안쓰러움으로 어쩔 수 없이 시작된 공부였는데, 무가내는 그날 해가 지기 전에 이미 공부라는 희한한 매력에 깊이 심취되어 버렸다.

쉬운 글부터 한 글자 한 글자 쓰고 또 읽는 것은 마치 기어다니던 갓난아기가 처음 두 발로 딛고 일어나 걸음마를 배우기 시작한 것과 같았다.

아기가 요람에 누워만 있을 때에는 요람이 세상의 전부고, 기어다니면 방 안이 세상이며, 걷기 시작하면 다른 방이나 정원, 그리고 집 밖에도 나갈 수 있으므로 그때부터 세상이 온전히 내 것이 되는 이치와 같다.

글을 배우고 나서, 무가내는 자신의 정신이 지금껏 요람 속에 있었다는 사실을 깨달았다.

처음 글을 배우기 시작한 지 이틀 만에 그는 초보적인 책자를 읽기 시작했다.

그는 낮에는 무적전사들에게 무공을 가르쳤고, 또 매일 한 명씩 임독양맥을 소통시켜 주었다.

그리고 요마군장 냉운월로부터 그날의 업무에 대해서 보고를 받는 일을 게을리하지 않으면서도 수불석권(手不釋卷), 손에 책을 놓지 않았다.

처음에는 글자를 익히는 데 필요한 초보적인 서책 한 권을 읽는 데 사나흘이 걸렸었다.

그런데 열흘쯤 지나면서부터는 하루에 한 권씩 읽었고, 글을 배운 지 한 달 무렵부터는 하루에 서너 권씩 무서운 속도로 읽어치웠다.

은예상은 그의 지독하게 빠르고도 엄청난 독서량에 놀라면서도 한편으로는 기뻐하며 구할 수 있는 한 많은 양서(良書)들을 구해서 읽게 해주었다.

오십여 일 동안 무가내가 읽은 책자의 종류는, 사서오경(四書五經) 같은 경서(經書)는 물론이고, 육도삼략(六韜三略), 무경칠서(武經七書) 종류의 병법서나 하도낙서(河圖洛書), 주역(周

易) 등의 역학서(易學書)나 음양과 오행에 관한 서책들이 총망라되었다.

은예상의 지극한 노력 덕분에 무가내의 무식함은 빠른 속도로 사라져 가고 있었다.

第三十六章
치마 속

　균현은 보고를 하기 위해서 냉운월과 함께 무적궁 일층 대전 입구로 들어섰다.

　무적궁은 모두 구층인데, 일층에서 칠층까지는 각 층마다 다섯 명씩 도합 삼십오 명의 요마전사가 지키고 있다.

　이를테면 그들은 방주의 집무실인 무적궁만을 지키는 전담 호위 고수들인 셈이다.

　팔층 전체는 무가내의 전용 연공실이고, 구층은 집무실이다.

　팔층에는 모두 세 칸의 연공실이 있으며, 두 칸은 작고 하나는 크다.

무가내는 거의 하루도 빠짐없이 매일 무적전사들을 차례로 두 명씩 불러 무공을 전수하고는 두 칸의 소연공실에서 연마를 하도록 한다.

자신은 바로 옆의 대연공실에서 연마를 하면서 수시로 그들에게 들러 잘못된 것은 지적해 주던가 시범을 보이기를 게을리하지 않는다.

무적전사들은 자신의 차례가 돌아와 무가내에게 직접 가르침을 받고 나서는 무공이 부쩍 증진되는 것을 생생하게 체험하고 있었다.

그만큼 무가내는 무적전사들을 열성적으로 가르쳤고 그들도 사력을 다해서 배웠다.

쿠쿵!

'흐윽!'

돌연 양신웅은 체내에서 거대한 둑이 갑자기 무너지는 듯한 충격을 받고 하마터면 입 밖으로 비명을 지를 뻔했다.

그러나 충격은 그것으로 끝나지 않았다.

콰아아!

그 무너진 둑을 통해서 거대한 기운이 빠져나가기 시작하는 것을 느꼈다. 아니, 빠져나가는 것이 아니라 쏟아져 들어오고 있었다.

아니, 그렇지 않았다. 빠져나가면서 동시에 쏟아져 들어오는 것이었다.

양신웅은 순간적으로 그것이 무엇인지 알 수가 없어서 크게 당황했다.

사실 그것은 두 배로 증진된 공력이 여태까지 사십여 년 동안 막혀 있다가 갑자기 뚫린 임맥과 독맥을 통해서 왕성하게 소통하고 있는 것이지만, 이날까지 한 번도 그런 경험을 해보지 못한 그는 도대체 그것이 무슨 현상인지 몰라서 크게 당황했다.

그래서 자신이 지금 무엇을 하고 있던 중이었는지를 잠시 망각해 버렸다.

그때 그의 등에 찰싹 붙어 있던 무엇인가가 떨어져 나가며 누군가의 조용한 목소리가 꿈결처럼 들렸다.

"구주군장, 지금부터 서너 번 연이어서 운공조식을 하게."

'주군!'

양신웅은 그 목소리가 무가내의 것이라는 사실을 깨달았다.

그 순간 머릿속이 환하게 밝아졌다. 자신이 지금 무엇을 하고 있는 중이었는지 생각난 것이다.

무가내가 그의 임독양맥을 소통시켜 주고 있던 중이었다.

문득 조금 전에 체내에서 거대한 둑이 무너지는 듯한 충격을 받았던 것이 생각났다.

'설마… 임독양맥이 소통된 것인가?'

지금 그의 체내에서 벌어지고 있는 여러 가지 놀라운 현상들로 미루어 그것은 분명한 사실이었다.

그런데도 믿을 수가 없었다.

그처럼 굉장한 일이 어떻게 자신에게 일어날 수 있는지, 마치 남의 일 같기도 하고 꿈을 꾸고 있는 것 같기도 했다.

양신웅은 한 시진 전에 무가내의 부름을 받고 이곳 무적궁 팔층으로 달려왔었다.

그는 절강무림 연합 세력과의 싸움 이후 무가내를 서너 번 봤었는데 모두 공식적인 자리에서였다.

피해를 입은 무적방의 복구 때문에 무가내도 바빴지만 양신웅도 바빴었다.

아니, 무적방에 적을 두고 있는 모든 사람들이 정신없이 바빴었다.

무가내가 개인적으로 양신웅을 부른 것은 무적방 개파 이후 처음이었다. 그래서 양신웅은 무척 긴장했었다.

무가내와 양신웅 사이에는 많은 변천사가 있었다.

중원에 갓 출도한 무가내를 황룡표국의 하쟁자수로 임명한 사람이 양신웅이었다.

이후 무가내는 수석 표두가 되어 양신웅과 동격이 되었으나, 오래지 않아서 양신웅이 무가내를 주군으로 모시게 되면서 두 사람의 상하 관계가 뒤바뀌게 됐었다.

무가내에게 있어서 양신웅은, 그리고 양신웅에게 있어서 무가내는 그만큼 특별한 의미가 있는 존재인 것이다.

그런데도 그동안 두 사람 사이에는 개인적인 친분이나 교류가 전혀 없었다.

한 시진 전, 바짝 긴장한 양신웅을 무가내는 온화한 미소를 지으며 맞이했다.

"어서 오게, 구주군장."

양신웅으로서는 처음 듣는 무가내의 예절을 갖춘 점잖은 인사말이었다.

무가내는 은예상에게 글을 배워 수많은 서책들을 읽으면서 많은 지식을 쌓았는데 그중에서도 가장 중요한 세 가지가 있었다.

예(禮), 효(孝), 충(忠)이었다.

중원의 경서에서 가장 중요하게 다루는 것이 이 세 가지다.

그러므로 무가내는 수백 권의 경서를 읽는 과정에서 자연히 예절과 효도와 충성이 인간의 도리라고 배웠던 것이다.

그리고 그는 책에서 읽고 배운 것들을 망설임없이 주위 사람들에게 써먹었다.

그러니 그가 양신웅을 예의로써 맞이한 것이 이상한 일은 아닌 것이다.

그렇게 한차례 양신웅을 놀라게 만든 무가내는, 그 직후에 더 놀라운 말을 했다.

"가부좌로 앉게. 자네의 임독양맥을 소통시켜 주겠네."

놀라서 제정신이 아닌 상태로 바닥에 앉은 양신웅의 등 뒤

명문혈에 쌍장을 밀착시킨 무가내는 그때부터 묵묵히 한 시진에 걸쳐서 양신웅의 임독양맥을 소통시키기 위해서 전력을 다했었다.

그리고는 조금 전에 둑이 터지는 듯한 거센 충격을 받으며 양신웅의 임독양맥이 소통된 것이었다.

크게 놀라고 어리둥절해 있던 양신웅은 방금 무가내가 한 말에 설핏 정신을 차려 서둘러 운공조식을 시작했다.

그때 그의 몇 걸음쯤 뒤에서 무가내가 투덜거리는 소리와 육중한 물체가 둔탁하게 쓰러지는 소리가 들렸다.

"에구구… 우라지게 힘들구나……."

쿵!

수백 권의 경서도 무가내의 골수에까지 배어 있는 무식한 말투까지는 어쩌지 못한 것 같았다.

연이어 다섯 차례의 운공조식을 끝낸 양신웅은 눈을 뜨고 한동안 그 자리에 앉아서 전면 벽을 물끄러미 응시하다가 이윽고 비틀거리면서 일어섰다.

"믿을 수가 없군. 내가 졸지에 백사십 년 공력으로 증진되다니… 이건……."

그가 비틀거리는 것은 다쳐서가 아니라 정신적인 충격을 받았기 때문이었다.

그는 첫 번째 운공조식을 하는 동안에 자신의 임독양맥이 소통된 것을 알게 됐고, 그 사실이 믿기지 않아서 연거푸 다섯 차례나 운공조식을 했다.

그는 임독양맥의 소통으로 두 배 이상 증진된 공력을 다섯 차례 운공조식을 하면서 충분히 자신의 것으로 융화시켜 단전에 축적했다.

불신은 사라졌지만, 놀라움, 아니, 경악이 새로 생겨났다.

그리고 경악을 겨우 삭일 즈음에, 무가내에 대한 한없는 고마움과 존경심이 싹텄다.

이윽고 양신웅은 상체를 돌려 뒤를 쳐다봤다.

무가내가 바닥에 아무렇게나 쓰러지듯이 누워 몹시 초췌한 모습으로 옷이 땀에 흠뻑 젖은 채 코를 골면서 깊은 잠에 취해 있는 모습이 양신웅의 시야로 쏘아져 들어왔다.

그는 양신웅의 임독양맥을 소통시켜 주기 위해서 파김치가 된 것이다.

양신웅은 지금껏 자신의 주변에서 일어난 일들이 모두 꿈결 같았다.

무가내가 나타나고, 그가 신위를 떨쳐서 황룡표국이 세간의 화제의 중심이 된 일들.

그리고 무가내가 무적방을 개파하며 양신웅 자신이 일약 구주군장으로 발탁됐던 것 등 모든 일들이, 하룻밤 자고 나면 사라져 버리고 마는 꿈일지도 모른다고 조마조마했었다.

그러나 이제는 확신할 수 있었다.

그 모든 것은 변하지 않는 현실이고, 자신이 무가내의 수하라는 것 또한 움직일 수 없는 사실이었다.

양신웅은 조심스럽게 다가가 무가내 앞에 멈춘 후, 더없이 공손하게 큰절을 올렸다.

'제 목숨은 주군의 것입니다.'

양신웅이 내심 진중하게 중얼거리자, 그 말의 대답인 듯 무가내의 코 고는 소리가 우렁차게 울려 퍼졌다.

"드르렁! 푸우……!"

계단을 올라가던 균현과 냉운월은 위에서 내려오는 양신웅과 마주쳤다.

"하하! 안녕하시오, 두 분!"

양신웅은 유쾌하게 웃으면서 두 사람에게 포권을 해 보이고는 계단을 울리면서 아래로 내려갔다.

균현과 냉운월은 싱글벙글하면서 내려가고 있는 양신웅의 뒷모습을 굽어보면서 의아한 표정을 지었다.

양신웅은 신중하고도 말수가 적은 사람이라서 그가 웃는 모습을 보이는 것은 매우 드문 일이었기 때문이다.

균현은 냉운월을 보면서 '저 사람이 저러는 이유를 너는 아느냐?' 라는 듯한 표정을 지었다.

그러자 냉운월은 어깨를 으쓱하며 '내가 어떻게 알아요?' 라는 시늉을 해 보였다.

양신웅이 팔층에서 내려오는 것으로 미루어 무가내를 만난 것이 분명한데, 그가 무엇 때문에 기분이 한층 고조됐는지는 알 수가 없었다.

균현과 냉운월이 구층에 올라서자 그곳을 지키는 두 명의 무적전사가 가볍게 고개를 숙이며 포권을 해 보였다.

무적방 대부분의 수하들은 군장의 신분인 균현과 냉운월에게 깊숙이 허리를 굽혀 인사를 하는 것에 반해서, 이들 무적전사들의 인사는 거의 목례하는 수준에 가까웠다.

하지만 균현과 냉운월은 그것을 문제삼지 않았다.

그들은 무가내의 직속인 무적전사인 것이다.

안으로 들어갔던 무적전사 한 명이 잠시 후 밖으로 나와 문을 열어주었다.

"들어오시랍니다."

두 사람이 안으로 들어가자 무가내와 은예상이 창가의 탁자에 마주 앉아서 막 식사를 시작하려던 참이었다.

"어서 오게."

무가내는 예를 취하는 두 사람에게 고개를 끄덕이며 점잖게 말했다.

균현과 냉운월은 무가내가 은예상에게 글을 배운다는 말을 듣고 과연 천방지축인 그가 잘 참아낼 수 있을까 우려 반기대 반의 심정이었다.

그가 학문을 제대로 익히기만 한다면야 그보다 더 좋은 일은 없을 터이다.

그런데 글을 배우고 얼마 지나지 않아 효과가 나타났다.

그가 수하들을 예의로써 대한다는 사실이었다.

그가 학문을 배운 이후 겉으로 드러난 것은 일단 그것뿐이지만, 그것만으로도 대단한 효과가 아닐 수 없었다.

무적방 사람들은 대부분 방주가 너무 가볍고 경망스럽다는 생각을 하고 있었던 것이다.

"두 사람 식사 전이지?"

"괜찮습니다. 어서 드십시오. 속하들은 잠시 기다리겠습니다."

무가내의 물음에 균현이 완곡하게 사양을 했다.

그러자 무가내는 하녀에게 두 사람의 식사 준비를 하라 이르고 빙그레 미소 지었다.

"할 얘기가 있으면 식사를 하면서 하도록 하게."

균현과 냉운월은 무가내가 예의뿐만 아니라 배려심도 생겼다는 사실에 흐뭇해져서 다시 한 번 사양했다.

주군과 주모가 오붓하게 식사를 하는데 방해할 수는 없다는 생각에서였다.

그런데 두 사람이 물러나려고 하자 갑자기 무가내가 본성을 드러냈다.

"이런 젠장! 내가 같이 먹자고 하면 냉큼 달려들어 먹으면 되지 뭘 빼고 난리야?"

물러나서 기다리려던 균현과 냉운월은 멍한 표정으로 무가내를 쳐다보았다.

그러자 무가내가 손바닥으로 탁자를 두드리며 외쳤다.

"불알을 떼어놓기 전에 냉큼 이리 와서 못 앉아?"

균현과 냉운월이 '그러면 그렇지'라는 얼굴로 은예상을 쳐다보자, 그녀는 손으로 입을 가리고 살포시 웃고만 있었다.

무가내의 학식은 아직 인내심을 초월하지 못한 듯했다.

균현은 하는 수 없이 조심스럽게 탁자로 다가갔다.

"헤헤… 상아는 내 옆으로 와."

무가내가 헤벌쭉 웃으면서 은예상의 손을 잡아끌어 자신의 옆에 앉혔다.

균현은 그가 은예상을 자신의 옆에 앉히려고 수를 쓴 것 같다는 생각이 들었다.

무가내는 균현이 맞은편에 앉았는데도 원래의 자리에 멀뚱히 서 있는 냉운월을 보며 물었다.

"요마군장은 왜 앉지 않나?"

다시 예절을 되찾은 무가내.

냉운월은 태연하게 대답했다.

"저는 뗄 불알이 없는데요?"

석중명하고 아예 대놓고 은밀한 밀월을 즐기고 있는 냉운월은 이제는 부끄러움마저 사라진 상태였다.

겨우 예절을 찾았던 무가내가 마침내 버럭 소리를 질렀다.

"이런 염병할! 그럼 젖퉁이라도 떼어줄까? 엉?"

결국 냉운월은 살포시 균현 옆에 앉았다. 석중명이 가장 예 뻐하는 젖퉁이를 떼어낼 수는 없기 때문이다.

"정협맹이 고수들을 모으고 있다는 정보가 입수됐습니다."

냉운월은 요리에는 손도 대지 않은 채 언제나 그렇듯이 무 미건조한 어조로 보고를 시작했다.

"밥 먹으면서 말해."

냉운월은 머뭇거리다가 힐끗 균현을 쳐다보았다.

균현은 모른 체하고 묵묵히 식사를 하느라 여념이 없었다.

나는 밥이나 먹고 있을 테니까 보고는 냉운월 네가 하라는 뜻이었다.

냉운월은 곤란한 표정을 지었다. 그녀는 원래 밥을 먹으면 서는 말을 하지 않는 습관이 있었다.

이유는 간단하다. 입에서 음식 부스러기가 튀어나오는 것 이 정말 싫기 때문이다.

'깔끔' 은 그녀가 갖고 있는 몇 개 안 되는 오래된 습관 중 의 한 가지였다.

그녀는 보고를 할 때 입에서 음식 부스러기가 튀어나가지 않게 하려고 젓가락으로 밥알을 조금 집어 입에 넣고 오물거 리다가 얼른 삼켰다.

그리고는 막 입을 열려는데, 그녀가 깨작깨작 먹는 것을 힐 끗거리던 무가내가 으름장을 놓았다.

"퍽퍽 퍼먹지 못하겠어?"

결국 냉운월은 될 대로 되라는 식으로 평소처럼 마구 먹어대기 시작했다.

"음… 음… 정협맹은 절강무림을 제외한… 음냐음냐… 중원 남육성, 북육성, 십이성에서 대대적으로 고수들을 모으고 있는데… 그러는 이유가 본 방을 토벌하려는 것이랍니다… 쩝쩝…….'

그녀는 음식 부스러기가 튀어나가든 말든 개의치 않고 부지런히 먹으면서 열심히 설명을 이어갔다.

"음음… 아직 고수들이 다 모이지 않았는지 정협맹에서 토벌대가 출발했다는 소문은 없습니다만… 냠냠… 조만간 공격해 올 테니… 우리도 뭔가 준비를 해야 하지 않을까 생각합니다…….'

무가내는 이따금 고개를 끄덕이며 묵묵히 술만 마셨다.

얼핏 보기에는 냉운월의 보고를 무척 진지하게 듣고 있는 것 같은 모습이었다.

그는 오른손에 술잔을 쥐었고 왼손은 탁자 아래에 있었다.

술을 마시면 은예상이 안주를 집어 입에 대주면 넬름 받아서 먹었고, 그녀가 따라주는 술을 또 냉큼 삼켰다.

그러나 냉운월은 무가내가 자신의 얘기를 듣지 않고 딴 짓을 하고 있다는 것을 오래지 않아서 눈치를 챘다.

그의 눈이 게슴츠레하고 헤벌쭉 약간 벌어진 입 안에 침이 가득 고여 있는 것을 발견한 것이다.

사실 무가내의 왼손은 탁자 아래에서 은예상의 허벅지와 엉덩이를 쓰다듬느라 몹시 분주했다.

평소 둘이 있을 때에도 무가내는 은예상을 가만히 내버려 두지 않았다.

온몸을 쓰다듬고 주물러대는 것은 기본이고, 걸핏하면 상의 속이나 치마 속으로 손이 들어가서는 무엇을 하는지 꼼지락거리기 일쑤였으며, 그렇게 한 번 들어간 손은 오랫동안 나오지 않는 편이었다.

남편이나 정인이 자신에게 무슨 짓을 하더라도 순종하는 것이 여자가 갖춰야 할 최고의 미덕(美德) 중의 하나라고 알고 있는 은예상은 가련하게도 언제나 찍소리도 못한 채 당하고 있어야만 했다.

그런 그녀이기에 탁자 너머에 균현과 냉운월이 마주보고 앉아 있는 자리에서는 더더욱 아무 내색도 하지 못하고 앉아 있을 수밖에 없었다.

지금 무가내의 손은 허벅지까지 걷어올린 은예상의 치마 속으로 깊숙이 들어가서 꼼지락거리고 있었다.

그의 손은, 아니, 다섯 개의 손가락은 죄다 제각각 놀았다.

다섯 손가락이 만지는 부위가 또한 제각각 달랐다.

엄지는 지그시 누르고, 검지는 슬며시 찌르고, 중지는 문지르면서 비비고, 무명지는 슬쩍슬쩍 건드리고, 수소지(手小

指:새끼손가락)는 빙글빙글 작은 원을 그리면서 간질이고 있었다.

무가내는 며칠 전부터 은예상의 몸을 만질 때에는 빙염이 전수한 극상의 방중비술(房中秘術) 중 한 가지인 운홀우황지(雲惚雨恍指)를 사용하고 있었다.

말 그대로 여자를 '운우(雲雨) 속에서 황홀경에 빠지게' 만드는 비법인 것이다.

사실 그는 자신이 운홀우황지를 전개하고 있다는 사실을 지금 이 순간까지도 깨닫지 못하고 있었다.

은예상의 몸을 더듬는 일에 심취하다 보니까 자신도 모르는 사이에 '기술'을 발휘해 버린 것이다.

무가내에게 은예상은 첫 여자다.

지금껏 여자를 한 번도 접해본 적이 없는 그가 은예상에게 자신도 모르는 사이에 운홀우황지의 수법을 사용한다는 것은, 어쩌면 그에게 천성적으로 색마의 기질이 있다고 밖에는 설명이 되지 않는다.

지금 은예상은 정신의 구 할은 나가 있는 상태였다.

무가내는 처음에 만났을 때부터 그녀의 온몸과 은밀한 곳들을 닥치는 대로 만지고 주물렀었는데, 황룡표국에서나 무적방에서도 그 버릇을 고치지는 못했었다.

성숙한 여자가 거부하지도 못하고 무방비 상태로 자신의 몸을 내맡기고 있는 상황에서 몸이 달아오르지 않는다면 오히려 비정상일 것이다.

더구나 무가내는 꼭 그녀의 은밀한 부위, 즉 성감대만 골라서 만져댔다.

일부러 그러는 것이 아니라 만지다 보면 꼭 종착지가 은밀한 부위가 돼버렸다.

그래서 그때마다 은예상은 뜨거워지는 몸을 어쩌지 못하고 참느라 진땀이 날 지경이었다.

그렇다고 음탕한 여자들처럼 노골적으로 홍분을 드러낼 수도 없고, 무가내에게 자신을 어떻게 좀 해달라고 먼저 요구할 수도 없는 형편이었다.

그런데 며칠 전부터 무가내의 손놀림이 달라졌다. 운홀우황지 수법을 사용하기 시작한 것이다.

그전까지는 그저 손바닥이나 손가락 전체를 이용해서 은예상의 특정한 부위를 쓰다듬거나 조물락거리는 정도였었다.

그런데 며칠 전부터는 다섯 손가락과 손바닥, 손목 안쪽이 모두 제각각 따로 놀면서 그것들이 스치는 부위로 뜨거운 열기가 스며들어 오는 것이었다.

그것이 바로 운홀우황지 수법의 무서움이었다.

이 수법은 손에 약간의 진기를 주입하여 전개한다.

진기가 은밀한 부위, 즉 성감대로 주입되어 그 부위와 체내의 혈맥을 뜨겁게 달구어놓아 오래지 않아서 온몸을 불덩어리로 만들어 버리는 것이다.

운홀우황지에 걸리면 설사 심신 깊은 보살(菩薩)이라고 해도 파계를 하고 그것을 전개한 사람의 품에 안기지 않고는 배겨내지를 못한다.

하물며 평범한 여자인 은예상이야 오죽하겠는가.

무가내는 절대 그녀의 옥문을 직접적으로 만지거나 어떻게(?) 하지는 않는다.

그의 손가락들은 그저 무릎과 허벅지 안쪽, 허벅지 깊은 곳, 항문과 옥문 사이의 깊고 어두컴컴한 계곡을 유람하듯이 부유하고, 옥문을 만질 것처럼 하면서 만지지 않고 슬쩍 더듬으면서 스쳐 지나가며 애간장이 타서 죽게 만드는 수법을 사용하고 있었다.

며칠 전에 무가내가 운홀우황지를 처음 사용했을 때, 은예상은 사력을 다해서 참다가 결국은 운공조식을 시작하고서야 온몸이 녹아버릴 듯한 흥분이 사라지는 것을 느꼈다.

그러나 그것은 임시변통일 뿐이었다. 공력이라고는 미미한 수준인 그녀의 운공조식이 무가내의 운홀우황지를 당해낼 수는 없었다.

지금도 무가내는 아주 약한 진기를 운용하여 운홀우황지 수법으로 은예상의 치마 속을 풍비박산 초토화시키고 있는 중이었다.

은예상의 얼굴은 노을보다 더 새빨갛게 물들었고, 눈동자는 풀어졌으며, 반쯤 벌어진 입에서는 뜨거운 입김이 소록소록 새어 나오고 있었다.

또한 이따금씩 몸을 부르르 떨기도 하고, 또는 온몸에 잔뜩 힘을 주어 빳빳하게 만들기도 하면서 점점 초주검 상태가 되어갔다.

그래도 그녀는 무가내에게 그만 하라고 하지 못했다. 그녀는 그런 여자인 것이다.

무조건 순종하고, 그러다가 자신이 죽을지언정 사랑하는 사내를 거부하지 못하는 성품이었다.

기가 막힌 일이 아닐 수 없었다.

수하들이 앞에 버젓이 앉아 있는데도 자신의 여자를 마음껏 주무르고 있는 무가내의 후안무치함은 그 끝이 보이지 않을 정도였다.

균현도 그 사실을 알고 있는 것이 분명했다. 그러면서도 그는 모른 체 묵묵히 요리만 먹고 있을 뿐이었다.

아니, 사실 그는 흡족한 미소가 떠오르려는 것을 참고 있는 중이었다.

구주사황 잔극은 천하에서 짝을 찾기 어려울 정도의 지독한 색광이었다.

균현은 무가내가 구주사황의 그런 점을 물려받았다고 생각하기 때문에 기분이 좋은 것이다.

그는 무가내가 사대종사의 공동 제자일 것이라는 원래의 생각을 바꾸지 않고 있었다.

그중에서도 무가내가 가끔씩 구주사황과 닮은 점을 발견하면 무조건 기분이 좋았다.

무가내가 사독요마 중에서도 '사'에 더 가깝다고 생각하기 때문이었다.

냉운월은 보고를 하는 것도, 식사를 하는 것도 멈춘 채 이마에 내천자를 그리면서 무가내를 주시하고 있었다. 그가 딴 짓을 하고 있다는 것을 마침내 눈치 챈 것이다.

그녀는 슬쩍 젓가락을 바닥에 떨어뜨려 놓고는 그것을 줍는 척하면서 탁자 아래로 고개를 숙여 무가내와 은예상의 하체를 쳐다보았다.

'헉!'

순간 그녀는 속으로 헛바람을 들이켜면서 눈과 입이 커다랗게 벌어졌다.

은예상의 치마가 뽀얀 허벅지까지 걷어올려져 있고 다리가 벌어져 있는 상태였다.

그뿐만 아니라 그 상태에서 무가내의 손이 은예상의 허벅지 안쪽으로 깊숙이 들어가 있는 광경을 발견한 것이었다.

냉운월은 눈도 깜빡이지 않고 호흡도 멈춘 채 쏘아보았다. 일부러 그런 것이 아니라 저절로 눈이 커지고 숨이 멈춰졌다.

그녀의 시선이 멈춘 곳.

무가내의 중지 손가락이 은예상의 허벅지가 합쳐지는 부위를 덮고 있는 속곳 속으로 절반쯤 들어가 있었다.

무가내의 중지 손가락이 속곳 속에서 무엇을 하는지는 보이지 않았다.

하지만 냉운월은 손가락이 무엇을 하고 있을지는 충분히 짐작할 수 있었다.

사람들의 심리란, 눈에 훤히 보이는 것보다 보이지 않는 것에 더 감질이 나고 흥미를 갖게 마련이다.

보이지 않기 때문에 무한한 상상력을 발휘하기 때문이다.

냉운월은 속곳 안에서 무가내의 중지 손가락이 무엇을 하고 있을지 상상을 하는 짧은 시간 동안에 자신의 몸이 뜨거워지고 호흡이 가빠지는 것을 깨닫지 못했다.

직접 몸으로 겪는 것과 상상을 하는 것은 별 차이가 없다.

냉운월은 그 광경을 보고 있는 잠깐 사이에 그 손이 자신의 속곳 속을 더듬는 환상에 빠져들었다. 물론 그 손의 임자는 석중명이다.

냉운월은 석중명과 십여 차례 이상 격렬한 정사를 가져봤기 때문에 탁자 아래에서 벌어지고 있는 은밀한 광경을 보자마자 금세 몸이 뜨거워졌다.

그녀는 젓가락을 집으려고 고개를 숙였다가 그 자리에 굳어져서 꼼짝을 하지 않았다.

딸깍!

균현은 젓가락을 내려놓았다. 지금 그는 무가내에게 중요한 일을 보고하고 상의를 하러 왔다.

이런 광경을 보러 온 것이 아니다. 이제는 자신이 나서야 할 때라고 판단한 것이다.

냉운월은 탁자 아래에 고개를 처박은 채 나올 생각을 하지 않았고, 무가내는 헤벌쭉 꿈나라를 헤매고 있었으며, 은예상만이 얼굴이 새빨개져서 가쁜 숨을 몰아쉬며 어쩔 줄을 모르고 있었다.

문득 은예상과 균현의 눈빛이 허공에서 마주쳤다.

주모와 수하의 눈빛이다.

몹시 어색할 수도 있는 상황이었다.

그러나 초점을 잃고 반쯤 감겨 있던 그녀의 눈이 커지면서 간절함이 가득 떠올랐다.

균현에게 구해달라는 신호를 보내는 것이었다. 그녀가 만약 균현을 어려운 사람이라고 생각했다면 죽어도 그런 구원의 신호는 보내지 않았을 것이다.

"어험!"

이윽고 균현은 내공을 조금 주입하여 나직이 헛기침을 토해내며 말문을 열었다.

"현재 본 방은 정보 수집 능력이 전무한 형편입니다."

그는 탁자 주변에 보호막을 치고 내공이 실린 목소리, 즉 사자후 비슷한 것을 터뜨렸기 때문에 하녀들에게는 아무런 피해를 주지 않았다.

그러나 은예상은 한순간 온몸에서 열기가 빠져나가면서

정신이 맑아졌다.

반면에 무가내는 벌어졌던 입을 다물고 균현을 쳐다보았으며, 냉운월은 화들짝 놀라서 번쩍 고개를 들다가 뒤통수가 탁자에 부딪쳐서 탁자를 뒤집어엎어 버렸다.

와장창! 쨍그랑!

그릇들이 깨지면서 요란한 소리가 터졌다.

냉운월은 크게 당황해서 어쩔 줄 모르고 전전긍긍했다.

은예상은 놀라서 급히 벌렸던 두 다리를 오므렸지만, 무가내는 미처 손을 빼지 못했다.

탁자가 사라졌기 때문에 은예상의 치마 속에서 벌어지고 있는 장면이 적나라하게 드러났다.

균현과 냉운월의 시선이 은예상의 허벅지로 집중됐다.

그러자 무가내는 슬그머니 손을 빼면서 넉살을 떨었다.

"자네들도 해봐. 아주 좋아."

부인은커녕 애인도 없는 균현은 씁쓸한 미소를 지었다.

그러나 늦게 배운 도둑질에 도끼 자루 썩는 줄 모르는 냉운월은 반드시 석중명에게 저런 것을 해달라고 그래야겠다고 속으로 다짐을 하고 있었다.

第三十七章
여자 스스로 자빠지기 전엔 안 돼

　무가내 등은 접객실로 자리를 옮겼다.

　"본 방에 정보를 수집, 분석하는 조직이 없기 때문에 현재 소문에만 의존하고 있는 실정입니다. 이래서는 안 됩니다. 한시바삐 정보를 다루는 조직을 신설해야만 합니다."

　균현은 조금 전에 했던 말을 다시 이었다.

　태사의에 꼿꼿한 자세로 앉은 무가내는 균현의 말에 진중하게 귀를 기울이고 있었다.

　은예상만 없으면 그는 전혀 다른 사람이 되어 진지한 자세를 유지한다.

　"소문에 의하면 정협맹이 본 방을 토벌하려고 무림고수들을 모으고 있다는데, 우리에게 정보 조직이 없어서 자세하고 도 정확한 정보를 알 수 없으니 답답한 노릇입니다."

무가내 앞 좌우에 균현과 냉운월이 서 있는데, 오른쪽에 선 냉운월은 착잡한 표정이었다.

정보 수집은 요마군 담당인데 제대로 임무를 수행하지 못 하고 있으니 눈을 가리고 귀를 막은 것 같은 심정이었다.

"정협맹의 공격에 대비하여 우리도 준비를 해야 하는데, 상대를 모르는 상태에서 어떻게 준비를 해야 할는지 난감한 상황입니다."

무가내는 가볍게 고개를 끄덕였다.

"음… 그러니까 우리도 정보 조직을 갖춰야 한다는 얘기로 군?"

"그렇습니다."

"어떤 방법이 있는지 말해보게."

무가내는 균현이 이렇게 말할 때에는 방법까지 갖고 왔다 는 사실을 경험으로 알고 있었다.

은예상이 없는 자리에서의 그는 품격있고 의젓한 일파지 존의 모습을 잃지 않고 있었다.

"두 가지가 있습니다만, 현재로선 한 가지는 불가능한 상 황이고, 다른 하나는 정보에 밝은 하오문을 접수하여 하부 조 직으로 거느리는 것입니다."

"하오문이 뭐지?"

균현은 하오문이 무림에는 속하지 못하지만 도둑과 사기꾼, 소매치기나 건달패 등으로 이루어졌기 때문에 천하의 소문에 대해서 훤하다는 사실을 자세히 설명했다.

"또 한 가지가 있다고 했지? 말해보게."

"그것은……."

균현은 복잡한 표정을 지었다.

"지금 당장 해결할 수 있는 문제가 아닙니다. 우선 하오문 하나를 접수하고 나서 차차 말씀드리겠습니다."

"균현."

문득 무가내의 얼굴이 엄숙해졌다.

균현은 자신이 무가내의 말을 거역했다는 사실을 깨닫고 즉시 그 자리에 엎드려 부복을 하였다.

"죽을죄를 지었습니다. 용서하십시오."

무가내는 손을 저으며 미소를 지었다.

"그렇다고 절까지 할 건 없고, 일어나서 설명해 보게."

그는 은예상이 옆에 없으면 비단 점잖을 뿐만 아니라 수하를 잘 다루는 현군(賢君)의 기질을 보이기도 한다.

한차례 실수를 한 균현은 여태까지보다 더욱 조심스러운 행동으로 일어나 설명을 시작했다.

"다른 한 가지 방법은, 빼앗긴 요선마후의 요선계(妖仙界)를 되찾는 일입니다."

"음… 염 누나의 요선계라는 것이 있다고 전에 말했었지?"

무가내는 턱을 쓰다듬으면서 나직이 중얼거렸다.

"그렇습니다. 예전에 요선계는 천하 상권의 사 할 가깝게 소유하고 있었습니다만, 혼천대전 이후 정협맹에게 깡그리 강탈당했습니다."

무가내는 한동안 진지한 표정으로 묵묵히 생각에 잠겼다.

균현과 냉운월은 그런 무가내를 보면서 조금 전 식사 시간에 그가 음탕한 짓을 했다는 사실이 믿어지지가 않았다.

이윽고 무가내는 턱에서 손을 떼고 자세를 바로잡으며 냉운월을 쳐다보았다.

"요마군장은 적당한 하오문을 물색해서 접수하도록 하게."

"명을 받듭니다."

냉운월은 공손히 허리를 굽힌 후 서둘러 집무실을 나갔다.

"혈검군장."

"하명하십시오."

무가내는 넌지시 물었다.

"자네, 예전 요선계 사람들이 지금 어떻게 지내고 있는지 알고 있나?"

균현은 죄스러운 표정을 지었다.

"죄송합니다."

"뭐가 죄송하다는 거지?"

균현은 고개를 깊이 숙였다.

"탕마령이 발동한 이후에 사독요마는 저마다 살기에 바빠서 다른 사람들은 신경을 쓸 겨를이 없었습니다."

"그래서 요선계 사람들이 지금 어떤 상황에 처해 있는지 모른다는 거로군?"

"그… 렇습니다. 더구나 정협맹이 탕마령을 발동한 이후 가장 열을 올려 소탕하고 장악한 것이 요선계입니다."

균현은 자신의 죄인 양 고개를 조아렸다.

"어째서 그런 거지?"

"요선계는 천하 상권의 삼분의 일을 장악하고 있었으며, 보유하고 있는 재물이 황궁보다도 대여섯 배 이상 많다고 했었습니다. 그런 요선계를 정협맹이 제일 먼저, 그리고 심혈을 기울여서 장악한 것은 당연한 일입니다."

무가내는 고개를 끄덕였다.

"그렇군."

균현이 조심스럽게 물었다.

"주군께서 요선계에서 따로 찾는 사람이라도 계십니까?"

"아냐. 그런 것은 아닌데……."

무가내는 다시 턱을 쓰다듬으면서 말을 이었다.

"뺏긴 요선계를 되찾으려면 요선계 사람부터 찾는 것이 순서가 아니겠나?"

균현의 얼굴에 해연히 놀라는 표정이 떠올랐다. 설마 무가내가 요선계를 되찾으려는 생각을 하고 있을 줄은 예상하지 못했던 것이다.

무가내는 이런 식으로 이따금 균현을 놀라게 만들었다.

그렇지만 균현은 곧 어두운 표정을 지었다. 현실적으로 요선계를 되찾는 것은 거의 불가능하기 때문이었다.

"주군, 요선계를 되찾을 수만 있다면야 그보다 좋은 일은 없겠지만, 그것은 불가능합니다. 포기하시는 것이 좋습니다. 그것보다 시급한 일들이 많습니다."

지금은 무척이나 중요한 시점이다. 이럴 때 무가내가 요선계를 되찾으려는 일에 시간과 힘을 낭비할까 봐 균현은 그것을 염려하는 것이었다.

"알고 있어."

무가내는 가볍게 고개를 끄덕였다.

"균현, 우리에게 요선계가 있는 것과 없는 것은 큰 차이가 있겠지?"

그는 혈검군장이라고 부르던 것을 균현이라고 바꿔 불렀다.

균현은 자신의 이름을 불러주는 것이 더 좋았다.

"물론입니다."

균현은 한차례 숨을 들이쉬고 나서 말을 이었다.

"주군, 현재 우리에게 가장 절실한 것이 무엇인지 알고 계십니까?"

"돈이라고 들었어."

"그렇습니다. 그런데 사실은 주군께서 생각하시는 것보다 훨씬 심각한 상태입니다."

무가내는 고개를 갸웃거렸다.

"왜 그렇지? 우린 예전에 구룡방이 운영하던 것들을 고스란히 물려받았잖아. 구룡방도 그것으로 방을 꾸렸을 텐데 왜 우린 돈이 부족하다는 거야?"

"구룡방은 항주성 내에서 운영하는 점포들에서 얻은 수입만으로는 방을 운영하는 데 턱없이 부족했었습니다."

"그럼 부족한 돈을 어떻게 마련했지?"

"구룡방은 절강무림의 방, 문파들로부터 정기적으로 상납을 받아왔습니다."

"상납? 돈을 거두어들였다는 말인가?"

은예상에게 학문을 배우기 전의 무가내였다면 '상납'이라는 말뜻을 몰랐을 것이다.

예전의 균현은 무가내가 모르는 단어나 은유, 비유 같은 것을 일체 사용하지 못했었다.

만약 실수로 그런 말을 하게 되면 일일이 그것에 대한 설명을 해주었어야만 했기 때문에 시간을 많이 허비했을 뿐만 아니라 대화 자체가 잘 이어지지 않았었다.

하지만 지금은 그럴 필요가 없었다. 지금의 무가내는 거의 대부분의 말을 잘 알아들었다.

"그렇습니다. 원래 정협맹에서는 상납받는 것을 엄격하게 금하고 있지만 천하 남칠성북육성의 지부격인 열세 개 방, 문파는 자신들이 지배하는 성(省) 내에 있는 모든 현본령(縣本令)으로부터 매월 정기적인 상납을 받아 왔습니다."

무가내는 '현본령'이라는 말이 무슨 뜻인지 기억해 내려고 잠시 고개를 갸웃거렸다.

그 모습을 보고 균현이 설명했다.

"현본령이라는 것은 정협맹에 소속된 현(縣) 단위를 지배하는 방, 문파입니다. 정협맹의 분타라고 할 수 있지요."

무가내는 고개를 끄덕였다.

"구룡방이 정협맹의 지부격이었다면, 절강무림에는 현본령이 몇 개나 되지?"

"정확하게 백이십팔 개입니다."

"구룡방이 현본령 하나로부터 매월 받은 상납금이 얼마지?"

"은자 만 냥입니다."

무가내는 가볍게 놀라는 표정을 지었다.

"그럼 구룡방은 매월 은자 백이십팔만 냥을 거둬들였다는 말이야?"

"그렇습니다."

무가내는 입맛을 다셨다.

"쩝… 현본령들은 그 돈 상납하느라 생똥을 쌌겠군?"

균현은 고개를 가로저었다.

"아닙니다. 현본령들은 자신들이 지배하는 현 내에 있는 수십 개 방, 문파로부터 그보다 몇 배에 달하는 돈을 거두어 들이고 있습니다."

"뭐야?"

무가내는 어이없다는 표정을 지었다.

"그럼 현 내에 있는 수십 개 방, 문파는 어디에서 돈이 생기지? 그들도 누군가에게 걷나?"

"그렇지 않습니다. 그들은 그 돈을 마련하기 위해서 수단과 방법을 가리지 않습니다. 상납하지 못하면 방, 문파를 봉문할 수밖에 없기 때문입니다."

"수단과 방법을 가리지 않는다는 것은 무슨 소리야? 나쁜 짓도 한다는 건가?"

"그렇습니다. 부호들 집을 도둑, 강도질하거나 표물을 터는 것은 그나마 약과고, 산적질에 강도, 해적질, 심지어는 청부 살인까지 닥치는 대로 저지르고 있는 실정입니다. 당금 무림은 그야말로 무법천지입니다."

무가내는 가볍게 인상을 썼다.

"정협맹은 사독요마를 토벌해서 천하를 구하겠다고 탕마령을 발동했던 것 아니었나?"

"그렇습니다만, 사독요마는 원래 악행을 저지르지 않았습니다. 약탈과 도적질은 녹림이나 동정, 장강, 혹은 황하수로채(黃河水路寨)가 저지르는데, 지난 이십여 년 동안은 정협맹 소속의 수천 개 방, 문파들이 그들보다 더 날뛰고 있는 실정입니다."

무가내는 어이없다는 표정을 지었다.

"아까 정협맹의 지부격인 천하의 열세 개 방, 문파가 모두 자신들의 성내에서 상납을 받는다고 했지?"

"그렇습니다. 분명한 사실입니다. 하지만 상납을 받는 것은 그들만이 아닙니다."

"더 있어?"

"그렇습니다. 몇몇을 제외한 중원삼십육태두 거의 대부분이 자신의 세력권 내에서 엄청난 상납금을 챙기고 있습니다. 그들이야말로 중원에서 손꼽히는 거부들입니다."

무가내는 더욱 눈살을 찌푸렸다.

"그럼 그놈의 상납금 때문에 천하가 만신창이가 되고 있다는 거잖아?"

"그렇지요."

무가내는 의아한 표정을 지었다.

"그런데 정협맹은 의협이니 무림의 평화 같은 것을 추… 추… 뭐더라?"

"추구."

"그래. 추구한다면서 어째서 천하가 이 지경이 되도록 내버려 두고 있는 거지?"

"어쩔 수가 없습니다. 그것은 일종의 전리품 같은 것입니다."

무가내는 기억을 더듬었다. '전리품'이라는 글을 병서에서 여러 번 읽었기 때문이다.

"전쟁에서 승리하여 적으로부터 얻은 노획물 말이지?"

"그렇습니다."

균현은 무가내가 '전리품'과 '노획물'이라는 말까지 알고 있는 것을 보고 하마터면 '장하십니다, 주군!'이라고 칭찬을 할 뻔했다.

"흔천대전 이후 사독요마가 갖고 있던 모든 사업이나 점포, 재물은 모조리 흔천대전에 참가했던 중원삼십육태두와 방, 문파들이 나누어 가졌습니다."

무가내는 가볍게 눈살을 찌푸린 채 균현의 설명을 들었다.

"이후 정협맹은 탕마령을 발동하여 남아 있는 사독요마를 소탕하기 시작했는데, 그러기 위해서는 중원삼십육태두의 도움이 절대적으로 필요했습니다."

"그들의 도움을 받는 대신 상납금을 받는 것을 눈감아주고 있다는 얘기야?"

"상납금은 정협맹에 속해 있는 중원삼십육태두와 삼천여 개에 달하는 현본령들을 하나로 결속시켜 주는 유일하면서도 가장 확실한 방법입니다. 만약 상납금을 받지 못하게 강력히 단속한다면 정협맹은 한순간에 뿔뿔이 흩어져서 유명무실한 존재가 되고 말 것입니다."

무가내는 입술을 오므려 약간 뾰족하게 만들었다. 기분이

나쁘거나 화가 날 때 하는 그의 버릇이었다.

"정협맹 놈들, 정말 벌레 같은 놈들이로군."

그는 은예상이 구해준 많은 경서와 병법서에서 성군(聖君)이나 현군이 어떤 방법으로 나라를 다스려야 천하가 태평하고 백성들이 잘살게 되는지를 배웠다.

그런 관점에서 봤을 때, 정협맹은 최악이었다. 당금 무림을 정협맹이 다스리고 있는데, 무림은 피폐할 대로 피폐한 꼴이 되지 않았는가.

문득 무가내는 무슨 생각이 났는지 목소리를 낮추고 궁금한 듯 물었다.

"예전에 사마총혈계의 세력권은 어느 정도였었지?"

균현은 가볍게 눈을 빛냈다. 자신이 일부러 말해주려고 하지 않았는데도 무가내가 사마총혈계에 대해서 호기심을 보였기 때문이다.

"그 당시 사마총혈계의 지역적인 세력은 일개 성(省)에 불과했었습니다."

"지역적인 세력?"

"그렇습니다. 사마총혈계의 진짜 세력은 눈에 보이지 않는 어둠 속에 있었습니다."

"빙빙 돌리지 말고 알아듣게 설명해 봐."

"항주성을 예로 들어보겠습니다. 표면적으로 항주성은 구룡방의 지배하에 있는 것처럼 보입니다. 하지만 내면으로 들어가면, 항주성의 거의 모든 것들을 사마총혈계가 지배하고 있었습니다."

"과일로 치면 구룡방은 과일의 껍질을, 사마총혈계는 알맹이를 움켜쥐고 있었다는 얘기로군?"

"맞습니다. 그런 식으로 봤을 때, 사마총혈계는 천하무림의 오 할 이상을 장악했었다고 할 수 있습니다."

"대단하군."

"그랬기 때문에 불도진명계나 강호유림계는 우리 사마총혈계를 눈엣가시처럼 증오했었던 것입니다."

"어쩌면……."

무가내는 무슨 말을 하려다가 말았다.

변황삼세와 새외사벌을 일통시킨 대천신등이 이십여 년 전에 느닷없이 중원을 침공했던 일이 우연한 일이 아닐 것이라는 생각이 들었으나 그저 막연한 짐작이라서 입 밖에 내지 않은 것이다.

"그 당시에 사마총혈계도 지금의 정협맹처럼 거느리는 방, 문파들에게 상납금을 거두어들였었나?"

"상납금은 필요하지 않았습니다."

"왜?"

"요선계가 있기 때문입니다."

"아! 그렇군!"

천하 상권의 삼분의 일 이상을 장악하고 있는 요선계가 사마총혈계 휘하에 있는데 굳이 휘하 조직들로부터 상납금을 거두어들일 필요가 없었다는 얘기다.

균현은 대화가 이상한 쪽으로 흘러가는 것을 느끼고 자신의 말을 마무리해야겠다고 생각했다.

"우리는 구룡방이 했던 것처럼 절강무림의 현본령들로부터 상납을 받지 않기 때문에 돈이 몹시 궁한 상태입니다. 만약 요선계를, 아니, 요선계의 절반만이라도 되찾을 수만 있다면 천하를 도모하는 대업에 천군만마를 얻게 될 것입니다."

무가내는 진중한 표정으로 입을 열었다.

"균현, 무슨 수를 써서라도 요선계 사람을 찾아봐."

균현은 무가내가 무슨 생각을 하는지 짐작할 수 있었지만 그의 뜻을 꺾을 수는 없었다.

"알겠습니다."

무적궁에서 나온 균현은 자신의 집무실인 혈검각(血劍閣)으로 가기 위해서 광장을 가로질러 걷다가 무엇인가를 발견하고 걸음을 멈추었다.

그가 가로지르고 있는 광장의 좌측 끝 인공 숲이 시작되는 가장자리 그늘 아래에 자미룡과 그녀의 수하들 수십 명이 모여 있는 것이 보였다.

무적방과 절강무림 연합 세력과의 싸움에서 자미룡은 많은 수하를 잃고 현재는 사십여 명만 남아 있는 상태였다.

그녀와 수하들은 그 싸움에서 큰 희생을 치르면서 무적방에 많은 도움을 주었다.

하지만 무가내는 철저히 그녀와 수하들을 외면하고 있었다.

싸움이 끝난 지 오십여 일이 지났지만, 무가내는 자미룡을 한 번도 부르지 않았다.

그녀와 수하들에 대한 치하나 포상도 없었으며, 무적방에 받아들이지도 내쫓지도 않았다.

무가내는 물론이고, 무적방의 어느 누구도 자미룡과 그녀의 수하들에게 말을 거는 일이 없었다.

철저한 무관심이었다.

평소에 그녀가 무가내와 개인적으로 친분이 깊었다고 해도 이 정도의 푸대접을 받았다면 벌써 열 번도 더 무적방을 떠났을 것이다.

그런데도 자미룡은 아직껏 무적방을 떠나지 않고 있었다.

지난 오십여 일 동안 사십 명의 수하는 자미룡에게 많은 불평과 분노를 터뜨렸었다.

그런 그들에게 자미룡은 단 한마디만 했다. '떠날 사람은 떠나라'고 말이다.

그러나 이날까지 떠난 수하는 한 명도 없었다.

그들은 무적방을 떠나지 못하는 것이 아니라, 자미룡을 배신하지 못하는 것이었다.

지금 자미룡과 그녀의 수하들이 서 있는 곳은 무가내의 집 무실이 있는 무적궁 앞 광장 건너편이다.

그곳은 무가내가 주로 생활하는 무적궁 팔층이나 구층에서 한눈에 내려다보이는 장소였다.

자미룡은 무가내가 자신을, 아니, 자신들을 봐주기를, 그래서 어떤 조치를 취해주기를 간절히 원하고 있었다.

무적방이 그녀와 수하들에게 제공하고 있는 것은, 숙소와 세 끼 식사, 그리고 언제든지 원하기만 하면 주어지는 무한정의 술과 요리 정도였다.

늦여름의 뙤약볕 아래, 수하들은 나무 그늘 아래 삼삼오오 무리지어서 앉아 있지만, 자미룡은 숲 밖에 나와 뜨거운 땡볕을 고스란히 받으면서 우뚝 서서 무적궁 팔층과 구층을 바라보고 있었다.

처음에 그녀는 간절한 표정을 지었다. 하지만 지금은 그러지 않았다.

지금 그녀의 표정은 아주 무심했다. 몇 달 동안 비가 오지 않아서 쩍쩍 갈라진 논바닥처럼 푸석푸석했다.

과연 무가내가 걸어놓은 염안마령술이 아직도 그녀에게 효과가 있는 것일까? 균현은 잠시 자미룡을 쳐다보다가 가볍게 고개를 흔들면서 다시 걸음을 옮겼다.

해시(亥時:밤 10시).

무가내는 팔층 연공실에서 석중명과 당경림에게 마도제이의 절학인 호천무적공의 구결을 전수한 후, 그들을 그곳에 남겨두고는 구층으로 올라왔다.

무적방 전역은 자정 전에는 불이 꺼지지 않는다. 아니, 어떤 곳은 축시(丑時:새벽 2시)가 되도록 불이 밝혀져 있다.

노느라고 그러는 것이 아니다. 모두 그 시간까지 무공 연마를 하고 있는 것이다.

무적방에 적을 두고 있는 모든 사람들은 지금 무공에 미쳐 있는 중이었다.

특히 무적전사들의 수련장인 무간도는 보통 갑시(甲時:새벽 4시)가 넘어야지만 그날의 무공 연마가 끝나는데, 그들 중에 더러는 동이 훤히 터올 때까지도 무공 연마를 멈추지 않는 독종이 있었다.

무가내는 자신을 무적일전사로 정하고, 한 달 후에 무적전사들끼리 대결을 펼쳐서 순위를 결정하겠다고 선언했었다.

그러자 그 소문이 퍼져서 다른 군(軍)에서도 그 방법을 따라서 했다.

그래서 균현은 혈검일전사, 양신웅은 구주일전사, 오도겸은 만신일전사, 냉운월은 요마일전사가 되었다.

지금 무적오군에 소속된 전 수하들은 한 달 후에 거행될 순위 결정을 위한 시범 대결 때문에 초긴장 상태였다.

그들이 각 군 전사들의 순위에 전력으로 매달리고 있는 데에는 그럴 만한 이유가 있다.

무적방에는 방주와 네 명의 군장 외에는 다른 지위가 하나도 없는 상태였다.

그것은 방주와 군장 외에는 모두 평등한 신분이라는 뜻이다.

원래 사람들이 모이면 자연스럽게 계급과 지위, 우월함과 열등함이 생겨나게 마련이다.

그러므로 무적방의 전 수하들은 각 군에서의 높은 순위가, 높은 지위와 우월함을 상징하는 것이라 믿고 그것에 사활을 걸고 있는 것이었다.

스르—

무가내는 구층에 올라와 거실 창가의 엷은 휘장을 습관처럼 약간 젖혔다.

저 아래 광장 너머 숲 가장자리에 서 있는 자미룡의 모습이 보였다.

그가 자미룡을 보는 순간, 그녀도 그를 보고 있었다.

무가내를 발견한 자미룡의 눈이 약간 커졌다. 그리고 마른 땅거죽처럼 무표정하던 얼굴에 몇 개의 물방울이 떨어진 것처럼 설핏 애잔함이 번졌다.

그 표정은 말하고 있었다.

"왜 그래요? 아직도 제 마음을 모르겠어요? 좋아요. 그렇다면 더 시험해 보세요. 천 년이든 만 년이든, 저는 이 자리에서 당신을 기다리고 있을 거예요."

사륵—

무가내는 휘장을 내리고 돌아섰다.

그의 모습이 사라지자 자미룡의 얼굴은 즉시 원래대로 건조한 표정을 되찾았다.

사실 무가내는 그동안 자미룡에 대해서 어떻게 해야 하는지 결정을 내리지 못하고 있었다.

자미룡은 염안마령술에 심지가 제압되어 있는 상태다. 그녀가 죽어라고 사랑을 구걸하면서 무가내에게 매달리고 또 숱한 모욕을 당하면서도 떠나지 못하는 이유는 순전히 염안마령술 때문인 것이다.

무가내는 어째서 그녀의 염안마령술을 풀어주지 않는 것인지 그 자신도 이유를 알지 못했다.

그렇다고 염안마령술을 풀어주지 않은 상태에서 그녀를 무적방의 일원으로 받아들일 수는 없는 일이었다.

그랬다가 나중에 염안마령술을 풀어주어 제정신이 돌아오면 무슨 짓을 저지를지 알 수가 없기 때문이다.

그렇지만 사실, 그것이 두려운 것은 아니다.

다만 그것 때문에 자미룡이 받을 충격이나 그녀가 망가지게 되는 것이 안쓰러운 것이다.

하지만 그것을 꺼려서 죽을 때까지 염안마령술을 풀어주

지 않을 수는 없다.

자미룡은 황룡표국에서부터 무가내에게 실로 많은 도움을 주었다.

그것이 비록 염안마령술 때문이었다고는 해도 무가내는 그녀에게 인간적인 고마움을 느끼고 있었다.

무가내는 그녀를 여자로서 좋아하지는 않지만, 그동안 그녀에게 꽤나 정이 들어버린 것을 부인하지는 못했다.

어쩌면 지금이라도 염안마령술을 풀어주면 그녀가 훌쩍 떠나 버릴까 봐 그것을 염려하고 있는지도 몰랐다.

그렇지만 언제까지나 이런 상태로 있을 수는 없는 일이다.

결국 무가내는 내일 날이 밝으면 자미룡의 염안마령술을 풀어주어야겠다고 생각하면서 방으로 들어갔다.

그가 은예상의 방으로 들어가자 그녀는 얇은 분홍색의 나삼을 입은 채 잘 준비를 끝내고 침상 옆 의자에 한 폭의 그림처럼 다소곳이 앉아 있었다.

무가내는 그녀에게 혼자 있을 때만이라도 편한 자세로 있으라고 여러 번 말했지만 그녀는 지금과 같은 자세가 편하다면서 늘 꼿꼿한 자세로 앉아 있었다.

어려서부터 '여자란 언제 어느 때라도 흐트러진 자세를 보여서는 안 된다' 는 엄한 교육을 받고 자란 그녀는 단정한 자세가 몸에 배어 있어서, 사실 눕거나 비스듬히 기댄 자세보다는 단정하게 앉아 있는 것이 외려 더 편했다.

사륵―

무가내가 다가오는 것을 보면서 은예상이 우아한 동작으로 일어섰다.

"늦었다. 어서 자."

무가내는 그렇게 말하면서 은예상을 가볍게 번쩍 안아 침상에 눕혔다.

은예상은 조진우에게 납치됐었다가 돌아온 이후부터 무가내가 재워줘야만 잠이 드는 습관이 생겼다.

든든한 무가내의 보호 아래에서 자신이 안전하다는 사실을 확인해야지만 안심을 하는 것 같았다.

무가내는 늘 하던 대로 은예상에게 얇은 이불을 덮어주고는 그 옆에 나란히 누워서 팔베개를 해주고 부드러운 목소리로 노래를 불러주었다.

"구름이 걷히니 산허리 푸르고, 연꽃이 피니 물빛이 붉도다."

오악도에 있을 때 빙염이 부르던 노래들을 이것저것 꿰다 맞춘 바로 그 노래였다.

금만등을 이룰 때 극음양교호맥 안에서 극양지기의 지독한 뜨거움을 참느라 급한 대로 만들어서 부른 이후 이 노래는 여러 용도로 쓰이고 있었다.

무가내는 잔잔하게 노래를 부르면서 그녀 쪽으로 돌아누

위 손으로 그녀의 가슴을 부드럽게 토닥였다.

　은예상은 별빛처럼 아름다운 눈으로 말갛게 무가내를 바라보았다.

　"왜?"

　"너무 행복해요."

　그녀의 얼굴 가득 정말 행복한 표정이 가득 떠올랐다.

　무가내는 싱긋 미소 지었다.

　"더 행복하게 해줄까?"

　은예상은 그 말이 무슨 뜻인지 알고 있었다.

　그녀의 몸을, 아니, 은밀한 부위들을 만져 줄까? 하고 엉큼하게 묻는 것이었다.

　그녀는 무가내가 무슨 요구를 해도 거부하지 못한다.

　그것은 그를 목숨보다 더 사랑하고 있기 때문에 그에 대한 끝없는 맹종을 뜻하는 것이었다.

　그녀는 얼굴을 사르륵 붉히면서 가만히 눈을 감았다.

　무가내가 한바탕 몸을 만지고 나면 그녀는 필경 초주검 상태가 될 터이다.

　그래도 그녀는 거부하지 않았다. 무가내가 원하고 있기 때문이었다.

　"아아……."

　은예상의 입술 사이로 끝내 참고 참았던 가늘게 떨리는 신음 소리가 새어 나왔다.

그것이 신호인 듯 무가내는 그녀의 옥문에서 손을 떼고 침상에서 내려왔다.

그의 손은 은예상의 옥문에서 흘러나온 애액(愛液)으로 온통 흠뻑 젖어 있었다.

무가내는 꼭 여기까지만 했다. 언제나 은예상의 몸을 불덩어리처럼 뜨겁게 만들어놓고는 슬그머니 제 방으로 가버리는 것이다.

현재 두 사람은 부부나 다름이 없는 사이다.

그러므로 무가내가 은예상에게 육체 관계를 원하더라도, 아니, 평소에 육체 관계를 하고 있더라도 이상한 일이 아니다.

사실은 은예상 쪽에서 더 원하고 있었다. 연인이나 부부는 영혼은 물론 육체까지 하나가 돼야만 비로소 완벽해졌다고 할 수 있으니까 말이다.

쾌락 때문이 아니라, 은예상은 무가내의 확실한 여자가 되기 위해서 그가 자신을 정복해 주기를 원하고 있었다.

더구나 지금 같은 상황에서는 더욱 간절하게 원했다.

그러나 무심한 무가내는 은예상을 내버려 두고 방을 나가 규칙적인 발자국 소리를 내면서 맞은편 자신의 방으로 들어가 버렸다.

"하아……."

은예상은 나직하고도 긴 한숨을 토해내면서 눈을 감았다.

무가내는 매일 밤 그녀의 잠을 재워주는 것이 아니라 오히려 깨워놓았다.

이제부터 잠이 들려면 꽤 오랜 시간과 노력이 필요할 것이다.

그래도 은예상은 자기 전의 이 행위를 은근히 기대했다.

사랑을 확인할 수 있기 때문이다.

'에구… 참느라고 죽을 뻔했네.'

자신의 방 침상에 벌렁 드러누운 무가내는 얼굴을 찌푸리며 속으로 중얼거렸다.

그는 당장이라도 옷을 뚫고 나올 것처럼 딱딱하게 커진 자신의 음경을 쳐다보면서 슬쩍 인상을 썼다.

"인마, 참어."

그는 두 팔을 머리 뒤로 돌려 깍지를 끼고 멀뚱멀뚱 천장을 바라보며 속으로 투덜거렸다.

'도대체 상아는 언제쯤 나를 사랑하려나?'

그는 '많이 좋아하는 것'을 사랑이라고 알고 있다. 그것도 틀린 생각은 아니다.

그렇지만 '많이 좋아하는 것'과 '사랑'은 엄연히 다르고, 달라야만 한다.

무가내는 균현을 많이 좋아한다. 석중명과 당경림도, 냉운월도 많이 좋아하고 있다. 그의 논리라면 그들도 사랑하고 있다는 얘기다.

'나는 많이 사랑하고 있는데… 상아는 왜 나를 사랑하지 않는 것이지?'

의문이 뭉클뭉클 솟구쳤다.

은예상이 아직 자신을 사랑하지 않는다고 생각하는 것은 순전히 빙염의 꼼수 때문이었다.

무가내가 오악도를 떠나기 전날 밤에 빙염은 정색을 하고 무가내에게 주의를 주었다.

"풍아, 네가 정말로 사랑하는 여자가 생기게 되면, 그녀가 먼저 몸을 허락하기 전에는 절대로 자빠뜨리면 안 된다."

"왜?"

"여자는 사랑하는 사내에게만 몸을 허락하는 법이란다. 그런데 여자가 스스로 몸을 허락하지도 않는데 강제로 몸을 범하면, 여자는 자결을 하던가 네 곁을 떠나 버리고 말 것이다."

"그렇구나."

"그러니까 사랑하는 여자가 생기더라도 그녀가 제 스스로 자빠지기 전에는 절대 강제로 자빠뜨리면 안 되는 거야."

"알았어. 하지만 나는 여자를 사랑하지 않을 거니까 그런 일은 없을 거야."

물론 그것은 빙염의 술수였다.

그녀는 무가내가 중원에 나가서 여자를 사랑하게 되면 그의 성격상 그녀는 필경 참한 여자일 것이라고 짐작했다.

참한 여자는 제 스스로 먼저 잠자리를 요구하지 않는 법이다. 빙염은 그것에 착안한 것이었다.

"끙… 상아를 자빠뜨리고 싶어 미치겠는데……."

무가내는 커진 음경을 달래려고 애쓰면서 잠을 청했다.

第三十八章
암살자(暗殺者)

　자미룡은 구층 무가내 방에 불이 꺼지는 것을 봤지만 그 자리를 떠나지 않고 서 있었다.

　조금 전처럼 무가내는 잠자리에 들기 전에 꼭 한 번 자미룡을 잠깐 내려다본다.

　자미룡은 아주 잠깐뿐인 그 시간을 위해서 하루 종일 이 자리에 서 있는 것이다.

　보통 날은 무가내가 잠자리에 들고 나면 자미룡은 잠시 서 있다가 발길을 돌렸었는데 오늘은 왠지 쉽사리 발이 떨어지지 않았다.

　그녀는 지난 오십여 일 동안 무가내만 바라보느라 많이 지쳤다. 몸이 아니라 정신이 지쳤다.

이러다가 끝까지 무가내가 모른 체하면 어쩌나 하는 염려까지 그녀를 괴롭혔다.

수하들이 불평불만을 터뜨리는 것은 견딜 수 있었다. 그들이 모두 떠나 버린다고 해도 괜찮았다.

그런 상황이 온다고 해도 그녀는 혼자서라도 이 자리를 지킬 것이라고 자신에게 맹세를 했었다.

그녀는 자신이 무가내를 위해서 많은 희생을 치렀다고는 생각하지 않았다.

마정방종(摩頂放踵). 정수리부터 발뒤꿈치에 이르도록 닳아서 없어질 때까지 무가내를 위한 일이라면 무엇이든 할 각오가 되어 있는 그녀였다.

지난 오십여 일 동안 이 자리에 서서 그녀는 참으로 많은 생각을 했었다.

그리고 그중에 한 가지는 시일이 흐르면서 많이 변했고 또 정립이 됐다.

그 한 가지가 바로 '무가내에게 향한 사랑'이었다.

그녀는 자신이 처음에는 맹목적으로 무가내를 사랑했었다는 사실을 깨달았다.

그래서 도대체 무엇 때문에 자신이 그를 사랑하기 시작했는지에 대해서 곰곰이 생각을 해보았다.

그런데 도대체 원인을 알 수가 없었다. 실로 기가 막히고 어이가 없는 일이었다.

그녀는 항주성 내에서 마차를 타고 바삐 가다가 무가내를 처음 만났었고, 그를 보자마자 열병과도 같은 사랑에 빠져들었던 것이다.

단지 그것뿐이었다.

그래서 자미룡은 이곳에 서서 한 달여에 걸쳐 그 맹목적인 사랑을 떨쳐 버리려고 전력을 다했었고 그 결과 성공했다.

그리고 사랑을 다시 만들어 나갔다.

무가내를 처음 만나 지금에 이르기까지의 숱한 사건들을 하나씩 곱씹어서 다시 생각했으며, 그 과정에서 새로운 사랑을 이끌어낸 것이다.

맹목적인 사랑이 아닌 새로운 사랑에 의하면, 무가내는 너무 멋있어서 사랑할 수밖에 없는 사내였다. 결과는 처음과 마찬가지였다.

어차피 염안마령술에 의해 심지가 제압된 상태에서 강제적으로 무가내를 사랑하게끔 주입된 상태이기 때문에 맹목적인 사랑이든 새로운 사랑이든 똑같은 것이다.

그러나 자미룡에게는 달랐다. 분명히 달랐다.

처음의 사랑은 무엇에 홀린 듯한 맹목적인 것이었고, 지금은 자신이 똑똑히 인지하고 있는 사랑인 것이다.

그녀는 뒤로 두어 걸음 물러나 숲 가장자리에 잘라놓은 나무 그루터기에 앉았다.

그렇게 앉아 있으면 나무의 무성한 나뭇가지 때문에 멀리서는 그녀가 보이지 않는다. 그럼 편하게 오래 앉아 있을 수 있는 것이다.

어차피 숙소로 돌아가더라도 잠이 오지 않을 것 같아서 이곳에 좀 더 있어보려는 생각을 했다.

일단 불이 꺼진 무가내의 창에 다시 불이 켜졌던 적은 여태껏 한 번도 없었다.

그렇지만 자미룡은 무릎에 팔꿈치를 대고 두 손으로 턱을 괸 채 무가내의 창문을 빤히 바라보았다.

지난 오십여 일 동안 변함없이 은예상 방의 불이 꺼진 후 얼마 있다가 무가내 방의 불이 꺼지는 것으로 봐서는, 무가내가 은예상의 방에서 자는 것은 아니었다.

즉, 두 사람은 아직 몸을 섞지 않았다는 뜻이다.

질투를 할 처지가 아닌데도 그 사실이 자미룡에게 약간의 위안이 돼주었다.

그렇게 얼마나 시간이 흘렀을까.

그때 그녀는 무엇인가를 본 것 같았다.

문득 그녀는 주시하고 있는 구층 조금 위쪽 지붕에 무엇인가 어른거리는 것을 느꼈다.

그녀는 조금 위쪽을 쳐다보다가 일순 눈을 약간 크게 떴다.

무언가 검은 물체가 지붕 위를 빠르게 기어가고 있는 것이 눈에 띄었기 때문이다.

그런데 검은 물체는 하나가 아니었다. 왼쪽 지붕 끝에서 여러 개가 줄지어 지붕 위를 기어가고 있었다.

자미룡의 시선이 무적궁 지붕 왼쪽 끝으로 향했다.

어디선가 밤새처럼 날아온 검은 물체들이 무적궁 지붕 왼쪽 끝자락에 소리없이 내려서자마자 줄지어 복판 쪽으로 이동하고 있었다.

자미룡은 재빨리 무적궁 왼쪽 옆 전각을 쳐다보았다. 검은 물체들은 그곳 전각 지붕 끝에서 무적궁 지붕 끝까지 오륙 장 거리를 날아오고 있었다.

옆에 있는 전각은 요마군이 사용하는 요마각이며 오층이다. 검은 물체들은 요마각 오층 지붕 끝에서 무적궁 구층까지 오륙 장 거리를 솟구치면서 건너뛰고 있었다.

또한 검은 물체들은 요마각 지붕 너머 뒤쪽에서 계속 줄지어 이어졌다.

요마각 뒤쪽에는 또 다른 전각이 서너 채 이어져 있고, 그 너머가 인공 숲이며 숲이 끝나는 곳에는 삼 장 높이의 담이 둘러쳐져 있다.

그러므로 그들이 담을 넘어 잠입하여 전각들의 지붕을 타고 무적방까지 이동하고 있음을 짐작할 수 있었다.

검은 물체들은 칠흑처럼 검은 흑의를 입은 흑의인들이었다.

순간 자미룡의 몸이 차돌처럼 경직됐다.

'자객이다!'

그렇게 속으로 부르짖은 그녀는 그들이 노리는 사람이 무가내일 것이라고 짐작했다.

그녀는 앉은자리에서 꼼짝도 하지 않고 무적궁 지붕을 쏘아보았다.

이미 무적궁 지붕에는 많은 수의 흑의인들이 모여 있었다.

하지만 추호의 기척도 감지되지 않았다. 그로 미루어 일류고수들이 분명했다.

그 수는 삼십여 명이나 됐는데, 여전히 요마각 지붕에서 무적궁 지붕으로 흑의인들이 줄지어 날아오고 있었으며, 요마각 뒤쪽 지붕 너머에서도 꾸역꾸역 계속 넘어오고 있었다.

그렇기 때문에 지금으로서는 흑의인들이 몇 명이나 되는지 파악할 수가 없었다.

'자객이 아니라 야습(夜襲)인 것인가?'

자객이라면 많아야 대여섯 명을 넘지 않는다. 그런데 지금 자미룡이 눈으로 확인한 수만 해도 오십여 명에 이르고 있는 것이다.

그녀는 빠르게 염두를 굴렸다.

무적방을 전멸시키기 위한 대대적인 야습이라면 저렇게 도둑고양이처럼 살금살금 지붕 위로 기어다니지 않고 일제히 공격을 감행할 것이다.

더구나 흑의인들은 한결같이 무적궁 지붕으로 집결을 하

고 있는 중이었다.

그것은 그들이 무적궁에 볼일이 있다는 것이다. 즉, 무적방 주인 무가내를 죽이려는 의도가 분명했다.

그렇다면 놈들의 수는 많아야 백여 명을 넘지 않을 것이다.

일류고수 백여 명이라면 일파지존 한 명쯤은 죽이고도 남을 만큼의 전력이다.

그러나 그들이 죽이려고 하는 상대는 무가내다. 보통 일파지존이 아닌 것이다.

'모두에게 알리려고 소리를 치면 저놈들이 놀라서 도주할 것이다. 그럼 누가 무엇 때문에 오빠를 암살하려는 것인지 모르게 된다.'

그렇게 생각을 한 자미룡은 입술을 오므려 밤새의 울음소리 흉내를 냈다.

"후르르르… 비잇~ 비잇~ 비쫑~"

영락없는 밤새의 울음소리였다.

흑의인들은 아무도 이쪽을 쳐다보지 않았고 움직임을 멈추지도 않았다.

밤새 울음소리로 알아들어 의심하지 않는다는 뜻이었다.

그러나 사실 그 소리는 자미룡이 자신의 수하들을 모으는 그들만의 은밀한 신호였다.

이어서 그녀는 숲속으로 소리없이 스며들면서 구층 무가내의 침실을 향해 정확하게 전음을 보냈다.

"오빠, 암습이에요. 놈들이 곧 오빠 방으로 잠입할 거예요."

무가내 방을 겨냥하고 전음을 쏘아 보냈기 때문에 그가 듣지 못할 리 없었다.

그녀는 흑의인들에게 들키지 않으려고 광장을 가로지르지 않고 숲의 측면 끝으로 나가 무적궁 오른쪽에 있는 전각의 벽을 따라 바람처럼 내달렸다.

무적궁에 이르자 그녀는 망설임없이 신형을 날려 벽을 쏘아 오르기 시작했다.

파꾹!

그때 대전 입구가 있는 아래쪽에서 미약한 소리가 나서 그녀는 재빨리 그곳으로 시선을 던졌다.

그곳을 지키는 두 명의 요마전사가 목 한복판에 깊숙이 꽂힌 비수를 움켜잡은 채 쓰러지고 있는 광경이 보였다.

흑의인들이 죽인 것이 분명했다.

그렇다면 무적궁 각 층을 지키고 있는 요마전사들도 무사하지 못할 것이다.

자미룡은 단 두 번 도약으로 구층에 도달했다.

그녀는 구층 오른쪽 끝의 창을 통해서 안으로 소리없이 스며들었다.

그때 흑의인들도 무적궁 복판의 구층과 팔층의 양쪽 창문으로 귀신처럼 잠입하고 있었다.

자미룡이 들어선 곳은 하녀들이 기거하는 방이었다.

그렇지만 그녀가 창을 통해서 들어와 방문을 열고 나갈 때까지 방에서 자고 있던 네 명의 하녀는 아무도 깨지 않았다.

무적궁 구층은 오른쪽 끝에서 왼쪽 끝까지의 길이가 대략 삼십여 장에 이른다.

자미룡이 나선 곳은 끝까지 길게 뻗어 있는 복도였다.

복도 중간에 아래층으로 내려가는 계단과 지름 삼 장 정도의 공간이 있다.

거기를 지나자마자 큰 거실과 식당이 서로 마주보고 있으며, 그 옆 양쪽 두 개씩 네 개의 방이 하녀와 당직 찬모의 방이고, 그다음이 무가내와 은예상의 방이다.

일출부터는 두 명의 무적전사가 팔층 입구를 지키지만 일몰과 함께 무간도로 돌아간다.

자미룡이 지켜보고 있는 가운데 거실과 식당, 하녀와 찬모의 방에서 쏟아져 나온 수십 명의 흑의인들이 무가내와 은예상의 방을 향해 밀물처럼 쏘아가고 있었다.

슈웃!

자미룡은 발끝으로 바닥을 박차며 흑의인들을 향해 질풍처럼 쏘아갔다.

그녀는 무가내보다는 은예상을 보호해야겠다고 생각했다.

무가내가 은예상의 안위를 염려하지 않아야 마음껏 싸울 수 있을 것이라고 판단한 것이다.

은예상은 이제 막 무공을 배우기 시작한 수준이라서 흑의인 한 명도 당해내지 못할 것이다.

흑의인들의 행동은 일사불란했고 치밀했다.

그들은 무가내와 은예상의 방문을 소리없이 열고 그 안으로 파도처럼 쏟아져 들어가는 한편, 칠팔 명은 계단 근처와 자미룡이 쏘아오고 있는 쪽을 경계했다.

그러므로 자미룡 쪽을 경계하던 흑의인들이 그녀를 발견하지 못할 리가 없었다.

차창!

흑의인 네 명이 바람처럼 쏘아오고 있는 자미룡을 향해 우뚝 서서 복도를 가로막은 채 어깨에 메고 있던 검을 뽑았다.

자미룡은 쏘아가고 있는 중에 이미 양손에 채찍과 단창을 움켜쥐고 있는 상태였다.

그녀는 가일층 속도를 높이면서 곧장 흑의인들을 향해 부딪쳐 갔다.

쐐액!

채찍과 단창, 그리고 네 자루 검이 거의 동시에 어지럽게 허공을 갈랐다.

무기에서 뿜어지는 빛이 어두운 복도를 순간적으로 밝혔다.

팍!

채찍 끝이 흑의인 한 명의 심장을 깨끗하게 관통했다.

쨍!

그러나 단창은 또 다른 흑의인이 휘두르는 검에 막혔다.

그리고 나머지 두 명이 베어오는 두 자루 검이 자미룡의 목과 허리를 노리고 파고들었다.

자미룡은 내심 흠칫 가볍게 놀랐다.

상대가 비록 네 명이기는 하지만, 자신이 전력으로 펼친 공격에 흑의인이 한 명밖에 죽지 않았으며, 한 명은 단창을 막고, 다른 두 명은 도리어 공격을 해오고 있었기 때문이다.

흑의인들은 그녀가 예상했었던 것보다 한 수 위의 고수가 분명했다.

게다가 베어오는 두 자루 검은 빠르고도 날카로워서 웬만한 일류고수라고 해도 피할 수 없을 것처럼 보였다.

숙!

자미룡은 한쪽 발끝으로 바닥을 박차고 수직으로 솟구치면서 아래를 향해 방금 전보다 더 강력한 위력을 실어 재차 채찍과 단창을 떨쳐 냈다.

그 동작으로 그녀는 두 자루 검의 공격권에서 벗어났으며 자신을 공격한 두 명을 오히려 머리 위에서 아래로 공격하게 되었다.

패액!

그러자 흑의인 한 명이 검을 휘둘러 자신에게 쏘아오는 채찍을 감아버렸다.

푹!

"큭!"

그러나 다른 한 명은 창졸간에 머리 위에서 찔러온 단창을 피하지 못하고 뾰족한 단창에 정수리가 찔려 즉사했다.

자미룡은 등이 천장에 닿으려는 순간 채찍에 공력을 주입하여 재빨리 작은 반원을 그렸다.

팍!

"끅!"

그러자 채찍이 꿈틀하는 것 같더니 끝부분에 감겨 있는 검을 움직이게 하여 그 검을 쥐고 있는 흑의인의 목에 검날이 박히게 만들었다.

그자는 자신의 손에 쥐고 있는 검으로 제 목을 찍어버린 꼴이 되었다.

자미룡은 측면의 벽을 박차고 마지막 남은 한 명을 향해 바람처럼 쏘아 내리면서 채찍과 단창을 동시에 떨쳤다.

그자는 물러서거나 두려워하기는커녕 도리어 자미룡을 향해 덤벼들며 독특한 검법을 구사했다.

검첨으로 번개같이 세 개의 작은 원을 만들면서 찔러오고 있는데, 검첨에서 작은 불꽃 세 개가 피어나 검보다 더 빠른 속도로 자미룡의 얼굴과 목, 가슴을 향해 쏘아왔다.

'저 검법은?'

자미룡은 가볍게 움찔했다. 눈에 익은 검법인 것이다.

'분염검법(噴焰劍法)이 틀림없다!'

그러나 놀라는 사이에 세 개의 검화가 어느새 지척까지 쇄도하고 있었다.

자미룡은 급히 허리를 한껏 비틀면서 고개를 급격히 옆으로 꼬았다.

그와 동시에 휘두르고 있는 중인 채찍과 단창에 가일층 공력을 배가시켰다.

파아—

그 순간 자미룡은 왼쪽 어깨에 화끈한 느낌을 받았다.

세 개의 검화 중에서 가슴을 향해 쏘아오던 검화가 어깨를 벤 것이라고 판단했지만 확인할 겨를이 없었다.

그녀가 머리를 아래로 다리를 위로 뻗은 자세를 하여 마지막 한 명 남은 흑의인 머리 위 반 장쯤에 도달했을 때, 흑의인이 그녀의 채찍과 단창을 어렵사리 피하고 있는 것이 시야에 포착됐다.

결국 흑의인은 자미룡의 채찍과 단창 양동공격을 피했다. 그것만으로도 그가 평범한 고수는 아니라는 것이 드러났다.

그러나 흑의인은 공격을 피한 직후 몸의 균형을 잃고 가볍게 비틀거렸다.

그러면서 그의 얼굴에 당황함이 스쳤다.

자미룡이 그 기회를 놓치지 않을 것이라고 판단한 것이다.

아니나 다를까, 자미룡이 쏘아내리는 속도를 이용하여 벼

락같이 상체를 뒤로 젖히면서 빙글 한 바퀴 공중제비를 돌며 발끝으로 흑의인의 얼굴을 걷어차 왔다.

"……."

흑의인은 그녀의 작고 앙증맞은 발이 자신의 얼굴을 향해 곧장 쇄도하는 것을 뻔히 보고 있으면서도 피하거나 막을 재간이 없었다.

그저 얼굴 가득 놀라움과 절망감을 떠올리는 것뿐이었다.

뻐걱!

자미룡의 오른발 발끝을 턱에 짧고 강하게 걷어채인 흑의인의 머리가 목에서 뚝 떼어져 허공으로 떠올랐다.

찢어지듯이 분리된 목과 머리통에서 피가 뿜어질 때, 자미룡은 바닥에 내려서 다시 복도를 쏘아갔다.

설명은 길었지만 그녀가 네 명의 흑의인과 싸움을 시작하여 마지막 한 명의 머리를 뽑아낼 때까지 걸린 시간은 불과 두 호흡 정도에 불과했다.

그녀가 계단 입구를 지키고 있는 세 명의 흑의인을 향해 쏘아가고 있을 때, 그 너머 앞쪽에서 나무 벽이 부서지는 소리가 어지럽게 터져 나왔다.

우지끈!

와작!

자미룡이 쳐다보니 은예상 방의 방문과 벽이 부서지며 안에서 흑의인 대여섯 명이 한꺼번에 튕겨 나오고 있었다.

그들은 한결같이 미간에서 뒤통수까지 동전만 한 구멍이 뻥 뚫려 있었다.

자미룡은 그들이 무가내의 지풍에 적중됐음을 깨달았다.

원래 무가내는 최초의 흑의인이 요마각에서 무적궁 지붕으로 몸을 날렸을 때 이미 파공음을 감지하고 잠이 깼었다.

흑의인들은 이동할 때 추호도 기척을 내지 않았지만 무가내의 청력을 속이지는 못했다.

무가내는 그 즉시 은예상의 방으로 갔고, 그녀를 깨우고 있을 때 자미룡의 전음이 들려왔다.

자미룡은 무가내의 방을 겨냥하고 전음을 보냈지만 무가내 같은 절세고수가 그것을 놓칠 리 없다.

무가내가 은예상의 방에서 복도로 천천히 걸어나왔다.

추호도 동요하지 않는 당당한 모습이고 표정이었다.

그의 등에는 은예상이 잠옷 차림으로 업혀 있었다.

그녀는 이런 상황에서 무가내의 등에 업히는 것이 익숙한 듯, 두 팔을 그의 양쪽 겨드랑이 아래로 깊숙이 찔러 넣어서 가슴을 힘껏 끌어안았고, 두 발은 그의 앞으로 돌려 허리를 꽉 끌어안은 자세였다.

여간해서는 떨어지지 않을 자세였다.

그때 무가내 방에 들어갔던 흑의인들이 방문으로 쏟아져 나왔고, 복도에 있던 흑의인들이 무가내를 향해 일제히 공격을 퍼부었다.

쐐애액!

스파아아!

혹의인들 십오륙 명의 검이 허공을 쪼개는 파공음은 마치 엄동설한에 바짝 마른 숲 위로 몰아치는 북풍한설처럼 날카롭게 터졌다.

스겅—

그러나 무가내는 조금도 서두르는 것 같지 않았다.

그는 검들이 반 장까지 쇄도하고 있는데에도 느릿한 동작으로 어깨의 석검을 뽑았다.

혹의인들 십오륙 명의 절반이 분염검법을 전개했고, 나머지 반은 전혀 다른 검법을 사용하여 포위한 상태에서 맹공격을 퍼부었다.

마음이 급한 자미룡은 한시바삐 무가내에게 달려가고 싶었으나 계단 입구에서 세 명의 혹의인에게 붙잡혀 포위되는 신세가 되고 말았다.

그녀는 세 명의 혹의인과 싸우면서 무가내 쪽을 힐끗거렸다.

그러나 덮쳐 가고 있는 혹의인들의 십오륙 자루 검과 번뜩이는 검광 때문에 무가내의 모습이 보이지 않았다.

그런 대단한 위세 때문에 자미룡은 아주 잠깐 동안 그가 잘못되지는 않을까 하는 걱정이 들었다.

그러나 다음 순간 그런 걱정은 한꺼번에 사라져 버렸다.

무가내는 석검을 느릿한 동작으로 뽑는 듯했으나, 채 절반도 뽑히기 전에 석검은 어느새 전면에서 덮쳐 오는 가장 가까운 흑의인의 정수리를 쪼개고 있었다.

삭!

석검은 흑의인의 정수리에서 자르면서 수직으로 그어져 내렸다가 목에서 급격하게 방향을 틀어 왼쪽을 향해 수평으로 베어갔다.

사삭!

이어서 왼쪽에서 쇄도하던 두 명의 흑의인 목이 나란히 뎅겅뎅겅 잘라졌다.

흑의인 한 명이 정수리가 쪼개지고, 두 명이 목이 잘린 것은 눈을 한 번 깜빡거리는 것을 열로 쪼갠 것보다 빠른 극히 찰나지간이었다.

무가내의 반 장 거리까지 쇄도하고 있던 십오륙 자루의 검은 불과 눈 한 번 깜빡일 정도의 순간이면 그의 온몸을 난도질할 수 있었다.

그러나 무가내는 눈 한 번 깜빡거릴 순간을 열로 쪼갠 두 번째 찰나지간에 이미 다섯 명째의 흑의인 정수리를 수직으로 쪼개고 있었다.

삼절마제의 성명검법 중 하나인 참마인이었다.

빠르기는 빛과 같고 강하기는 뇌전과 같다는, 지상에서 가장 잔혹한 자르기와 베기 수법인 것이다.

자미룡이 단지 한 번 힐끗 무가내 쪽을 쳐다보는 극히 짧은 순간에 그는 이미 십오륙 명의 흑의인 정수리와 목을 모조리 잘라 버렸다.

자미룡은 태어나서 이날까지 그처럼 빠른 검법은 한 번도 본 적이 없었다.

아니, 순간적으로 어쩌면 자신의 눈이 잘못됐는지도 모른다는 생각마저 들었다.

대체 얼마나 빠르면 최초에 벤 흑의인의 정수리와 마지막으로 자른 흑의인의 목이 거의 같은 순간에 쪼개지고 잘라지고 있겠는가.

잘라진 머리통들이 허공으로 떠오르고, 쪼개진 정수리에서 핏물이 분수처럼 솟구쳐 오르는 것을 보고서야 자미룡은 자신의 눈이 잘못된 것이 아니라는 사실을 확인했다.

그녀는 잠시 놀라고 있는 사이에 자신을 포위한 상태에서 공격을 퍼붓고 있는 세 흑의인에 의해 한순간 위험한 상황에 처하고 말았다.

채채채챙!

그녀는 단창을 어지럽게 휘두르면서 세 자루 검을 막아내고, 또한 경쾌한 보법을 밟는 것과 동시에 상체를 기민하게 움직여서야 간신히 세 흑의인의 공격을 피해냈다.

무가내는 십오륙 명의 흑의인을 모두 죽였으나 그것으로 끝나지 않았다.

흑의인들은 양쪽 창을 통해서 계속 쏟아져 들어왔다.

퍽퍽퍽퍽!

심지어 천장을 뚫고 무가내의 머리 위로 이십여 명이 소나기처럼 쏟아져 내리기까지 했다.

두어 번 호흡할 짧은 시간에 구층에는 오십여 명의 흑의인이 모여들었다.

그들은 자미룡에게는 신경조차 쓰지 않았다.

세 명의 흑의인이면 충분히 그녀를 죽이거나 제지할 수 있다고 판단한 것 같았다.

차차차창!

"흐악!"

"크아악!"

그때 아래쪽 오층 계단 어귀에서 무기끼리 부딪치는 소리와 비명 소리가 어지럽게 들려왔다.

자미룡은 신호를 듣고 몰려온 자신의 수하들이 구층으로 올라오려다가 흑의인들의 저지를 받고 한바탕 싸움이 벌어진 것이라고 짐작했다.

무가내를 포위한 오십여 명의 흑의인은 바닥에 쓰러져 있는 정수리가 쪼개지고 목이 잘려서 죽은 동료들의 시체들을 발견했지만 표정의 변화는 없었다.

천장을 뚫고 쏘아져 내리는 이십여 명의 흑의인은 허공중에서 방향을 꺾어 곧장 무가내를 공격해 갔다.

같은 순간 아래쪽 삼십 명의 흑의인도 파도처럼 무가내를 공격했다.

조금 전에는 십오륙 명이었지만 이번에는 오십여 명이다. 그것도 허공과 지상에서의 양면공격이었다.

만약 무가내가 한순간에 이들을 깡그리 죽이지 못한다면 위험에 처하고 말 것이다.

자미룡은 또다시 무가내를 걱정하느라 세 명의 흑의인을 제대로 상대하지 못하고 있었다.

지금 이 상황에서도 구층 양쪽 창에서 흑의인들이 계속 들어오고 있어서 잠깐 사이에 칠십여 명으로 불어났다.

자미룡은 흑의인들이 예상외로 많은 것을 보고 처음에 그들을 발견했을 때 소리를 질러서 모두에게 알리지 않은 것에 대해서 약간 후회하는 마음이 생겼다.

지금 이 소란 때문에 무적방 고수들이 깨어나 몰려들겠지만 그들이 도착하기 전에 이곳의 상황이 끝날 것이다.

그녀의 수하들은 흑의인들에게 막혀서 구층으로 올라오지 못하고 있고, 무적방 고수들은 오지 않고 있다.

만약 무가내가 잘못된다면 모두 자신의 탓이라고 자미룡은 속을 썩이고 있었다.

그러나 그녀는 무가내의 능력을 십분의 일조차 모르고 있었다.

이런 상황에서도 무가내는 흑의인들을 깡그리 죽일 수 있는 방법과 능력을 최소한 열 가지 이상 지니고 있다.

"도대체 이놈들은 뭐지?"

무가내는 수십 자루 검이 자신을 향해 우박처럼 쇄도하고 있는데에도 고개를 갸우뚱하며 중얼거렸다.

흑의인들을 어떻게 상대할까를 고심하는 것이 아니라, 그들의 정체가 무엇인지 궁금해한 것이다.

"꼭 잡고 있어, 상아."

이어서 은예상을 돌아보면서 부드럽게 미소를 지으며 당부하기까지 했다.

그것으로도 모자라서 그는 왼손을 뒤로 돌려 손바닥을 펼쳐서 그녀의 엉덩이를 받쳐 들었다.

"이놈들이 왜 나를 죽이려는 거야?"

사사—

우뚝 서서 중얼거리던 그의 모습이 갑자기 그 자리에서 감쪽같이 사라져 버렸다.

쉬쉬쉭! 쏴아아!

그를 공격하던 검들이 표적을 잃고 분분하게 허공을 찌르고 베었다.

흑의인들은 움찔 놀라서 황급히 주위를 둘러보았다.

파파팍!

그때 흑의인들 중에서 몇 명이 정수리가 쪼개지고 목이 잘라져서 허공으로 솟구쳤다.

혹의인들은 어떻게 된 영문인지 몰라 일순간 당황해서 무가내를 찾으려고 더욱 두리번거렸다.

그러는 중에도 혹의인들 한복판에서는 정수리가 쪼개지고 목이 잘라지는 자들이 속출했다.

눈 한 번 깜빡일 잠깐 사이, 조금 전에 무가내가 서 있던 자리에서 포위망 밖까지 구불구불한 길이 뻥 뚫렸다.

혹의인들 십여 명이 죽어 쓰러지면서 생긴 길이었다.

즉, 무가내가 자신의 몸을 보이지 않게 한 상태에서 포위망 밖으로 빠져나가며 혹의인들을 죽였다는 뜻이다.

무가내는 아무 일도 없었다는 듯 포위망 밖에 우뚝 서서 혹의인들을 쳐다보고 있었다.

여태까지 두려움을 조금도 나타내지 않았던 혹의인들이지만 이 순간만큼은 등골이 서늘한 공포를 느꼈다.

방금 전에 무가내는 보이지 않았던 것이 아니다. 사람이 자신의 몸을 보이지 않게 하는 방법이란 없다.

다만 그는 삼절마제의 절세보법인 귀영미리보를 오성의 공력으로 전개하여 혹의인들 사이를 누볐을 뿐이었다.

그랬는데 너무도 빨라서 혹의인들이 육안으로 그를 발견하지 못했던 것이다.

물론 무가내는 귀영미리보를 전개하는 동안 혹의인들 사이를 누비면서 참마인을 전개하여 이십여 명을 죽였다.

혹의인들은 무가내에게 전율할 공포를 느꼈으나 그것은

아주 잠깐이었다.

그리고 그들은 공포를 극복하고도 남을 막중한 사명감을 지니고 있었다.

바로 무가내를 죽이는 일이었다.

스사사사—

다음 순간 흑의인들은 일사불란하게 학의 날개처럼 좍 펼쳐지면서 무가내를 공격해 갔다.

누군가의 지휘가 없이는 불가능한 행동이었다.

누군가 전음으로 흑의인들을 통솔하고 있는 것이 분명했다. 지휘자는 아마도 무리 속에 섞여 있을 것이다.

그러나 그들은 구태여 무가내가 있는 곳까지 쏘아갈 필요가 없었다.

왜냐하면 무가내가 다시 움직이기 시작하는가 싶더니 어느새 흑의인들 속으로 파고들었기 때문이다.

아니, 파고들기도 전에 흑의인들의 정수리가 쪼개지고 목이 잘라져 허공으로 떠오르기 시작했다.

무가내는 독공을 사용하거나 혹은 검기, 검강 등을 뿜어내서 흑의인들을 단 몇 초식 만에 깡그리 죽일 만한 능력을 갖고 있었다.

그러나 그는 그렇게 하지 않았다.

그렇다고 해서 살인을 즐기기 위해서 일일이 석검으로 흑의인들을 베는 것이 아니다.

두 가지 목적이 있기 때문이었다.

그들을 죽이면서 세밀히 관찰하고, 또 그들에게 공포심을 느끼게 하기 위해서다.

관찰을 하고, 공포를 주는 이유는 그들이 누군지 알아내려는 것이다.

무가내는 강호의 견식이 별로 없기 때문에 관찰만으로 그들의 신분을 알아내기는 어렵다. 그러므로 관찰이라기보다는 호기심이라고 해야 옳았다.

그는 흑의인들을 거의 다 죽이고 몇 명은 살려두어 제압할 생각이다.

그래서 그들을 심문하여 왜 자신을 죽이려는 것이고, 신분이 무엇인지 알아내려는 것이다.

그러기 위해서는 그들을 죽이는 과정에서 공포심을 듬뿍 안겨주는 것이 유리했다. 그래야 심문을 할 때 수월할 테니까 말이다.

스스스—

팍! 촤악! 팍!

무가내는 흑의인들 사이를 유령처럼 누비면서 무차별 그들을 베고 잘라댔다.

흑의인 정도의 고수들은 수백 명이라도 공력이 고갈되지 않는 한 얼마든지 죽일 수 있는 그다. 그에게 있어서 흑의인들은 오합지졸일 뿐이다.

그러나 정말 강적을 만난다면 다를 것이다.

예를 들어 천중검협이나 구양중겸 같은 절정고수가 서너 명, 혹은 대여섯 명이 합세하여 공격을 해오면 무가내도 긴장할 수밖에 없다.

천중검협이나 구양중겸을 일대일로 상대하는 것은 그다지 어려운 일이 아니다.

그렇지만 그들이 둘이 되고, 셋이 되면 얘기가 크게 달라지기 때문이다.

무가내는 흑의인들 사이를 귀영미리보를 전개하여 무인지경처럼 누비면서 닥치는 대로 주살을 하고 있지만, 흑의인들은 그의 옷자락조차 건드리지 못하고 있었다.

아니, 그의 모습을 육안으로 확인하는 것조차 제대로 하지 못하는 형편이었다.

그는 말 그대로 산책을 나온 것이나 다름이 없는 듯한 모습으로 흑의인들을 일방적으로 죽이고 있었다.

이렇게 심심하면 그의 병이 발병을 하고 만다.

아니나 다를까, 그는 오른손으로는 쉴 새 없이 석검을 휘두르면서 은예상의 엉덩이를 떠받치고 있는 왼손을 슬슬 움직이기 시작했다.

은예상은 업혀 있는 상태에서 두 발을 한껏 벌려 무가내의 허리를 끌어안고 있는 자세이기 때문에 엉덩이의 계곡이 자동적으로 활짝 벌어져 있다.

그 골짜기를 무가내의 손가락이 무인지경인 양 주유했다.

은예상은 화들짝 놀랐다.

설마 무가내가 싸우고 있는 중에 자신의 은밀한 부위를 만질 줄은 꿈에도 생각하지 못했기 때문이었다.

더구나 무가내는 운홀우황지 수법을 사용하고 있었다.

평소에도 무가내가 몸을 만질 때에는 무방비 상태로 죽은 듯이 당하고 있기만 하는 은예상이거늘, 이런 상황에서는 더욱 속수무책일 수밖에 없었다.

무가내의 목과 허리를 끌어안고 있는 그녀의 두 팔과 두 다리에 점점 힘이 들어갔다.

또한 무가내의 뺨에 밀착시킨 그녀의 뺨은 잘 익은 사과처럼 붉어진 채 뜨거워졌으며, 입에서는 가쁜 숨이 토해졌다.

무가내는 방금 전까지만 해도 지루해서 죽을 맛이었는데 이제는 신이 나서 손가락으로 은예상의 계곡 사이를 마음껏 농락했다.

여태까지 흑의인들은 무가내를 따라잡기는커녕 그의 모습을 식별하지도 못했었다.

그런데 느닷없이 흑의인들 한복판에 그의 모습이 불쑥 나타났다.

그가 은예상의 엉덩이를 만지면서 헤벌쭉하는 바람에 공력이 약간 흐트러졌고, 그 때문에 귀영미리보도 느슨해졌기 때문이었다.

그렇다고 흑의인들이 그를 어떻게 해볼 수 있게 된 것은 아니었다.

그는 왼손으로 부지런히 은예상의 엉덩이를 만지면서 오른손의 석검으로는 여태까지와 다름없이 흑의인들 정수리를 쪼개고 목을 베었다.

흑의인들에게 달라진 것이라곤 여태 보이지 않던 무가내의 모습이 보이게 됐다는 사실뿐이었다.

그의 석검은 여전히 빠르고, 위력적이며, 잔혹했다.

아니, 또 한 가지 달라진 것이 있었다.

여태까지 무가내의 얼굴은 무표정했었는데, 지금은 헤벌쭉 웃고 있다는 사실이었다.

바보처럼 히죽히죽 웃을 뿐만 아니라 눈의 초점이 풀어졌으며, 헤에~ 정신 나간 사람처럼 벌린 입가에서는 침까지 가느다랗게 흐르고 있었다.

그의 얼굴을 본 흑의인들은 머리가 혼란스러웠다가 곧 온몸에 소름이 쫙 끼쳤다.

히죽히죽 웃으면서 회자수(劊子手:사형집행인)처럼 자신들의 정수리를 쪼개고 목을 자르니 저승사자도 이보다 더 공포스럽지는 않을 터이다.

구층 양쪽 창과 천장을 통해서는 더 이상의 흑의인들이 들어오지 않았다.

팍!

무가내의 석검이 팔십오 명째 흑의인의 목을 자르고서야 비로소 멈추었다.

이제 그의 앞에 서 있는 흑의인은 단 세 명뿐이었다.

그들도 오욕칠정(五慾七情)으로 이루어진 인간일진대 어찌 지금의 상황에 처하고서도 공포를 느끼지 않겠는가.

그들 세 명은 자신들 주위에 즐비하게 널린 채 죽어 있는, 정수리가 쪼개지고 목이 잘린 동료들의 시체를 둘러보면서 사색으로 변했다.

"흐악!"

그때 자미룡이 상대하고 있던 세 명의 흑의인 중에서 마지막 한 명의 목을 단창으로 찔러 관통시키고는 급히 무가내에게 달려왔다.

"오빠! 괜찮아요?"

무가내는 대답하지 않고 그냥 멀거니 서 있었다.

자미룡은 그를 쳐다보다가 의아한 표정을 지었다. 그가 바보 같은 얼굴로 히죽히죽 웃고 있었기 때문이다.

자미룡의 시선이 무가내 얼굴과 붙어 있는 은예상의 얼굴로 향했다가 더욱 의아한 표정을 지었다.

은예상이 발갛게 달아오른 얼굴로 자미룡의 시선을 피하려 애쓰고 있었는데, 얼굴 가득 부끄러우면서도 민망한 표정이 떠올라 있었기 때문이다.

그렇지만 그 표정과는 어울리지 않게도 약간 벌어진 고혹적인 붉은 입술 사이로는 뜨겁고도 가쁜 숨소리가 흘러나오고 있었다.

이성 경험이 전혀 없는 자미룡이지만, 은예상의 그 모습이 성적으로 흥분했다는 사실쯤은 즉시 알아차릴 수가 있었다. 그만큼 그녀의 표정은 솔직했다.

흑의인들을 백여 명 가까이 죽인 무가내와 그의 등에 업혀서 그 광경을 생생하게 지켜본 은예상의 표정이라고는 믿어지지 않는 상황이었다.

자미룡은 의아한 표정으로 무가내와 은예상을 조심스럽게 살펴보았다.

두 사람이 왜 그런 상반된 표정을 짓고 있는지 궁금하기 짝이 없었다.

그러나 무가내는 피가 뚝뚝 떨어지는 석검을 바닥을 향해 늘어뜨린 채 서 있고, 은예상은 그에게 업혀 있을 뿐 별달리 이상한 점은 눈에 띄지 않았다.

문득 자미룡의 시선이 무가내의 왼손으로 향했다. 그 손이 보이지는 않지만 아마도 뒤로 돌려져서 은예상의 엉덩이를 받치고 있을 것이라고 생각했다.

자미룡은 이끌리듯 무가내의 왼쪽으로 걸음을 옮기면서 뒤로 가보았다.

'뭐, 뭐야?

순간 그녀의 얼굴 가득 어이없다는 표정이 떠올랐다.

그녀의 시선은 은예상의 엉덩이에 고정되었는데, 무가내의 왼손 엄지를 제외한 네 손가락이 마치 비파를 타듯이 은예상의 엉덩이 사이를 쓰다듬으며 쿡쿡 누르고 때로는 어루만지고 있는 것이 아닌가.

자미룡은 온몸의 맥이 탁 풀렸다. 그리고는 은근히 부아가 치밀었다.

자신은 무가내가 혹시 잘못되지나 않을까 조마조마하며 심장이 콩알만 해졌는데, 이 인간은 한 손으로는 흑의인들을 도륙하면서 다른 한 손으로는 업고 있는 여자의 사타구니나 조물락거리고 있었다니…….

은예상이 자미룡이 지켜보고 있는 것이 부끄러운지 팔을 뻗어 손바닥을 벌린 채 자신의 엉덩이를 가리려고 애를 쓰는 모습이 안쓰럽기까지 했다.

무가내에게 그만두라고 하지는 못하고 오히려 그것을 가리려고 하는 은예상이 더 얄미운 자미룡이었다.

자미룡은 은예상의 손을 가볍게 쳐서 옆으로 밀쳐 내고 아직도 무릉계곡을 주유하느라 정신이 없는 무가내의 손등을 세게 꼬집었다.

"닳겠어요! 그만 조물락거려요!"

"악!"

살아남은 세 명의 흑의인은 그 광경을 지켜보고 있다가 어떻게 된 일인지 깨달았다.

기가 막힐 일이었다.

자신들이 죽이려고 아등바등 기를 썼던 인물이, 등에 업은 여자의 엉덩이를 주무르면서 백여 명 가깝게 주살했다니, 똥통에 머리를 처박고 죽고 싶다는 생각밖에 들지 않았다.

순간 세 명의 흑의인은 양쪽 창문과 뻥 뚫린 천장을 향해 동시에 번개같이 신형을 날렸다.

무가내 등이 정신을 다른 데 팔고 있으니 지금밖에 도주할 기회가 없다고 판단한 것이었다.

그러나 그들은 잠시 잊고 있었다, 무가내가 딴 짓을 하면서도 자신들의 동료들을 모조리 도륙했다는 사실을.

슈슉!

무가내는 손이 보이지 않을 정도로 빠르게 세 줄기 마영신지를 뿜어낸 후 꼬집힌 손등을 슬슬 쓰다듬었다.

쿠쿵!

세 명의 흑의인이 혈도가 제압되어 바닥에 나뒹굴고 있을 때, 계단을 통해서 무적전사들과 자미룡의 수하들이 우르르 구층으로 올라왔다.

그리고 열 호흡쯤 지나고 나서 균현과 냉운월 등 무적사군의 군장들과 고수들이 대거 몰려왔다.

그러나 그들이 할 일은 없었다. 이미 상황이 종료됐기 때문이었다.

침입자인 흑의인들은 무가내와 자미룡, 그리고 그녀의 수하들이 모두 죽이거나 제압했다.

그리고 제압된 세 명의 흑의인은 가장 먼저 달려온 석중명과 당경림, 강조, 기개세 등에 의해서 바닥에 나란히 무릎이 꿇려 있었다.

균현과 냉운월, 양신웅, 오도겸 등 사군장은 장내를 한차례 훑어보는 것만으로도 어떻게 된 상황인지 짐작했다.

"주군, 괜찮으십니까?"

사군장이 거의 동시에 무가내 앞으로 몰려들면서 걱정스럽게 말하다가 서로를 쳐다보면서 씁쓸한 표정을 지었다.

주군을 암살하려는 침입자가 백여 명이나 잠입했는데도 자신들은 일이 다 처리된 후에 나타나서 뒷북이나 치고 있다는 생각이 들었기 때문이다.

무가내는 여전히 은예상을 등에 업은 채 자미룡을 쳐다보며 빙그레 미소를 지었다.

"침입자가 있다고 진아가 전음으로 알려주어서 별일이 없었네. 진아가 아니었으면 곤란할 뻔했어."

모두의 시선이 일제히 자미룡과 그 뒤에 서 있는 수하들에게 집중되었다.

자미룡은 얼굴이 화끈 달아올랐다.

사실은 그녀가 알려주기도 전에 무가내는 흑의인들이 잠입한 사실을 이미 알고서 대처를 하고 있었다.

그런데도 그 공을 그녀에게 돌리니 고맙고도 미안한 마음이 든 것이다.

그래서 그녀는 조금 전에 자신이 무가내의 손등을 꼬집은 것이 조금 미안해졌다.

그녀는 얼굴을 붉히면서 고개를 약간 숙이고 부끄러운 듯 무가내를 바라보았다.

'어?

그런데 그녀를 쳐다보던 무가내가 약간 뜨악한 표정을 지으며 눈을 껌뻑거렸다.

'쟤가 원래 저렇게 예뻤었나?

그녀가 다소곳한 자세로 얼굴을 노을처럼 붉히며 눈을 약간 치뜨면서 바라보는 모습이 무가내가 여태까지 봐왔던 그녀의 모습하고는 전혀 달랐던 것이다.

마치 생전 처음 보는 사람 같았다.

자미룡은 무가내가 갑자기 몽롱한 눈빛과 표정으로 자신을 뚫어지게 주시하자 더욱 부끄러워 얼굴을 확 붉히며 고개를 푹 숙였다.

그런데 그 모습이 무가내에게는 한층 더 예쁘게만 보였다.

몇몇 사람들을 제외한 대다수는 자미룡이 큰 공을 세웠다고 믿었다.

몇몇 사람. 즉, 균현을 비롯한 사군장과 평소에 무가내의 실력에 대해서 익히 알고 있는 사람들은 자미룡의 경고가 아니었더라도 무가내가 충분히 잘 대처했을 것이라고 상황을

꿰뚫어 보고 있었다.

다만 가장 먼저 달려와 주고, 이번 싸움에서 또다시 수하들을 다섯 명이나 잃은 자미룡을 치하하는 의미에서 무가내가 공을 그녀에게 돌렸을 것이라고 짐작했다.

"주군, 저놈들은 속하가 데려가서 심문하겠습니다."

그때 균현이 제압당해 있는 세 명의 흑의인을 가리키며 공손히 말했다.

"아닙니다. 주군의 호위는 우리 요마군이 맡고 있으니 저놈들을 심문하여 배후를 캐는 일은 우리가 해야 합니다."

그러자 냉운월이 균현 옆으로 당당하게 나서면서 반론을 제기했다.

균현은 건방지다는 듯 가볍게 인상을 쓰며 냉운월을 쳐다보며 꾸짖었다.

"주군의 호위를 맡고 있는 요마군이 과연 어떻게 했는지 모르고 하는 말인가?"

무가내와 자미룡, 그녀의 수하들이 흑의인들을 모두 처리한 후에 달려온 요마군을 힐난하는 것이었다.

냉운월은 목에 은근히 핏대를 세우면서 똑바로 균현을 마주 쳐다보며 아무런 대꾸도 못했지만, 물러설 기미를 보이지는 않았다.

그때 두 사람의 팽팽한 긴장을 일거에 무너뜨리는 묵직한 목소리가 들려왔다.

"이놈들은 우리가 데려가겠소."

그렇게 말한 사람은 세 명의 흑의인이 무릎을 꿇고 있는 뒤쪽에 나란히 서 있는 네 명 중에 강조였다.

사군장과 모두의 시선이 일제히 강조에게 집중됐다.

균현과 냉운월뿐만 아니라 양신웅과 오도겸의 얼굴에도 불쾌감과 노여움이 설핏 떠올랐다.

군장들의 일에 일개 전사가 나선 것으로도 모자라서 그들의 먹잇감을 가로채려 들기 때문이었다.

과거 사마절강혈계에 속해 있었던 중소 방파 혈마곡의 곡주인 탈혼검 강조는 사마절강혈계의 계주인 균현하고는 하늘과 땅 정도의 신분적 차이가 났었다.

그런 그가 균현에게 정면으로 대응을 하고 나선 것이다.

그러나 강조는 조금도 굽힘없이 자신이 할 말을 했다.

"이놈들은 무적군장이신 주군을 암살하려는 목적이었기 때문에 당연히 무적군에서 심문을 하여 전모를 밝혀내야 하오."

무적군장의 일을 무적군이 해결하겠다는데 사군장은 일순 할 말이 없었다.

그때 무가내가 가볍게 고개를 끄덕였다.

"그래, 너희가 끌고 가서 심문해라."

석중명, 당경림, 기개세가 세 명의 흑의인을 한 명씩 옆구리에 끼고 계단 쪽으로 당당하게 성큼성큼 걸어갔다.

이어서 강조와 무적전사들이 뒤를 따랐으며, 다섯 명의 무적전사들은 무가내를 호위하기 위해 그의 좌우와 뒤에 반원형으로 늘어섰다.

묘한 침묵이 장내에 흘러 다녔다.

여태껏 아무도 입에 올리지 않았던 사실.

즉, 무적군이 방주의 직속 친위 조직으로서 별동대 역할을 하며, 오직 군장인 방주의 명령에만 따른다는 사실이 모두의 목전에서 입증된 것이다.

"자! 다들 물러가라. 나는 자러 가야겠다."

그때 무가내가 손을 저으며 말하고 은예상을 업은 채 계단 쪽으로 걸어갔다.

원래 그와 은예상이 기거하는 거처는 따로 있었다.

무적궁은 집무실 겸 연공실인데 거처까지 오가는 것이 번거로워서 그냥 이곳에서 숙식을 해결했었던 것이다.

무가내는 자미룡을 스쳐 지나며 빙그레 미소 지었다.

"진아, 날이 밝거든 내게 오너라."

"네, 오빠."

자미룡은 종달새처럼 명랑하게 대답했다.

그녀는 무적방 내에서 무가내를 방주나 주군이라고 부르지 않는 두 사람, 아니, 두 여자 중 한 명이었다.

물론 다른 한 명은 은예상이다.

자미룡은 무가내가 쳐다보면서 빙그레 미소를 짓는 것에

홀려서 그의 날카로운 눈빛이 자신의 얼굴과 가슴, 하체를 번개같이 훑어보는 것을 미처 깨닫지 못했다.

아주 짧은 시간에 자미룡을 스쳐 지나간 무가내의 입가에 한줄기 음험한 미소가 떠올랐다가 사라지는 것을 발견한 사람은 아무도 없었다.

그는 자신도 모르는 사이에 소기의 호색(好色)을 닮아가고 있는 중이었다.

第三十九章

별유선당(別有仙堂)

大麻宗

　무적방의 유일한 인공 호수 남쪽에 아담하지만 꽤 무성한 죽림(竹林)이 있고, 그 한복판에 이층의 고풍스러운 목조 건물인 별채가 있다.

　원래 별다른 이름이 없던 이 별채를 은예상이 풍상보규(風祥寶閨)라고 부르기 시작했고, 그 이후 그것이 이름이 되었다.

　무가내의 본명인 독고풍의 '풍' 자와 은예상의 '상' 자를 따서 지은 것이다.

　흑의인들의 침입으로 한바탕 법석을 떠는 바람에 잠이 달아나 버린 무가내는 침상 위에 은예상을 홀딱 벗겨 알몸으로 만들어 눕혀놓고는 이리저리 쓰다듬고 주무르면서 잠이 오기를 기다리고 있었다.

그런데 잠이 오기는커녕 눈만 더 말똥거렸고 머리는 그 어느 때보다도 맑아졌다.

그는 은예상을 발가벗겨 놓고는 정작 자신은 옷을 모두 입고 있었다.

거기에는 그럴 만한 두 가지 이유가 있었다.

은예상의 몸을 만지기만 하면 자동적으로 발기하는 음경을 가리기 위함이고, 또 하나는 자신마저 알몸으로 있다가는 무슨 짓을 저지를지 모르기 때문이었다.

지금 그는 은예상을 엎드리게 해놓고는 그녀의 엉덩이를 슬슬 쓰다듬으면서 만지작거리고 있는 중이었다.

그 무엇과도 비교를 거부하는 은예상의 나신은 앞모습이든 뒷모습이든 절대완미 그 자체였다.

어떻게 사람의 살결이 이처럼 티 한 점 없이 투명할 정도로 흴 수가 있으며, 기름을 바른 듯 매끄러울 수가 있는지 불가사의한 일이었다.

오죽하면 그토록 산천경개 풍경을 좋아하던 무가내가, 은예상이 곁에 머무른 이후부터는 아예 그녀 곁에서 한 발자국도 벗어나지 않으려 하겠는가.

그때 문득 그의 시선이 은예상의 등 한복판에 새겨진 지도에 멈추어졌다.

알 수 없는 묘한 느낌이 무더위 중에 불어오는 한줄기 미풍처럼 싸아… 그의 가슴을 흔들었다.

'아버지…….'

그는 입속으로 중얼거렸다.

이어서 그는 밖을 향해 나직하게 외쳤다.

"혈검군장을 불러라."

"풍 랑!"

"주… 주군!"

은예상과 균현이 동시에 비명 같은 외침을 터뜨렸다.

"그… 것은 아니 될 말씀입니다. 속하가 어찌 감히…….."

균현은 말도 안 된다는 듯 손을 휘휘 저었다.

은예상과 균현 둘 다 질겁한 표정으로 무가내를 쳐다보았다.

그러나 무가내는 태연했다. 아니, 오히려 두 사람을 이상하다는 듯 나무랐다.

"뭘 하라는 것도 아니고, 잠시 보여주고 또 보기만 하라는데 왜들 난리야?"

그는 은예상을 재촉했다.

"상아, 넌 얼른 안 벗고 뭐 하고 있어?"

"풍 랑…….."

지금껏 한 번도 무가내의 말을 거절한 적이 없는 은예상이지만 이번만큼은 사정이 달랐다.

무가내의 요구인즉, 그녀의 등에 새겨진 지도를 균현에게 보여주라는 것이었다.

지도는 은예상의 등 한복판에 새겨져 있다. 그러므로 그것을 보여주자면 상체가 알몸이 돼야 한다.

그녀는 자신의 알몸을 오직 무가내 혼자만 보고 만져야 한다고 철석같이 믿고 있는 여자다.

그런데 어찌 균현 앞에서 상체를 벌거벗고 등을 보여줄 수 있겠는가.

그녀보다 더 놀란 사람은 균현이다.

은예상은 주군의 부인이나 다름이 없는 여자다. 즉, 주모인 것이다.

주모의 알몸을 보다니, 죽으면 죽었지 그럴 수는 없다는 것이 균현의 확고한 신념이었다.

두 사람의 태도가 너무도 완고하자 무가내는 난감한 표정을 짓다가 잠시 후 긴 한숨을 내쉬었다.

"제길! 아버지가 어디에 있는지 알고 싶다는데……."

그러자 은예상과 균현은 동시에 깜짝 놀랐다.

은예상은 자신의 등에 새겨진 지도가 무가내의 부친이 있는 위치를 가리키고 있다는 사실을 알고 있었다.

그제야 그녀는 무가내가 강호의 경험이 풍부한 균현에게 지도를 보여주어서 부친을 찾으려고 한다는 사실을 깨닫고는 금세 미안한 마음이 들었다.

균현은 무가내의 부친에 대한 말은 지금 처음 들었다. 그에게 부친이 있다는 사실조차도 몰랐었다.

부모 없이 태어나는 사람은 없다. 그러므로 무가내도 당연히 부모가 있을 것이다.

하지만 그는 사독요마 사대종사에 의해서 핏덩이였을 때 동해의 고도(孤島)인 오악도에 들어갔다가 열여덟 살이 되어서야 중원으로 돌아왔다.

그런 그가 대체 어떻게 부모에 대한 단서를 갖고 있는 것인지 균현은 그것이 궁금했다.

그는 긴장한 얼굴로 조심스럽게 물었다.

"주군, 그럼 주모의 등에 새겨져 있는 지도가 존장(尊長)께서 계신 곳을 가리키는 것입니까?"

존장은 무가내의 부친을 가리키는 것이고, 웬만큼 학식이 쌓인 무가내는 그 말을 알아들었다.

"그렇다니까."

균현은 조심스럽게 은예상을 쳐다보았다.

은예상은 조금 전과는 달리 다소곳한 표정으로 가만히 앉아 있었다.

균현은 다시 시선을 무가내에게 주었다.

"지도는 어디에서 났습니까?"

"혈검이 줬지."

"마종사(魔宗師)께서 말입니까?"

"응."

균현은 진위를 가리려는 듯 무가내를 쳐다보았다.

무가내의 얼굴은 태연했다.

균현은 문득 그가 거짓말을 하지 않는다는 사실을 기억해 냈다. 그는 지금껏 한 번도 거짓말을 한 적이 없었다.

"네 마물이 모두 나더러 아버지를 찾아보라고 했었어."

균현이 생각에 잠겨 있을 때 무가내가 시큰둥한 얼굴로 중얼거렸다.

삼절마제 혼자가 아니라 사대종사 모두 무가내에게 부친을 찾으라고 했다면 무언가 깊은 뜻이 있을 것이라고 균현은 생각했다.

조금 전까지만 해도 균현은 무가내의 출생이나 신분에 대해서 오직 한 가지만 생각하고 있었다.

그의 추리는 대충 이랬다.

십팔 년 전, 제이차 흔천대전에서 간신히 살아남은 사대종사는 사마총혈계의 부활을 목적으로 자신들의 공동 제자를 길러내기로 결정하고 뛰어난 자질을 지닌 어린 아기를 찾아서 천하를 헤맸다.

그 결과 갓 태어난 핏덩이를 발견했고, 그 아기를 데리고 오악도에 은거하여 자신들의 모든 절학을 전수했다.

그 아기가 바로 무가내다.

그런데 사대종사가 무가내더러 그의 친아버지를 찾으라고 말하면서 친절하게 친부가 있는 위치를 가리키는 지도까지

내주었다는 것이 아닌가?

결국 균현이 지니고 있던 여태까지의 무가내에 대한 생각은 여지없이 깨져 버렸다.

그렇지만 이것은 결코 범상한 일이 아니다.

보통 이런 경우에는 무가내가 자신의 출생에 대해서 알아낼까 봐 사대종사가 쉬쉬해야 하는데 오히려 친부를 찾으라고 종용을 했다는 것은, 그 속에 무언가 깊은 의도가 깔려 있다고 봐야만 한다.

'혹시 주군의 친부가……'

사마총혈계와 연관이 있는 인물이거나 사마총혈계의 부활, 혹은 부흥에 반드시 필요한 인물일는지 모른다고 균현은 추측해 봤다.

그러나 그것은 어디까지나 추측일 뿐, 지금으로선 아무것도 정확하게 알 수가 없다.

짙은 긴장과 흥미를 느낀 균현은 주모의 알몸을 볼 수 없다는 생각 같은 것은 더 이상 하지 않았다.

은예상에게 있어서 무가내의 아버지에 관한 일이라면 그 무엇보다 중요했다.

무가내의 일이 곧 그녀의 일이 아닌가?

아니, 사실 그녀는 무가내가 천하를 쟁패하는 것만큼이나 부친을 찾는 일이 중요하다고 생각했다.

타인에게 자신의 알몸을 내보이는 것은 죽기보다 싫지만,

무가내의 부친을 찾을 수만 있다면 그보다 더한 것도 기꺼이 할 수 있었다.

"저… 주모."

이윽고 균현이 무가내 옆에 나란히 앉아 있는 은예상을 보며 조심스럽게 입을 열었다.

하지만 역시 주모에게 알몸을 보여달라는 요구는 쉽게 할 수 있는 말이 아니었다.

그때 은예상이 조용한 동작으로 균현에게 등을 보이며 돌아앉았다.

균현은 가볍게 놀라는 표정을 지었으나 아무 말도, 행동도 취하지 않고 묵묵히 은예상의 등을 주시했다.

그러면서 그는 과연 자신이 사람을 잘못 보지 않았음을 새삼 느꼈다.

사소취대(捨小取大).

대의를 위해서 작은 수치심 따윈 과감하게 버릴 줄 아는 여자가 바로 은예상인 것이다.

무가내는 일이 제 뜻대로 풀리자 팔짱을 끼고 흡족한 표정으로 지켜보았다.

이윽고 돌아앉은 은예상이 고개를 숙이고 상의의 앞쪽 옷고름을 하나씩 풀기 시작했다.

무가내는 느긋하게 미소를 지으면서 은예상을 보다가 균현을 쳐다보았다.

균현은 눈도 깜빡이지 않고 몹시 긴장한 표정으로 은예상의 등을 뚫어지게 주시하고 있었다.

문득 무가내의 눈빛이 가볍게 흔들렸다.

그와 동시에 가슴속이 바짝 마른 모래처럼 푸석거리는 듯한 느낌이 들었다.

사륵—

그때 은예상이 옷을 벗는 소리가 들리자 웬일인지 무가내의 어깨가 가볍게 움찔 떨렸다.

그는 균현의 눈이 약간 더 커지고 동공이 확장되는 것을 발견했다.

그때 무가내의 가슴속에서 마른 모래가 거센 바람에 마구 흩날리며 온몸을 뚫고 쏟아져 나오는 것 같았다.

"아, 안 돼!"

순간 그는 벌떡 일어서며 다급하게 외치면서 손바닥을 활짝 펼쳐 균현의 눈앞을 가로막았다.

그의 느닷없는 행동에 균현은 물론 은예상도 깜짝 놀랐다.

"주군, 어이해……."

"풍 랑……."

눈앞이 가려진 균현은 어리둥절한 얼굴로 눈을 껌뻑거렸고, 은예상은 벗은 상의로 가슴을 가린 채 놀란 표정으로 뒤돌아보았다.

그러자 무가내가 은예상에게 버럭 소리를 질렀다.

"어서 옷 입어!"

그가 은예상에게 지금처럼 큰 소리를 지르는 것은 처음 있는 일이다.

은예상은 깜짝 놀라 급히 상의를 입었다.

무가내는 그녀가 옷을 다 입은 것을 보고서야 균현의 눈앞을 가렸던 손바닥을 내렸다.

균현은 무가내가 왜 마지막 순간에 자신의 눈을 가렸는지 이해하지 못했다.

처음부터 균현이 은예상의 등을 보겠다고 한 것이 아니라 무가내가 봐달라고 부탁했던 일이 아닌가.

"주군, 왜 그러십니까?"

균현은 얼굴이 붉게 상기되고 어깨를 들먹이며 씨근거리고 있는 무가내를 보면서 조심스럽게 물었다.

무가내는 은예상을 가리키며 벌겋게 상기된 얼굴로 퉁명스럽게 내뱉었다.

"상아, 내 거거든?"

"맞습니다. 그런데 왜……."

무가내는 빽 소리를 질렀다.

"내 거니까 나만 봐야 하는 거야!"

그 순간 균현의 얼굴에 어떤 기묘한 표정이 빠르게 떠올랐다가 사라졌다.

그것은 그의 이성이 제어하기도 전에 본능적으로 떠오른

감성에 의한 표정이었다.

하지만 무가내는 뻔히 보고 있으면서도 그 표정이 무엇인지 알지 못했다.

그러나 은예상은 간파했다.

그 표정은 분명히 '좀생이 같은……' 이라고 말하고 있었다.

서긍!

무가내가 느닷없이 석검을 뽑았다.

스핏!

뽑는가 싶더니 은예상을 슬쩍 가리켰다가 다시 어깨의 검집에 꽂았다.

"자! 봐!"

무가내는 은예상의 양어깨를 잡고 뒤돌아 앉히며 거만한 태도로 말했다.

은예상의 등을 보던 균현의 눈이 커다랗게 떠졌다.

그녀의 등에는 지도가 나타나 있었다.

그렇다고 그녀가 옷을 벗은 것이 아니다. 딱 지도 크기만큼 옷이 잘라진 상태였다.

방금 무가내는 석검을 뽑아 은예상의 등 쪽 옷을 더도 덜도 아닌 딱 지도 크기만큼 잘라냈던 것이다.

그것이 무가내가 취할 수 있는 최선의 방법이었다.

만약 은예상이 상의를 홀딱 벗었더라면, 균현은 그녀의 등만이 아니라 어깨와 옆구리, 잘록한 허리까지도 다 봤을 것이다. 아니, 볼 수밖에 없는 상황이다.

어쩌면 은예상이 몸을 흔들거나 잘못 비틀기라도 한다면 출렁이는 풍만한 젖가슴의 한 부분이라도 보이게 될지 모르는 일이다.

무가내는 그게 싫었던 것이다.

참으로 천진난만한 발상이 아닐 수 없었다. 열여덟 살이 아니라 열 살짜리 아이 같은 태도였다.

"큭!"

그때 균현이 이상한 소리를 내면서 고개를 푹 숙였다.

"왜 그래? 지도 안 봐?"

무가내는 두 손을 허리에 얹으면서 으르딱딱거리며 핏대를 올렸다.

균현은 고개를 푹 숙인 채 두 주먹을 잔뜩 움켜쥐고 가만히 있는데, 어깨가 쉴 새 없이 들썩거렸다.

사실 지금 그는 속으로 절규하고 있었다.

'이러면 안 된다! 어찌 주군 면전에서 망발을 보일 수 있단 말인가? 참아야 한다!'

그러나 인간의 힘으로 참을 수 없는 두 가지가 있다.

웃음과 방귀다.

그리고 그도 결국 인간이었다.

"푸핫핫핫핫핫—!!"

순간 균현은 될 대로 되라는 듯 고개를 젖히고 폭발하는 것처럼 대소를 터뜨렸다.

"으핫핫핫핫! 너무 귀여우십니다, 주군! 학학학학!"

그는 너무 웃어서 숨까지 다 헐떡였다.

웃음소리가 실내를 쩌렁쩌렁하게 울렸다.

무가내는 그가 왜 웃는 것인지 자세히는 모르지만, 방금 전에 보인 자신의 행동 때문일 것이라고 어렴풋이 짐작했다.

그래서 괜히 부끄러운 기분이 들었다. 부끄럽다는 것은 그로서는 처음 느끼는 감정이었다.

하지만 그런 감정은 곧 사라졌다.

'내 여자는 내가 지킨다는데 뭐가 어때?' 라는 고집스러운 생각이 강했기 때문이다.

"웃지 마."

무가내는 눈을 내리깔면서 조용히 경고했다.

균현은 뜨끔하여 즉시 웃음을 멈추었다.

"죄… 송합니다."

그렇지만 그는 어금니를 악물고 주먹을 힘껏 움켜쥐면서 계속 터져 나오려는 웃음을 참느라 안간힘을 쓰는 기색이 역력했다. 그래서 목젖이 쉴 새 없이 오르락거렸다.

그것을 놓칠 무가내가 아니다.

"웃지 말랬지?"

조금 전보다 더 나직하게 가라앉은 두 번째 경고다.

"네, 주군."

균현은 고개를 숙였다. 그런데도 무가내가 너무 귀엽다는 생각이 좀처럼 머리에서 떠나지 않았고, 그래서 웃음을 참기 어려웠다.

"이 씨······."

마침내 참지 못한 무가내는 주먹을 쥔 오른손을 번쩍 들어 올리다가 멈칫했다.

은예상이 그를 돌아보면서 배시시 아름답게 미소 짓는 것을 발견한 것이다.

"너··· 는 왜 웃어?"

은예상은 균현보다 용감했다.

"풍 랑이 너무 귀여워서요."

무가내의 얼굴에 어이없다는 표정이 가득 떠올랐다.

"내가 귀여워?"

"네. 너무 귀여워서 깨물어주고 싶어요."

"깨··· 깨물어?"

무가내는 너무 어이가 없어 귀에서 연기가 뿜어질 것 같은 표정을 지었다.

그러나 은예상이 생긋 예쁘게 미소를 짓자 그는 언제 그랬 느냐는 듯이 얼굴이 풀어졌다.

"그래, 나중에 둘이 있을 때 깨물어줘."

헤벌쭉한 얼굴로 말하던 무가내는 균현이 빙그레 미소 지 으면서 자신을 쳐다보고 있는 것을 발견하고 발끈했다.

"자넨 말고."

"속하가 어찌 주군을 깨물겠습니까?"

"어서 지도나 봐."

무가내는 짐짓 엄숙하게 명령했지만 이미 보일 것 못 보일 것 다 보인 상태였다.

은예상은 뒤돌아 앉아서 허리를 꼿꼿하게 폈다.

균현은 은예상의 등에 시선을 고정시키고 한동안 뚫어지게 주시했다.

잠시가 지났을 때 그는 갑자기 움찔 놀라 눈을 크게 뜨고 온몸을 뻣뻣하게 곧추세웠다.

무가내는 균현이 지도에서 무엇인가를 알아냈을 것이라고 직감적으로 간파했다.

균현은 눈을 부릅뜨고 숨도 멈춘 채 지도를 쏘아보았다. 그의 얼굴에 긴장이 팽팽하게 떠올라 있었다.

균현 같은 긴장은 아니지만, 무가내는 적잖이 흥미를 느꼈다.

아버지라는 아주 낯선 존재에게 한 발자국쯤 다가간 느낌이 들었다.

은예상은 돌아앉아 있어서 아무것도 볼 수 없지만, 무가내와 균현이 아무런 말도 없는 것으로 미루어 심상치 않은 분위기를 짐작했다.

"음……."

한참 만에 균현이 무거운 신음을 흘렸다. 그렇지만 지도에서 시선을 떼지는 않았다.

그는 이미 여러 번 지도를 자세히 들여다본 상태라서 자신이 잘못 보지 않았다는 사실을 확인했지만, 그래도 지도에서 시선을 거두지 못했다.

무가내는 누구에게나 그랬듯이 조바심 내지 않고 균현이 입을 열기를 묵묵히 기다렸다.

이윽고 균현은 지도에서 시선을 뗐다.

그리고서도 즉시 입을 열지 않고 뭔가 곰곰이 생각에 잠겼다.

무가내는 그가 지금처럼 심각한 모습을 처음 본다.

은예상은 조심스럽게 고개만 돌려 뒤돌아보고는 균현이 지도를 보고 있지 않은 것을 확인하고 돌아앉았다.

이윽고 균현은 무가내를 보며 정중히 입을 열었다. 자못 긴장된 목소리였다.

"속하는 지도의 장소가 어딘지 알아냈습니다."

"그래?"

덤덤한 반응을 보이는 무가내는 균현이 몹시 긴장한 것과 대조를 이루었다.

균현은 빙빙 돌리지 않고 곧장 본론을 꺼내놓았다.

"지도가 가리키는 곳은 대파산(大巴山)입니다."

"응? 거기가 어디지?"

"섬서(陝西)와 사천(四川), 호북(湖北), 세 개 성에 걸쳐서 북서에서 동서로 천오백여 리나 길게 뻗어 있는 거대한 산입니다."

"그런데?"

균현은 자신이 왜 그처럼 긴장했었는지에 대해서 무가내가 묻고 있다는 것을 깨달았다.

그는 한차례 심호흡을 한 후 약간 갈라진 목소리로 입을 열었다.

"지도에서 가리키는 장소는 대파산의 호북성 쪽 오운정(烏雲頂)이라는 가장 험준한 봉우리 근처인데, 그곳에서 멀지 않은 곳에 별유선당이 있습니다."

"별유선당……."

여태껏 덤덤하던 무가내도 '별유선당'이라는 말에는 가볍게 안색이 변하며 나직이 중얼거렸다.

원래 혈검과 빙염, 소기, 독구는 무가내에게 별유선당에 대해서는 입도 벙긋하지 않았다.

균현은 무가내가 사대종사의 진전을 물려받은 공동 제자일 것이라고 판단하여, 그들과 대마종이 정협맹에게 어떻게 배신을 당했는지 설명하는 과정에서 별유선당에 대해서 잠시 언급을 했던 적이 있었다.

무가내는 신기한 듯 툴툴 웃었다.

"이상한 우연이로군."

그러나 균현은 우연이라고 생각하지 않았다. 조금 전에 그가 지도를 보면서 놀란 이유는 따로 있었기 때문이다.

그는 사대종사가 무엇 때문에 무가내의 친부가 있는 장소가 명시된 지도를 일부러 그에게 주었는지 의아하게 생각했었는데, 이제야 의문이 조금쯤 풀리는 듯한 느낌이었다.

만약 그의 추측이 맞는다면 이것은 실로 굉장한 일이 아닐 수 없었다.

"내 아버지라는 사람은 이미 죽은 것이 틀림없을 것 같아. 지도는 그가 죽은 장소를 가리키는 것일 거야."

무가내는 아버지라는 생소한 존재에 대해서 더 생소한 말투로 중얼거렸다.

"그런데 왜 하필이면 그런 첩첩산중까지 들어가서 죽은 거지? 더구나 별유선당 근처라니……. 훗! 웃기는군."

아무리 은예상에게 공부를 하여 부자지간이나 효도에 대해서 배웠다고 해도, 가족이나 아버지에 대한 정이 한 톨도 없으므로 그에게 뭔가를 기대하는 것은 무리였다.

그러나 앞뒤 꽉 막힌 무가내라고 해도, 자신의 친부가 하필이면 별유선당 근처에서 죽었다는 사실에 대해서 의구심을 품지 않을 수가 없었다.

"균현, 별유선당에 대해서 자세히 설명해 봐."

"네."

균현은 기다렸다는 듯이 설명을 시작했다.

"속하가 알고 있는 사실은 그리 많지 않습니다."

그의 설명 대충 이러했다.

이십 년 전, 제이차 혼천대전 직후에 정협맹은 대마종과 사대종사를 대파산 오운정 근처에 있는 별유선당이라는 은밀하고도 신비한 장원으로 초대했었다.

초대의 명분은 혼천대전 전에 약속한 '사마총혈계를 무림의 한 축계로 인정하고, 사독요마 네 개 파를 구파일방과 같은 반열로 받아들이는' 것에 대한 실행과 그것을 축하한다는 것이었다.

사마총혈계가 마침내 중원무림에 그토록 고대하던 평화를 되찾아주었다는 사실 때문에 무림은 너나 할 것 없이 하나가 되어 기쁨을 만끽하고 있던 시기라 사마총혈계 사람들은 정협맹의 초대에 기꺼이 응했다.

정협맹 인물들이 보여준 여러 가지 언행들도 진심 어린 것이어서 더욱 사마총혈계 사람들을 안심하게 만들었다.

사마총혈계 사람들은 '우리가 이렇게까지 큰 피해를 입으면서 중원무림을 위해 희생했는데 설마…' 라는 생각이 강하게 작용을 하여 정협맹을 별달리 의심하지 않았었다.

그러나 삼절마제와 요선마후는 만약을 대비하여 사대종사의 심복 수하들인 혈화악존과 대마종의 호위대인 삼십육마영(三十六魔影)의 살아남은 수하들이라도 대동하자고 대마종에게 간언했었다.

그러나 대마종은 정협맹이 선의로써 초대하는데 악의로써

대할 수 없다면서 받아들이지 않았다.

그래서 결국 대마종과 사대종사 다섯 명만이 정협맹의 초대에 응해 대파산 오운정 별유선당으로 갔다.

"속하가 알고 있는 것은 여기까지뿐입니다."

균현은 설명을 하는 동안 긴장과 흥분이 많이 가라앉았다.

"대마종과 사대종사께서는 별유선당으로 떠난 후 돌아오시지 않았습니다. 이십여 년이 흐른 지금까지도 말입니다."

그는 감회 어린 표정으로 무가내를 쳐다보았다.

그의 표정으로 미루어 '그런데 주군께서 출현하셨으니 얼마나 반가웠겠습니까?'라고 말하고 싶은 것 같았다.

"그 일이 있는 직후 사마총혈계에서는 대마종과 사대종사 신변에 변고가 생겼을 것이라고 판단, 혈화악존과 삼십육마영의 살아남은 사람들이 정예 고수들을 이끌고 대파산 별유선당으로 출발하려고 했습니다."

균현의 얼굴이 일그러졌다.

"바로 그 순간에 정협맹의 수만 고수들이 일제히 사마총혈계 총단을 급습했습니다. 전혀 예기치 않았던 급습이라서 본계의 고수들은 지리멸렬하고 말았습니다. 그것이 바로 탕마령이 최초에 발동된 순간이었습니다."

그 뒤는 듣지 않아도 알고 있는 얘기였다.

대마종과 사대종사는 대파산 별유선당에 유인되어 당하고, 사마총혈계는 총단에 앉아 있다가 당한 것이다.

그러나 아무에게도 알려지지 않은, 오직 정협맹의 몇 명만
이 알고 있는 비사가 있었다.

대파산 별유선당으로 간 대마종과 사대종사에 얽힌 그 비
사의 내용은 이랬다.

별유선당에서 대마종 일행을 맞이한 사람은 정협맹주인
무적검절(無敵劍絶) 태무천(泰武天)과 맹주의 좌우호법 오령
불로의 첫째인 신령불사(神靈佛師), 도현삼진의 첫째 극현 진
인(極玄眞人) 세 사람뿐이었다.

대마종과 사대종사가 청력을 돋우어 주위를 살폈으나 수
십 리 이내에는 이렇다 할 절정고수가 없었다.

그래서 그들은 더욱 안심하고 별유선당으로 들어가 정협
맹에서 준비한 성찬을 즐기면서 한동안 화기애애하게 담소를
나누었다.

그러는 중에 만독신군이 암암리에 요리와 술에 독이 있는
지 살폈으나 그런 흔적은 추호도 없었다.

결국 사대종사도 자신들이 신경이 날카로워져서 괜히 정
협맹을 의심했었다고 생각하게 되어 모든 의심을 풀고 즐겁
게 만찬에 빠져들었다.

이윽고 주흥이 한창 무르익었을 때, 정협맹주 태무천이 사
마총혈계를 무림의 한 축계로 인정하는 것과 사독요마를 구
파일방과 같은 반열로 인정하는 의식을 치르자고 제의했다.

대마종은 선선히 응했고, 태무천과 신령불사, 극현 진인은 의식 준비를 위해서 잠시 자리를 비웠다.

그런데 세 사람이 나가고 얼마 지나지 않아서 별유선당 전체가 한동안 가벼운 진동을 일으키는 것 같더니 갑자기 밖에서 창을 가려 실내가 칠흑처럼 어두워졌다.

이상한 낌새를 느낀 삼절마제가 즉시 일어나 방문을 열려고 했지만 열리지 않았다.

그래서 그가 강력한 장력을 발출했더니 나무로 만든 방문은 산산조각으로 부서졌으나 여전히 밖으로 나갈 수가 없었다.

방문 밖에 무언가 시커먼 물체가 가로막혀 있었던 것이다.

쇠로 만든 벽, 즉 철벽이었다.

방문만 철벽이 아니었다. 창밖을 막은 것도, 그리고 사방의 벽도 모두 두터운 철벽이었다.

조금 전에 별유선당 전체가 가벼운 진동을 일으킨 것은 이 방 바깥을 철벽으로 뒤덮는 소리였다.

즉, 기관(機關)을 작동하는 음향이었던 것이다.

그 순간 다섯 사람은 그제야 자신들이 함정에 빠졌다는 사실을 깨달았다.

방에 기관 장치까지 해놓은 것을 보면, 정협맹은 대마종 등을 죽이려고 치밀하게 계획했던 것이 분명했다.

사대종사가 각기 사방의 철벽을 향해 장력과 검기를 무수히 발출했으나 꿈쩍도 하지 않았다.

또한 사대종사가 한 곳을 향해 한꺼번에 장력을 발출했지만 그 역시 요지부동이었다.

천하십대명검에 속하는 삼절마제의 삼절마검과 요선마후의 벽운검에 전 공력을 주입하여 검기를 발출했으나 철벽에 약간의 흠집만 생겼을 뿐이었다.

그로써 다섯 사람은 지름 오 장 정도의 방 안에 꼼짝없이 갇히는 신세가 되고 말았다.

의식을 준비하겠다면서 나간 태무천과 신령불사, 극현 진인은 아무리 기다려도 돌아오지 않았다.

대마종 일행을 죽이려고 작정하고 함정을 팠으니 돌아올 이유가 없었다.

사대종사는 별별 방법을 다 써봤지만 공력만 허비될 뿐 아무런 소용이 없었다.

대마종은 실내 한가운데 가부좌로 앉아 지그시 눈을 감은 채 잠이 든 듯 움직이지 않았다.

그렇게 시간이 속절없이 흘렀다.

철벽방 안에 얼마나 오래 갇혀 있었는지 알 수가 없었다.

그저 어렴풋이 이틀쯤 지났을 것이라고 짐작할 뿐이었다.

원래 대마종과 사대종사는 얼마 전에 끝난 이차 흔천대전 때 가볍지 않은 부상을 입은 상태였다.

그중에서도 대천신등의 최고 우두머리인 천신황(天神皇)과 일대일로 싸워 이기는 과정에서 다친 대마종의 내상이 제일

심했다.

사대종사와 삼십육마영은 대천신둥의 최고수인 대천칠군(大天七君)과 십팔광세(十八狂勢)와 싸워서 가까스로 신승(辛勝)을 거두었으나 사대종사는 부상을 당했고, 삼십육마영 중에 이십일 명이 죽임을 당했었다.

사대종사는 기적이 일어나지 않는 한 자신들이 철벽 안에 갇힌 채 죽을 수밖에 없을 것이라고 생각했다.

빠져나갈 방법이 전무했다. 하늘이 무너져도 솟아날 구멍이 있다는 말은 다 헛말이었다.

구멍은 어디에도 없었다.

그러나 그들은 자신들의 간언을 듣지 않은 대마종을 추호도 원망하지 않았다.

다만 자신들을 배반한 정협맹에게 복수하지 못하고 죽는 것이 너무도 원통할 뿐이었다.

갈증과 배고픔 따위는 이들에게 아무런 문제가 되지 못했다.

그렇지만 철벽방은 완전히 밀폐된 상태라서 공기가 소통되지 않아 숨조차 쉴 수가 없는 상태였다.

먹고 마시지 않은 상태로 몇 달이고 버틸 수 있는 이들 다섯 사람이지만, 숨을 쉬지 않고는 오래 견딜 수가 없었다.

이틀쯤 지나자 사대종사는 호흡 곤란을 느끼면서 여기저기 힘없이 앉아 있었다.

바로 그때 이틀 동안 실내 가운데에 가부좌의 자세로 앉아 있기만 했던 대마종이 천천히 일어나 한쪽 철벽 앞으로 걸어가 우뚝 섰다.

이어서 마도제일의 절학인 천마신위강을 끌어올렸다.

그때 사대종사는 깨달았다.

대마종이 가부좌를 하고 있었던 이유는, 운공조식으로 내상을 치료하기 위해서였다는 사실을.

그리고 그보다 더 중요한 사실은 잠시 후에 대마종이 천마신위강을 전력으로 발휘하여 철벽을 두어 자 남짓 찢어발긴 후에 깨닫게 되었다.

대마종은 천마신위강을 전개한 후 그 자리에 쓰러졌다. 그 일 초식에 자신의 모든 것을 쏟아 부었기 때문이다.

그는 사대종사를 살리기 위해서 자신을 희생한 것이었다.

그런 사실을 깨닫고 사대종사는 미친 듯이 오열을 터뜨리며 대마종을 부둥켜 안았다.

대마종은 죽지 않았다. 그러나 죽은 것이나 다름이 없는, 아니, 그보다 더 참담한 상태였다.

그는 반박귀진에 이르는 공력의 소유자였지만 엄중한 내상을 당한 상태였기 때문에 본신진기를 발휘할 수가 없었다.

설혹 반박귀진에 이른 공력으로 천마신위강을 발휘한다고 해도 한 자 두께의 철벽을 뚫지는 못할 터이다.

그는 이틀 동안 줄기차게 운공조식을 해봤지만 본신진기의 칠 할 정도밖에 사용할 수 없다는 사실을 깨달았다.

그래서 최후의 방법을 사용했다.

천마신위강을 전개하여 일생에 단 한 번밖에 사용할 수 없는 방법이었다.

그것은 공력과 함께 체내의 모든 원진력(元眞力)을 한꺼번에 뿜어내는 것이었다.

보통사람들이 갖고 있는 것은 원기(元氣)라고 하지만, 무림인들이 갖고 있는 것은 원진력이다. 무공을 연마하는 과정에서 원기가 원진력으로 발전한 것이다.

원진력은 원기가 공력이 되기 전의 단계이다.

또한 원진력은 무공을 연마한 사람이라면 누구에게나 존재한다. 다만 많고 적음, 강함과 약함의 차이가 있을 뿐이다.

그러나 보통 사람들이 원기를 모두 소진하고 나면 목숨을 잃듯이, 무림인도 원진력을 모두 쏟아내면 죽고 만다.

대마종은 자신의 원진력을 마지막 한 움큼까지 모조리 끄집어내서 공력과 합쳐 천마신위강으로 뿜어내 철벽을 뚫었던 것이다.

사대종사는 대마종이 아직 숨이 붙어 있는 것을 보고 즉시 그를 안고 뚫어진 철벽 틈새로 별유선당을 빠져나갔다.

대마종과 사대종사가 설마 철벽을 뚫고 빠져나올 것이라고는 예상하지 못했던 정협맹 인물들이 놀라고 있는 사이에, 대마종을 업은 삼절마제와 두 사람을 호위한 구주사황, 요선마후, 만독신군은 전력을 다해 도주했다.

그러나 정협맹은 그들을 호락호락 놔주지 않았다.

정협맹주 태무천과 좌우호법 신령불사, 극현 진인은 별유선당 지하 밀실에 은둔시켜 놓은 열세 명을 불러내 그들과 함께 대마종 일행을 맹추격했다.

열세 명은 사방이 완전히 밀폐된 지하 밀실에서 귀식대법을 운용하고 있었기 때문에 대마종과 사대종사에게 간파당하지 않았던 것이다.

부상을 당한데다 죽어가는 대마종까지 번갈아가면서 업어야 하는 사대종사가 추격자들을 따돌리는 것은 역부족이었다.

결국 대마종과 사대종사는 태무천을 비롯한 열다섯 명에게 포위를 당했으며, 그곳에서 처절한 혈전이 벌어졌다.

이차 혼천대전에서도 무사했던 삼대종사는 그 싸움에서 팔과 다리와 눈을 잃었고, 요선마후는 얼굴을 비롯한 온몸에 무수한 도검의 상처를 새겨 넣어야만 했다.

그러나 십오 대 사의 싸움은 처음부터 무리였다.

더구나 사대종사는 부상을 입은 상태에서 대마종을 보호해야 하는 최악의 약점을 안고 있었다.

한나절 동안 쉬지 않고 벌어진 싸움에서 사대종사는 또다시 중상을 입었으며 극도로 지쳤다.

바로 그때 그들의 귀에 대마종의 끊어질 듯이 희미한 전음이 전해졌다.

"기회는 한 번뿐이다. 본좌가 놈들을 잠시 동안 붙잡고 있을 테니 전력으로 도주하라."

사대종사는 망연자실하고 말았다.

그들이 쳐다보니 대마종은 시체나 다름이 없는 모습으로 바닥에 누워 있었다.

그러나 그들은 깨달았다.

대마종이 싸움이 진행되는 한나절 동안 누워 있으면서 어느 정도 기운을 차렸다는 사실을.

그러나 그것은 있을 수 없는 일이었다.

대마종은 별유선당의 철벽을 부수느라 원진력마저 모조리 사용하여 지금은 죽음만을 기다리고 있는 신세가 아니던가.

그때 삼절마제의 귀에 다시 대마종의 전음이 이어졌다.

"놈들을 남쪽으로 모아라. 그 후 너희는 동쪽으로 도주하라."

삼절마제는 일그러진 얼굴로 대마종을 쳐다보았지만, 그는 누운 채 눈을 꾹 감고 있을 뿐이었다.

대마종은 더 이상 아무 말도 하지 않았다.

삼절마제는 고심을 거듭했다.

대마종은 다시 한 번 자신을 희생해서 사대종사를 살리려는 것이 분명했다.

사대종사의 지극한 충성심대로 하자면 그들은 대마종과 죽음을 함께해야만 한다.

그러나 대마종은 사대종사가 이곳에서 도주하기를 바라고

있었다.

대마종의 뜻이 단순히 사대종사의 목숨을 살리려는 것뿐이라면, 그들은 기꺼이 이 자리에서 대마종과 함께 싸우다가 죽었을 것이다.

그렇지만 대마종의 뜻은 그것이 아닐 것이다. 사대종사에게 무언가 임무를 주려는 것이 분명했다.

결국 삼절마제는 도주하기로 결정을 내렸다.

이곳에서 대마종을 지키다가 죽는 것은 하책의 충성심이지만, 살아나가서 대마종의 임무를 완수하는 것이야말로 최상책의 충성심이라고 판단했다.

삼절마제는 삼대종사에게 대마종의 명령과 자신의 결정을 전음으로 알려주었다.

삼대종사는 대경실색했지만 결국 삼절마제와 같은 결론에 도달할 수밖에 없었다.

그때 대마종이 눈을 감은 채 잠시 동안 삼절마제에게 무엇인가를 지시했다.

전음을 듣는 동안 철심장의 사내 삼절마제는 쏟아지는 눈물을 삼키려고 모진 애를 써야만 했다.

길지 않은 전음이 끝나자 사대종사는 즉시 행동을 개시했다.

여태까지는 자신들의 뒤쪽 한가운데에 대마종을 둔 상태에서 사방을 향해 싸웠지만, 이제부터는 정협맹 고수들을 남쪽으로 몰아야 하는 것이다.

사대종사는 여태까지보다 한층 힘을 내어 싸우면서 태무천과 열네 명을 남쪽으로 모는 데 성공했다.

그때 죽은 시체처럼 누워 있던 대마종이 천천히 일어섰다.

태무천과 열네 명은 움찔 놀라 대마종을 주시했다.

그들은 설마 방금 전까지만 해도 다 죽어가던 대마종이 일어날 줄은 예상하지 못했었다.

더구나 대마종은 허리와 어깨를 펴고 당당하게 우뚝 서 있어서 평소의 천신 같은 신위를 되찾은 모습이었다.

태무천 등은 아연 긴장할 수밖에 없었다.

대마종은 천천히 앞으로 몇 걸음 걸어나갔고, 사대종사는 비켜서는 체하면서 대마종 뒤로 물러났다.

사대종사는 우뚝 서 있는 대마종의 뒷모습을 바라보면서 눈물이 솟구치려는 것을 간신히 참고 있었다.

그리고 최후를 맞이하고 있는 대마종에게 수하로서의 마지막 예의마저도 갖출 수가 없었다.

쿠우우—

그때 대마종이 천마신위강을 끌어올리기 시작했다.

체내의 모든 원진력까지 모조리 쏟아냈던 그가 대저 어떻게 해서 천마신위강을 전개할 수 있는 것인지 사대종사는 경이로움을 금할 수가 없었다.

사대종사는 그 후로도 오랫동안 그 힘이 '초인의 힘[超人之

刀 이라고만 생각할 뿐 그때의 불가사의를 풀지 못했다.

쿠오오오—

천마신위강이 전개되자 대마종을 중심으로 핏빛 혈광과 찬란한 금광이 뒤섞인 거센 소용돌이가 주위 오 장 이내를 휩쓸면서 뒤덮었다.

태무천과 열네 명은 바짝 긴장하여 대마종의 공격에 대비하느라 부산했다.

천마신위강은 명실 공히 마도제일의 절학인 동시에 천하최강이라고도 할 수 있어서 태무천과 열네 명은 결코 방심할 수가 없었다.

천마신위강이 주위를 혼돈으로 뒤덮은 이 순간에 사대종사는 도주해야 하지만 차마 발길이 떨어지지 않았다.

그때 삼절마제에게 대마종의 전음이 전해졌다.

"어서 가라……. 그리고 그 아이를…… 반… 드시… 이대 대마종으로 만들어… 정협맹을… 짓밟게 하라……."

대마종의 말은 제대로 이어지지 않았고 심하게 더듬거렸으며 헐떡이고 있었다.

삼절마제는 대마종이 오래 버틸 수 없음을 깨달았다.

이대로 몇 호흡의 짧은 시간이 지나면 결코 돌이킬 수 없는 천추에 한을 남기게 될 터이다.

삼절마제의 전음을 신호로 삼아 사대종사는 일제히 동쪽으로 신형을 날렸다.

태무천 등은 그들이 도주하는 것을 발견했으나, 그 순간 대마종의 천마신위강이 태무천 등을 향해 발출됐기 때문에 움직일 수가 없었다.

마도 사상 제일의 고수인 대마종이 펼치는 마도제일의 절학 천마신위강은, 태무천과 열네 명으로 하여금 합공을 펼치도록 유도했다.

그러나 결과는 모두의 예상을 뒤엎었다.

천마신위강은 발출되지 않았으며, 태무천 등이 발출한 열다섯 줄기의 장력이 대마종의 몸에 적중되어 그를 허공으로 훌훌 날아가게 만들었던 것이다.

대마종은 이십여 장이나 날아가 바닥이 내려다보이지도 않는 까마득한 벼랑으로 추락했다.

태무천과 다섯 명은 대마종을 찾으러 서쪽의 벼랑 아래로 내려갔으며, 다른 아홉 명은 사대종사를 추격하여 동쪽으로 쏘아갔다.

그러나 정협맹의 열다섯 명은 대마종도, 사대종사도 찾아내지 못하고 빈손으로 돌아왔다.

이것이 이십 년 전에 별유선당에서 벌어졌었던 정협맹이 꾸민 음모의 전모였다.

第四十章
비상(飛上)

대마종
大麿宗

　"주군, 사대종사께서 지도만 주셨습니까?"

　균현은 조심스럽게 물었다.

　"응."

　무가내가 건성으로 고개를 끄덕이자 균현의 얼굴에 엷은 실망의 기색이 스쳤다.

　"흐아~암! 아니, 혈검이 목걸이 하나를 줬어."

　무가내가 졸린 듯 입을 크게 벌리고 하품을 하면서 자신의 목을 가리켰다.

　균현의 얼굴에 다시 기대감이 떠올랐다.

　"속하가 볼 수 있습니까?"

무가내는 서슴없이 자신의 목에서 목걸이를 벗겨내 균현에게 획 던져 주었다.

균현은 목걸이, 즉 혈룡패를 받아 두 손으로 조심스럽게 살펴보기 시작했다.

그것은 혈옥으로 정교하게 다듬어 만든 혈룡의 모습이었으며, 어린아이 손바닥 절반 크기였고, 매우 고귀한 기품이 서려 있었다.

하지만 잠시 후 그는 애매한 표정을 지었다. 처음 보는 물건인데다 혈룡패에서 어떠한 단서가 될 만한 것도 찾아내지 못했기 때문이었다.

그래서 물을 수밖에 없었다.

"주군, 이것이 무엇입니까?"

"혈룡패야."

피처럼 붉은 혈룡이니 혈룡패라는 이름이 잘 어울렸다.

하지만 균현이 궁금한 것은 그게 아니었다.

"혈룡패에 무슨 사연이나 의미 같은 것은 없습니까?"

"사연은 무슨……."

무가내는 졸린 눈으로 대수롭지 않게 중얼거렸다.

"할비용봉패라는 한 쌍의 목걸이가 있었는데, 그건 그중 아버지 것인 혈룡패라는 거야."

균현의 얼굴에 긴장이 떠올랐다.

"또 하나는 이름이 무엇입니까?"

"취봉패야."

"그것은 어디에 있습니까?"

"취봉패는 어머… 니…….."

무가내는 대답하다가 가볍게 몸을 움찔하더니 어색하다는 듯 이상한 얼굴로 웃었다.

"이것 참, 어머니라는 말을 하는데 왜 이렇게 기분이 이상 야릇한 거지?"

'아버지'라는 말은 이제껏 여러 번 사용했고, 또 '아버지' 라는 존재에 대해서도 몇 번인가 생각한 적이 있기 때문에 조금쯤은 적응이 된 상태다.

하지만 '어머니'는 전혀 그렇지 않아서 어색하기 짝이 없었다.

그가 말을 하다 말았지만 균현은 제대로 알아들었다.

"대부인께선 어디에 계십니까?"

"그걸 내가 어떻게 알겠어? 알면 당장 찾아가…….."

무가내는 무심코 말하다가 움찔하며 가볍게 당황한 얼굴 로 말을 흐렸다.

은예상과 균현은 무가내가 평소에 부모에 대해서 꽤 많은 생각을 하고 있다는 사실을 얼마 전부터 추측하고 있었다.

균현은 두 손으로 받들듯이 갖고 있는 혈룡패에 다시 시선 을 주고 아까보다 더 세심하게 살펴보고 나서 무가내에게 공손히 건네주었다.

"주군께서 허락하시면 속하가 혈룡패와 취봉패를 만든 장인(匠人)을 수소문해 보겠습니다."

무가내는 귀가 번쩍 뜨이는 표정을 지었다가 곧 아무렇지도 않은 얼굴로 말했다.

"뭐… 자네가 굳이 하고 싶다면 그러도록 하게."

"감사합니다."

균현은 공손히 예를 취하고 물러갔다.

조금 전에 별유선당에 대해서 얘기할 때만 해도 졸음이 와서 하품을 쩍쩍 하던 무가내였다.

그러나 지금은 창 앞에 서서 어두운 밖을 내다보며 한동안 꼼짝도 하지 않았다.

은예상은 그의 뒷모습을 바라보면서 그가 부모를 그리워하고 있음을 느꼈다.

지난 십팔 년 동안 함께 살았던 부모를 졸지에 잃은 은예상도 그토록 부모가 보고 싶건만, 하물며 부모의 얼굴조차 모르는 무가내는 오죽하겠는가.

은예상하고는 또 다른 그리움과 아픔을 가슴속 깊이 꽁꽁 감추고 있을 터이다.

그것을 조금도 표현하지 않고 겉으로는 늘 웃기만 하는 무가내였다.

은예상은 그와 생활하는 동안에 그가 겉은 강하지만 속은 한없이 따스하고 부드러운 외강내유(外剛內柔)의 성격이라는 사실을 알게 되었다.

그녀는 사륵사륵 긴 치마를 끌면서 무가내 곁으로 다가갔다.

그의 옆얼굴을 조심스럽게 바라보니 아니나 다를까, 몹시 우울한 표정에 두 눈에는 알 수 없는 우수가 짙게 드리워져 있었다.

은예상은 그것이 그리움일 것이라고 생각했다.

슥—

그녀는 무가내의 어깨에 부드럽게 뺨을 기대며 속삭였다.

"풍 랑, 힘내세요. 소녀가 있잖아요."

무가내는 잠시 그녀를 쳐다보다가 팔을 뻗어 그녀의 허리를 감쌌다.

아니, 허리를 감싸는가 싶더니 손이 어느새 스르르 내려가 치마를 걷어올리고 있었다.

"만져 줘?"

그녀가 대답을 하기도 전에 그의 손은 어느새 엉덩이 사이로 미끄러지듯이 스며들고 있었다.

이른 아침.

"주군, 자미룡이 왔습니다."

방문 밖에서 마랑도의 조용한 목소리가 들렸다. 무적전사들은 두 명씩 순번제로 무가내의 호위무사를 하는데, 오늘은 마랑도와 또 한 명의 무적전사 차례였다.

　무가내는 방바닥에서 운공조식을 하면서 말했다.

　"들여보내라."

　방문이 열리고 자미룡이 쭈뼛거리면서 조심스럽게 들어섰다.

　하지만 그녀는 문 옆에 선 채 안쪽으로 들어오지 않고 머뭇거리기만 했다.

　방금 방문 밖에서 무가내의 목소리를 들었기 때문에 그가 운공조식을 하고 있을 줄은 몰랐던 것이다.

　그녀의 그런 모습은 과거 활달하고 다소 거칠기까지 했던 자미룡하고는 거리가 멀었다.

　염안마령술에 걸렸다고 해서 성격까지 변하는 것은 아니다. 그저 그것을 시술한 무가내에게 끝없는 맹종을 하면서 이성으로서의 무한한 매력을 느끼는 것뿐이다.

　하지만 자미룡은 염안마령술하고는 별개로 무가내를 몹시 어려워하고 있었다.

　그를 사랑하고 또한 가장 친숙한 사람이라고 여기지만, 반면에 어려워하는 복잡하고도 미묘한 감정이 형성된 것이다.

　그녀는 조심스럽고도 경이로운 표정으로 무가내를 바라보고 있었다.

　지금 무가내의 몸을 중심으로 오색(五色)의 옅은 띠가 다섯 개의 층을 이룬 채 서서히 오른쪽으로 회전을 하고 있는 것을 발견한 것이다.

"이리 오너라."

그때 무가내가 운공을 하면서 말하자 자미룡은 깜짝 놀랐다.

운공 중에 말을 하는 것은 주화입마에 들기 때문에 불가능한 일이다.

내공이 삼화취정(三和聚精)의 경지에 이르면 그럴 수 있다고 들은 적은 있지만, 자미룡은 여태껏 그런 사람을 한 번도 본 적이 없었다.

그녀의 사부였던 구양중겸도 삼화취정의 경지에는 이르지 못했었다.

그런 경지에 들려면 먼저 생사현관, 즉 임독양맥이 소통되어야만 한다.

그것이 선행되어야만 내공이 일취월장하여 '세 송이 꽃을 모아 정을 이룬다'는 삼화취정의 경지에 이를 수 있는 것이다.

삼화취정에서 연공을 게을리하지 않으면 언젠가는 '화롯불이 맑은 청색이 된다'는 노화순청(爐火純靑)의 경지에 이른다.

그리되면 안광을 갈무리할 수 있어 겉으로는 무공을 전혀 익히지 않은 것처럼 보이게 된다.

노화순청에서 한 단계 더 오르면 귀밑머리가 희어지는데,

그것이 바로 '되돌아서 참을 갖게 된다'는 반박귀진(反撲歸眞)의 경지이다.

그 위의 단계는 '산봉우리에 올라 극을 이룬다'는 등봉조극이고, 그다음이 '여섯 호흡이 근본으로 돌아간다'는 육식귀원(六息歸元).

그 위가 '흰머리가 검어지고 빠진 치아가 다시 난다'는 반노환동(反老還童).

반노환동은 인간이 오를 수 있는 최고의 경지다.

만약 그 경지에서 각고의 노력을 기울인 끝에 성과를 얻을 수 있다면, 음신(陰神)과 양신(陽神)을 스스로 만들어낼 수 있는 출신입화지경(出神入化之境)에 다다른다.

이 지경을 다른 말로 화경(化境)이라고 하고, 또는 조화지경(造化之境)이라고도 한다.

그것이 끝이 아니다. 반신반인(半神半人)의 경지인 출신입화지경에서 더 나아가면 무학(武學)이나 도법(道法)으로 이룰 수 있는 최고의 경지인 우화등선(羽化登仙)에 이르게 된다.

우화등선은 말 그대로, 인간의 육신을 갖고 하늘로 승천을 할 수 있는 경지이니, 이때는 인간이 아니라 신(神)이라 불려야 할 것이다.

총 아홉 단계 중에서 두 번째 단계인 삼화취정이 돼야 어떤 상황에서도 운공을 할 수가 있고, 또 운공을 하면서도 말을 하거나 행동을 취할 수도 있다.

그런데 무가내는 다섯 번째인 등봉조극에 올라 있으니 그보다 더한 놀라운 능력을 소유하고 있지 않겠는가.

자미룡은 무가내의 무공이 굉장하다는 것을 짐작하고 있었지만, 그가 삼화취정의 경지에 이른 것을 눈으로 직접 확인을 하자 놀라움을 감추지 못했다.

사실 무가내는 조금 전 운공조식이 절정에 이르렀을 때 머리 위에 다섯 색깔, 즉 금(金), 홍(紅), 청(靑), 백(白), 흑(黑)의 다섯 송이 꽃송이가 다섯 방향을 향해 활짝 피어 있었다.

그것들은 그의 내공이 운공조식을 하는 과정에서 몸 밖으로 나와 만들어내는 현상인데, 바로 등봉조극을 상징하는 광경이었다.

만약 자미룡이 그 광경을 목격했더라면 기절초풍하고 말았을 것이다.

그렇지만 무가내 자신도 모르고 있는 사실이 있었다.

그의 머리 위에 다섯 송이 꽃이 활짝 만개했다는 사실과 꽃들끼리 서로 연결되어 있다는 것.

그리고 한복판에서 또 한 송이의 자줏빛 자색 꽃송이가 제법 뚜렷하게 피어나고 있다는 사실이었다.

그것은 그가 등봉조극의 경지에서 한 단계 위인 육식귀원의 초입으로 들어서고 있다는 증거였다.

"왜 안 와?"

무가내는 천천히 일어서며 자미룡을 쳐다보았다.

그가 움직이고 있는데에도 오색의 기체가 여전히 그의 몸 주위를 느리게 회전하고 있었다.

이윽고 그가 침상으로 걸어가서 걸터앉는 사이에 오색의 기체는 스르르 그의 몸속으로 스며들어 사라져 버렸다.

탁탁!

"이리 와서 앉아."

무가내는 멈칫거리면서 다가오는 자미룡에게 자신의 옆을 가볍게 두드리며 말했다.

자미룡은 움찔 놀라 걸음을 멈추고 무가내의 옆을 조심스럽게 바라보았다.

"뭐 해? 앉지 않고."

무가내의 말에 자미룡은 화들짝 놀라서 급히 다가와 그의 옆에 앉아버렸다.

그런데 급히 앉는 바람에 몸이 무가내 쪽으로 기울어 뺨이 그의 어깨에 부딪치고 말았다.

"미… 미안해요."

"날 봐."

자미룡이 당황해서 사과했지만 무가내는 개의치 않고 그녀를 향해 돌아앉으며 조용히 말했다.

자미룡은 머뭇거리면서 조심스럽게 그를 바라보았다.

그런데 무가내는 평소 같은 모습이 아니었다. 단정하고 진지한 표정으로 뚫어지게 자미룡을 응시했다.

그래서 자미룡은 확 얼굴을 붉히면서 급히 고개를 푹 숙이고 말았다.

세상에 무서울 것이 없는 그녀인데도 무가내 면전에서만큼은 기를 펴지 못하는 그녀였다.

"우리 처음 만난 날 기억하고 있니?"

무가내는 표정만이 아니라 목소리도 평소와는 달리 나직하고도 정감이 있었다.

"네."

고개를 숙인 채 대답을 하면서 자미룡은 항주성 내에서 무가내를 처음 만났던 날을 기억해 냈다.

"그때. 넌 갑자기 아무런 이유도 없이 병에 걸린 것처럼 날 좋아하게 됐을 거야. 기억나?"

자미룡은 깜짝 놀랐다. 그때는 정말 그랬었다.

무가내를 생전 처음 만나는 거였는데도 그를 보는 순간 걷잡을 수 없이 열병과도 같은 사랑을 느꼈었다.

그리고 그 이유가 무엇인지 아직까지도 모르고 있다.

"네. 그런데 그것을 어떻게……."

"사실은 내가 너에게 사술을 전개했었기 때문이야."

엄청난 일을 무가내는 태연하게 실토했다.

자미룡은 그의 말뜻을 이해하지 못하고 의아한 얼굴로 그를 바라보았다.

"그게 무슨……."

그녀는 무가내의 말을 듣지 못한 것이 아니다. 내용은 알아들었지만 그것을 믿지는 않았다.

자신이 사술 같은 것에 걸려서 여태껏 무가내를 사랑했었던 것이 아니라고 확신하고 있었다.

그녀가 믿든 안 믿든 무가내는 할 말을 계속했다.

"염안마령술이라는 거야. 그것에 심지가 제압당하면 풀어주지 않는 한 죽을 때까지 그 사람만 사랑하게 되지."

그는 자미룡에게 사실대로 말해주는 것이 좋겠다는 판단을 내렸다.

처음에 그가 그녀에게 염안마령술을 걸었을 때, 그녀에게 철천지원이 있었던 것이 아니고 그저 귀찮아서 장난삼아 한 번 전개해 봤을 뿐이었다.

그랬기 때문에 그것으로 인해서 그녀가 원치도 않는 사람을 사랑하고, 원하지 않는 행동을 하는 것이 이제 와서 많이 미안해진 것이다.

염안마령술을 풀어주어 그녀가 제정신을 차리고 나서 무가내 자신에게 분풀이를 하면 고스란히 당해줄 생각까지 하고 있었다.

"이제 나는 너의 염안마령술을 풀어줄 거야. 그다음에는 네 마음대로 해도 좋아."

"……."

자미룡은 아무 말도 하지 못한 채 놀란 얼굴로 무가내를 바라보았다.

그녀는 단지 무가내가 거짓말을 하거나 자신을 놀리고 있는 것이 아니라는 사실을 깨닫는 데에만 한참이 걸렸다.

"방금 한 말이 사실이에요?"

그녀는 반신반의하는 얼굴로 무가내를 바라보았다.

"사실이야. 하지만 이제 풀어줄게."

"어떻게… 푸는데요?"

"잠시 동안 내 눈을 바라보고 있으면 돼."

"싫어요! 하지 않을 거예요!"

순간 자미룡은 급히 고개를 푹 숙이며 뾰족하게 외쳤다.

무가내는 의아한 표정을 지었다.

"내 말 못 알아들었어? 내가 염안마령술을 전개하여 강제로 네가 날 좋아하게 만들었다니까?"

"저는… 저는……."

자미룡은 얼굴을 아예 무릎에 파묻은 채 더듬거렸다. 무가내와 눈이 마주칠까 봐 잔뜩 겁을 내고 있었다.

그녀는 염안마령술이 제거되어 더 이상 무가내를 사랑하게 되지 않을까 봐 그것을 염려하는 것이었다.

그런 마음을 무가내가 알 리 없었다.

그녀는 일전에 방금 무가내가 했던 말에 대한 생각을 해본 적이 있었다.

자신이 어째서 무가내를 사랑하게 되었는지에 대해서 곰

곰이 생각을 해봤었고, 그 결과 아무런 이유가 없다는 사실을 깨닫게 되었다.

그래서 그 이후의 무가내에 대해서 생각을 했고, 자신이 그를 몹시 사랑하고 있음을 깨달았었다.

그것으로 족했다. 염안마령술이니 뭐니 그따위 것은 아무런 소용이 없었다.

그녀는 자신이 지금은 무가내를 맹목적으로 사랑하는 것이 아니라고 믿었다.

하지만 무가내의 말을 듣고 보니까 어쩌면 그것마저도 염안마령술이라는 것 때문이 아닐까 하는 의심이 더럭 들었다.

그래서 무가내가 염안마령술을 풀어주면, 그 사랑이 물거품처럼 사라져 버릴까 봐 그것을 염려하는 것이었다.

슥─

그때 무가내가 두 손으로 자미룡의 양 뺨을 잡고 강제로 얼굴을 들어 올렸다.

"아……."

자미룡은 화들짝 놀라 몸을 부르르 떨었다. 그리고는 그의 눈을 쳐다보지 않으려고 결사적으로 눈동자를 다른 곳으로 돌렸다.

"내 눈을 봐."

무가내가 그녀의 양 뺨을 잡은 손에 조금 더 힘을 주면서 자신의 얼굴을 그녀의 얼굴로 가까이 바짝 가져갔다.

그러자 자미룡은 무심결에 그의 눈을 쳐다보고 말았다.

무가내의 두 눈은 눈동자와 흰자위가 사라지고 그 대신 두 눈 가득 핏빛과 백색, 황색이 어우러져서 깊은 수렁처럼 일렁거렸다.

순간 그녀는 깜짝 놀라 황급히 눈동자를 돌렸다. 그렇지만 이미 때는 늦고 말았다.

그녀는 염안마령술에 제압당하는 것도, 푸는 것도 아주 잠깐이면 된다는 사실을 모르고 있었다.

"아……."

순간 그녀는 가벼운 현기증을 느꼈다. 그리고는 뇌를 차가운 물에 이리저리 헹구는 듯한 느낌이 들었다.

그리고는 끝이었다. 오랫동안 그녀의 심지를 제압했던 염안마령술이 풀린 것이다.

무가내는 그녀의 양 뺨을 놓고 상체를 곧추세우고는 물끄러미 그녀를 응시했다.

자미룡은 흑백이 또렷한 큰 눈을 깜빡이면서 무가내를 빤히 바라보았다.

무가내는 제정신을 되찾은 그녀가 혹시 자신의 뺨을 때릴지도 모른다고 생각했지만 맞을 각오였다.

그 정도 각오없이 염안마령술을 풀어준 것이 아니었다.

이윽고 자미룡이 무가내를 말끄러미 응시하면서 작고 도톰한 붉은 입술을 나풀거렸다.

"사랑해요."

"응?"

무가내는 자신이 잘못 들었을 것이라고 생각했다.

자미룡은 방금 전보다 더 크고 또렷하게 입술을 나풀나풀 움직였다.

"저 자미룡은 당신 무가내를 죽도록 사랑하고 있어요."

"뭐야, 염안마령술이 덜 풀렸나?"

무가내는 눈살을 찌푸렸다.

자미룡은 해시시 미소를 지었다.

"풀렸어요."

"어떻게 아는데?"

"머릿속이 찬물에 헹군 것처럼 상쾌해요."

"그럼 풀린 것 맞는데······."

무가내는 고개를 갸우뚱했다.

자미룡은 주르르 눈물을 흘렸다.

기쁨의 눈물이었다.

염안마령술 따위가 아니라 자신이 정말로 무가내를 사랑하고 있다는 사실을 깨달았기 때문이다.

격동을 이기지 못한 그녀는 벌떡 일어나 무가내의 얼굴을 가슴에 와락 끌어안으며 탄성을 터뜨렸다.

"고마워요, 오빠! 저는 아직도 오빠를 사랑하고 있어요!"

그녀의 풍만한 젖가슴에 얼굴을 묻은 무가내는 기묘한 기분을 느꼈다.

은예상의 젖가슴도 풍만한 편인데, 자미룡의 것은 그녀보다 훨씬 더 크고 탄력적이었다.

그리고 자미룡의 몸에서는 은예상하고는 다른 냄새가 났다.

은예상에게서는 난초 향기가 솔솔 나는데, 자미룡에게서는 냄새가 났다.

무르익은 육체의 냄새.

여자의 냄새였다.

문득 무가내의 뇌리에 발칙한 한 가지 생각이 떠올랐다.

"진아."

그는 자미룡의 양 허리를 잡고 떼어놓아 앉히면서 조용히 불렀다.

"네?"

자미룡은 애정이 듬뿍 담긴 눈빛으로 그를 바라보았다.

무가내는 힐끗 그녀의 젖가슴과 하체의 은밀한 부위를 훔쳐보고 나서 진지하게 물었다.

"너 잠시만 누워보지 않으련?"

"……."

자미룡은 얼굴이 확 붉어지면서 아무 말도 하지 못했다.

그녀는 지금 무가내가 자신의 순결을 원하고 있는 것으로 착각을 했다.

하지만 무가내의 속셈은 달랐다. 그는 자미룡에게도 운홀우황지 수법을 사용해 보고 싶었다.

과연 그녀도 은예상과 같은 반응을 보일지 갑자기 그것이 궁금해진 것이다.

"싫어?"

무가내가 묻자 자미룡은 목덜미까지 새빨개져서 옷자락을 만지작거렸다.

"아… 뇨."

"그럼 누워."

자미룡은 고개를 들고 무가내를 바라보았다.

무가내의 두 눈 가득 호기심이 불타고 있었지만, 자미룡은 그것을 욕정이라고 오해했다.

자미룡은 가슴이 격렬하게 두방망이질 치는 것을 느끼면서 조심스럽게 침상에 반듯하게 누웠다.

그런데 너무 긴장해서 몸이 빳빳하게 굳었으며 두 주먹을 잔뜩 움켜쥐고 있었다.

무가내가 기대 어린 눈빛으로 그녀를 굽어보면서 주문했다.

"힘 빼."

움찔 놀란 자미룡이 몸에서 힘을 빼는 순간 무가내의 손이 미끄러지듯이 그녀의 바지 괴춤 속으로 파고들어 순식간에 옥문을 점령해 버렸다.

"아!"

그녀는 화들짝 놀라서 눈을 커다랗게 뜨며 탄성을 터뜨렸다.

그러나 그 소리는 방 밖으로 새어나가지 않았다.

엉큼하고도 용의주도한 무가내는 이미 침상 주위에 호신막을 쳐두었던 것이다.

커다랗게 떠졌던 자미룡의 눈에서 빠르게 초점이 사라지기 시작했고, 온몸이 거센 불길에 녹아버리는 초처럼 흐물흐물 녹았다.

시험 결과 자미룡은 은예상보다 최소한 열 배 이상 강렬한 반응을 보였다.

흡족해진 무가내는 흠뻑 젖은 그녀의 옥문에서 손을 빼내면서 중얼거렸다.

"손진, 너를 무적전사로 임명하고 너희 수하들을 무적방에 받아들이겠다."

하지만 그 말은 자미룡의 귀에 들어오지 않았다.

그날 아침에 자미룡은 정사도 하지 않는 상황에서 생전 처음으로 수십 차례 절정을 맛보았고, 이후 벌벌 기어서 그 방을 나가야만 했다.

아침 식사 후 무가내는 무적궁 팔층에서 요마군장 냉운월의 방문을 받았다.

"항주성 내에서 가장 세력이 큰 하오문인 금오방(金烏幇)을 하부 조직으로 접수했습니다."

냉운월의 보고에 무가내는 대답없이 고개만 끄덕였다.

"금오방은 천하에 열다섯 개의 분타를 보유하고 있을 정도로 정보망이 넓습니다."

"분타?"

무가내는 분타가 무엇인지 모른다.

그러나 냉운월은 그가 '하오문 따위에 무슨 분타가 있어?'라는 뜻으로 말한 것으로 알아들었다.

그래서 냉운월은 조금 머쓱한 표정을 지었다.

"보통 방파의 그런 분타는 아닙니다. 금오방의 분타라는 것은 십여 명의 건달들이 밑바닥 인생들의 주머니를 우려먹는 수준입니다만, 그 지역의 주루나 기루, 거지패거리들을 꽉 잡고 있기 때문에 소식통 하나는 빠르고도 정확합니다."

그녀는 접수할 하오문을 수소문하고 금오방을 손에 넣는 과정에서 나름대로 열심히 공부했기 때문에 하오문 세계에 대해서 제법 많이 알고 있었다.

슥―

"이것이 지난 며칠 동안 금오방이 정협맹의 동태에 대해서 알아낸 내용입니다."

그녀는 두툼한 종이 뭉치를 무가내 앞 탁자에 내려놓았다.

"말로 해."

무가내는 종이 뭉치를 거들떠보지도 않았다.

냉운월은 책 읽는 것을 몹시 싫어하고, 글 쓰는 것은 그보다 몇 배나 더 싫어한다.

그런 그녀가 이 보고서를 쓰기 위해서 하루하고도 한나절을 꼬박 교탁 앞에 앉아 있었다.

그런데 무가내는 보고서에 눈길조차 주지 않고 말로 설명을 하라는 것이다.

와작!

냉운월은 종이 뭉치를 두 손으로 구겨서 슬쩍 내던졌다.

한 성깔 하는 그녀가 무가내 앞이라고 잠자코 있을 리 만무했다.

그녀는 차갑게 무가내를 쏘아보았지만 그는 팔짱을 끼고 모른 체하며 창밖으로 시선을 던졌다.

냉운월은 어쩔 수 없다는 듯 가볍게 한숨을 내쉰 후 가라앉은 목소리로 설명을 시작했다.

"정협맹은 본 방을 공격하기 위해서 정협맹에 소속된 진명유림의 방, 문파들에게 고수들을 엄선하여 보내라는 명령을 내렸습니다. 그 방, 문파들은 중원삼십육태두가 주축을 이루고 있으며, 모두 사십칠 개 방, 문파에서……."

"요점만 간단하게."

이렇게 되면 그녀가 하오문인 금오방을 통해서 알아낸 많은 정보들이 쓰레기가 되고 마는 것이다.

하지만 무가내가 알고 싶은 것은 결론뿐이었다.

"정협맹이 동원한 고수들의 수는 모두 오천 명. 정협맹 총단 휘하 오백 명과 중원삼십육태두가 주축이 된 사십칠 개 방, 문파에서 사천오백 명을 끌어 모아 열흘 전에 정협맹 총단이 있는 호남성 동정호의 군산(群山)을 출발했다고 합니다."

"열흘 전이라……."

무가내는 나직이 중얼거리고 나서 물었다.

"군산이라는 곳에서 이곳까지 얼마나 걸리지?"

냉운월은 계산을 하는 듯한 얼굴로 대답했다.

"출발한 지 열흘 만에 안휘성의 황산(黃山)을 통과했다고 하니까… 아마 빠르면 사흘, 늦어도 나흘 정도면 본 방에 들이닥칠 것입니다."

무가내는 한동안 창밖을 응시한 채 침묵을 지켰다.

냉운월이 쳐다보니 그는 무엇인가를 골똘히 생각하고 있는 듯했다.

그래서 그녀는 조금 뜻밖이라는 표정을 지었다. 무가내를 만난 이후 그가 생각에 잠긴 모습을 처음 보기 때문이었다.

그녀가 알고 있는 무가내는 생각이라고는 하지 않는, 아예 뇌가 없는 사람처럼 행동을 했었다.

어떤 사태에 부딪쳐도 즉흥적으로 대처를 했었는데, 운 좋게도 대부분 좋은 성과를 거두었다.

실패를 한 적도 몇 차롄가 있었지만, 그는 그것을 거울삼아서 다음에는 결코 같은 실수를 되풀이하지 않았었다.

'소저에게 학문을 배운다고 하더니…….'

냉운월은 생각이 길어지고 있는 무가내를 신기한 듯 바라보며 내심 중얼거렸다.

무가내가 은예상에게 학문을 배우고 있기 때문에 생각이라는 것을 하게 된 것이라고 냉운월은 짐작했다.

"그놈들은 얼마나 강하지?"

생각에 잠긴 모습으로 무가내가 중얼거리듯 물었다.

"정협맹에서 주축이 되는 방, 문파들이 엄선을 해서 보낸 고수들이라고 하니까 지난번에 본 방을 공격했던 절강무림 연합 세력 놈들보다 최소한 세 배 이상 강할 것입니다. 더구나 그때보다 수가 두 배 반이나 많기 때문에 전체적으로 보면 칠팔 배 더 강하다고 보면 됩니다."

냉운월은 이곳으로 오고 있는 오천 명이 어떤 고수들로 구성되어 있는지도 자세히 알아냈었다.

"칠팔 배라……."

무가내는 전에는 하지 않던 혼잣말을 자꾸 중얼거렸다.

냉운월은 그가 어떤 방법으로 적들을 상대할 것인지를 궁리하고 있을 것이라고 생각했다.

그녀가 알고 있는 무가내라면 싸움을 걸어오는 적을 절대 피하지 않고 정면으로 맞부딪친다.

그는 천부적으로 싸움을 좋아하기 때문이고, 물러선다던가 피한다는 것을 아예 모른다.

그리고는 아무리 어렵고 불가능한 싸움이더라도 끝내 승리로 이끌고 만다.

그렇기 때문에 무가내가 아니겠는가.

"무리야."

그런데 그가 갑자기 고개를 절레절레 가로저으면서 나직이 중얼거렸다.

냉운월은 눈을 조금 크게 떴다. 자신이 뭔가 잘못 들었을 것이라는 생각이 들었다.

그때 무가내가 일어서며 조용히 명령했다.

"운월, 군장들을 불러."

그로부터 일각 후에 무가내를 비롯한 무적방의 오군장이 한자리에 모두 모였다.

"마침 주군을 찾아 뵙고 보고드릴 일이 있었습니다."

무가내와 은예상을 비롯한 군장들이 둥근 탁자에 둘러앉은 후에 균현이 공손히 입을 열었다.

"말해보게."

"과거 요선계 휘하에 있었던 사람을 한 명 찾았습니다."

"그래?"

무가내는 마치 빙염의 소식을 듣는 것처럼 반가워했다. 그는 감정의 표현이 솔직한 편이다.

"호북성 무창(武昌)에서 오대기루(五大妓樓)로 꼽히는 선화루(仙花樓)의 루주가 과거 요선마후의 수하인 요계십화 중 한 명입니다."

"요계십화면 염 누나하고 얼마나 가까운 사이지?"

"속하가 구주사황의 직속인 사도십존인 것처럼, 요계십화도 요선마후의 직속 수하였습니다. 속하하고는 동급이지요."

"잘됐군."

"그렇습니다. 총혈계는 물론이고 정협맹에서도 그녀의 신분을 전혀 모르고 있는 것 같습니다. 완벽하게 신분을 숨긴 채 깊숙이 은둔하고 있었던 것입니다."

무가내는 고개를 끄덕이고 나서 냉운월에게 정협맹의 출병 소식을 모두에게 설명하라고 지시했다.

냉운월은 무가내에게 보고했던 내용에 약간의 살을 붙여서 반 각에 걸쳐 설명을 끝냈다.

설명을 듣고 난 은예상과 삼군장의 놀라움은 매우 컸다.

정협맹이 그렇게까지 무적방을 중요하게 여길 줄은 예상하지 못했기 때문이다.

은예상과 삼군장도 냉운월과 비슷한 생각을 하고 있었다.

즉, 무가내가 정협맹 고수들을 피하지 않고 정면승부를 할 것이라고 말이다.

그래서 이번에는 무척 어려운 싸움이 될 것이라는 생각에 가슴이 답답해졌다.

"자, 이제 어떻게 할 것인지 의논하지."

무가내가 의젓한 모습으로 중인을 둘러보았다.

그의 그런 모습에 사군장은 적잖이 놀라고도 감탄하는 표정을 지었고, 은예상은 흐뭇한 모습이었다.

그때 냉운월이 무가내를 주시하면서 매초롬히 말했다.

"주군께선 이미 결정을 내리신 것 아닌가요? 그렇다면 속하들에게 하문하지 말고 그냥 말씀하세요."

그녀가 열심히 조사한 것을 묵살해 버린 것에 대한 작은 복수라고 할 수 있었다.

그녀의 말에 무가내의 의젓함은 즉시 무너졌다.

"헤에… 어떻게 알았어?"

그는 머쓱하게 벙긋 웃었다.

"다 알죠. 어서 말씀하세요."

은예상은 무가내의 의젓함에 흐뭇해하다가 그의 변한 모습에 또 배시시 미소를 지었다.

그 모습 또한 순진무구해서 사랑스러웠기 때문이다.

사랑에 빠지면 그 사람이 방귀를 뀌는 것마저도 예쁘게 보이게 마련이다.

탁!

무가내는 손바닥으로 가볍게 탁자를 치며 약간 큰 소리로 입을 열었다.

"삼십육계주위상책(三十六計走爲上策)!"

그 말에 모두들 깜짝 놀라서 무가내를 주시했다.

무가내는 의기양양한 얼굴로 자신이 배운 얄팍한 지식을 바탕 삼아 설명을 늘어놓았다.

"병법서에 삼십육계 중에서도 불리할 때에는 도망치는 것이 제일 좋은 방법이라고 적혀 있었어!"

모두들 믿을 수 없다는 표정을 지었다.

천하의 무가내가 도망을 치다니, 하늘이 두 쪽 나도 있을 수 없는 일이었다.

"진심이십니까?"

균현이 쩍쩍 갈라진 목소리로 물었다.

"응, 진심이야."

"무적방을 버린다는 말씀입니까?"

"그래."

무가내는 뭐가 좋은지 어깨를 흔들면서 웃었다.

"핫핫핫! 정협맹 놈들 오천 명은 아무도 없는 무적방까지 헛걸음을 하는 거야! 얼마나 통쾌해! 응?"

그렇지만 아무도 통쾌하다고 생각하는 사람은 없었다.

중인은 설마 무가내가 도망치는 것만 생각하지는 않았을 것이고 뭔가 다른 계획이 있을 것이라고 애써 자위했다.

"그… 다음에는 어떻게 할 계획이십니까?"

너무 어이가 없는지 좀체 말하지 않는 양신웅이 조심스럽게 물었다.

무가내는 손바닥으로 탁자를 두드리며 기분 좋게 웃었다.

"하하하! 유람이야, 유람! 실컷 즐기자구!"

한 가닥 기대를 하고 있던 중인의 얼굴이 마구 일그러졌다. 설마 설마 했는데 사실로 드러나자 앉아 있는 바닥이 한없이 바닥으로 꺼지는 것만 같았다.

오직 은예상만이 배시시 미소를 지으면서 무가내를 바라볼 뿐이었다.

그녀가 무가내의 속마음을 알고 있어서가 아니라, 그가 무엇을 해도 무조건 따를 준비가 되어 있기 때문이었다.

"어디로 유람을 가실 생각인가요?"

그녀의 물음에 무가내는 팔을 뻗어 그녀의 어깨를 감싸면서 껄껄 웃었다.

"하하하! 방금 정했어! 무창이야!"

그러자 모두의 안색이 가볍게 변했다.

균현이 조금 전에 요선마후의 심복 수하 요계십화 중 한 명이 운영하는 선화루가 무창에 있다고 보고한 내용을 떠올린 것이다.

은예상이 아름답게 미소 지으며 옥을 굴리듯이 다시 물었다.

"그다음에는요?"

무가내는 신바람이 나서 주먹을 쥐고 팔을 휘둘렀다.

"핫핫핫핫! 무창에 들렀다가 동정호 군산에 갈 거야!"

그러자 모두의 얼굴에 동시에 아! 하는 감탄의 표정이 가득 떠올랐다.

무가내는 기세가 등등해서 목소리를 높였다.

"하하하! 오는 것이 있으면 가는 것도 있어야지! 안 그래?"

"그, 그러고 말굽쇼!"

아첨이라면 닭살이 돋는 냉운월이 이 순간만큼은 벌떡 일어나서 두 손을 비비며 한껏 교태를 부렸다.

무가내는 손가락 하나를 세워 천장을 찌르는 시늉을 하며 더욱 기세를 올렸다.

"성동격서(聲東擊西)! 동쪽에서 소리를 내고 서쪽을 친다! 이것도 병법서에 있는 거야!"

오늘 이 자리에서 그의 밑천이 다 나오고 있었다.

사군장은 '그럼 그렇지!' 하는 표정으로 엉덩이가 들썩들썩하고 입이 벌어지며 벙긋벙긋 웃음을 감추지 못했다.

"혈검군장!"

순간 무가내의 얼굴에서 웃음기가 싹 사라지며 균현을 호명했다.

"하명하십시오!"

균현은 즉시 일어나 깊숙이 허리를 굽혔다.

"이곳에서 군산으로 가는 길목에 있는 중원삼십육태두라는 것들과 사대종사를 협공했던 열다섯 명 중에 천중검협을 제외한 열네 명의 행방에 대해서 자세히 조사하게."

"존명!"

군산까지 가는 길에 중원삼십육태두를 하나씩 작살낼 것
이라는 생각에 모두들 벌써부터 신바람이 났다.

"요마군장!"

"하명하십시오!"

냉운월은 튕기듯 일어나 이마를 탁자에 붙였다.

"본 방의 전 고수가 군산까지 이동하는 동안 누구에게도
발각되지 않을 방법을 찾아내고, 전 고수가 이동하면서 불편
함이 없도록 대책을 마련하라."

"존명!"

그야말로 일사불란했다.

"만신군장!"

"하명하십시오!"

"현재 지니고 있는 모든 독을 갖고 간다! 또한 군산까지 가
는 동안 최대한 많은 독을 구하라!"

오도겸은 흥분으로 가슴이 터질 것처럼 부풀어 우렁차게
대답했다.

"존명!"

"구주군장!"

"하명하십시오!"

양신웅은 터질 것 같은 가슴을 쓸어안으며 일어나 허리를

굽혔다.

"구주군이 앞길을 튼다!"

"명을 받듭니다!"

무가내를 비롯한 여섯 사람이 뿜어내는 기개 때문에 실내가 금방이라도 폭발할 듯이 팽배했다.

무가내가 두 손을 허리에 얹고 어깨를 흔들면서 득의하게 웃었다.

"후후후! 우리 한번 근사하게 천하무림을 뒤집어놓자구."

『대마종』 5권에 계속…

절대천왕

覇天王

장담 新무협 판타지 소설

하늘을 무너뜨릴 것이다!
그리고 내가 하늘이 될 것이다!

원한이 하늘에 뻗쳤으니,
그로 인한 분노가 천하를 피로 물들인다.
뉘 있어 그를 막을 수 있을 것인가!
여기! 젊은 절대자가 천하를 향해 발을 딛는다!
오라! 꿈이 있는 자여!

유행이 아닌 자유추구 -
WWW. chungeoram.com

Book Publishing CHUNGEORAM

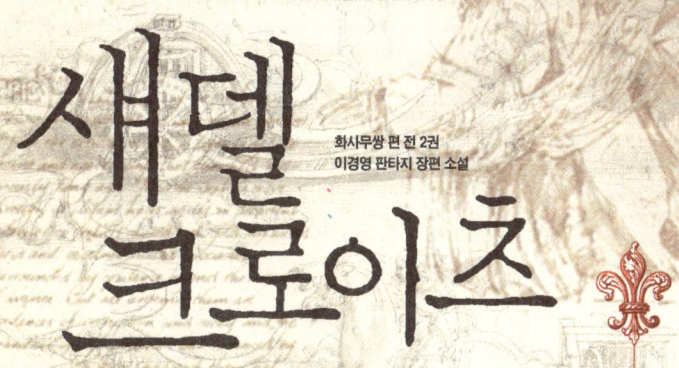

셰델 크로이츠

화사무쌍 편 전 2권
이경영 판타지 장편 소설

『가즈나이트』의 명성과 신화를 넘어설
이경영의 판타지의 새로운 상상력!

자신만의 독특한 세계관을 창조한 작가
이경영의 새로운 도전과 신선한 충격.

바란투로스의 특수부대 셰델 크로이츠의 리더 파렌 콘스탄.
야만족을 돕는 안개술사를 물리치기 위해 아시엔 대륙에서 온
불을 뿜는 요괴 소녀 카샤.
너무나 다른 두 사람이 운명의 길에서 만나다.
친구란 이름으로 시작된 모험, 그 앞에 놓인 난관과 운명의 끈은
어떻게 될 것인지……

"질투가 날 만도 하지.
요괴가 산신령을 엄마로 두는 건 흔한 일이 아니거든.
괜찮다, 파렌. 본좌가 아는 요괴들 전부 본좌를 질투하고 부러워하니까."
소녀는 손에 잔뜩 받은 빗물을 훌쩍 마셨다.
파렌은 그 순수함에 웃음을 흘렸다.
그는 지금까지 자신이 봤던 그녀의 기이한 행동들을 어렴풋이나마 이해할 수 있을 것 같았다.
그렇게 친구가 된 둘은 그 길로 긴 여행을 떠나게 된다.

-본문 중에-

 세상을 보는 또 하나의 창 - inthebook.net
유행이 아닌 자유추구 - chungeoram.net

Book Publishing CHUNGEORAM

학교에서는 가르쳐주지 않는
10대들을 위한 인생수업

작가 : 이빙 | 역자 : 김락준

10대들을 위한 나침반 같은 인생 교과서!
사회 초입에 들어서게 될 청소년들에게 들려주는
100가지 인생 이야기

내 인생의 방향잡기!
여행길에 오르기 전에 접해보자!

100가지 이야기, 100가지 명언

사람은 태어나면서부터 각기 다른 모습으로, 각기 다른 사고로 "인생" 이라는
여행길에 오르게 된다. 내가 지금 서 있는 이 위치에서 그리고 사회라는 공간에서
한 사람의 몫을 당당하게 해낼 수 있는 역량을 키워나가기 위해서는 어떠한 생각을
가지고 있어야 하는 걸까.

늦지 않게 준비하자! 스스로의 마음가짐이 자신의 미래를 결정한다!

설레는 마음으로 떠난 길일지라도 기존에 생각하고 있던 것과는 다르게 흘러가는
사회의 모습에 당혹스럽기도 할 것이다.

그러한 곳에 발을 들여놓기 위해 첫 발걸음을 막 뗀 청소년이라면 학교에서는
미처 배우지 못한 상황에 더욱이 큰 혼란스러움을 느낄 수밖에 없다.
시간이 흐를수록 사회가 한 인간에게 요구하는 것은 다양하고 세밀해지고 있다.
그러한 사회 속에서 자신만이 앞으로 나아가지 못해 제자리걸음을 하게 된다면 어떠할까.
미리 대비를 하지 않는다면 당신 역시 그러한 현상에 빠지는 또 한 명의 사람이 되고 말 것이다.

책장을 넘기는 순간, 책과 당신의 공감대가 형성된다!

적응을 위해 도움이 될 만한
인생의 지혜와 경험, 깨달음이 한가득 담겨있다.
그 속에 담긴 100가지 이야기 그리고 그와 관련된 100가지의 명언은
가슴 깊이 새겨 놓고 되뇌어 보기에 충분하다.

세상을 보는 또 하나의 창 - inthebook.net
유행이 아닌 자유추구 - chungeoram.net

Book Publishing CHUNGEORAM

공부하는 감각의 차이가 자녀의 미래를 결정한다.
이 시대가 필요로 하는 명품 인재 만들기!

Luxury Study habit

명품
공부습관
올바른 습관이 명품 자녀를 만든다
87가지

저자 : 친위
역자 : 오혜령

 똑소리 나는 부모의 똑소리 나는 자녀 교육법!

어린 시절의 습관은 평생을 결정한다.
제대로 바로잡지 못한 나쁜 습관은 자녀의 미래에 검은 그림자를 드리울 수도 있다.
대부분의 부모들은 아이의 잘못된 습관을 발견하면 언성을 높이는 경향이 있다.
하지만 그것이 문제 해결의 방법이 아님을 당신은 이미 알고 있을 것이다.
지금 당신은 적절한 대안을 찾지 못해 힘겨워 하고 있지는 않은가.
내 아이가 명품 인생으로 살아가길 희망하는 부모라면 이 책에 귀를 기울여 보자.

내 아이가 세상의 중심에 우뚝 설 수 있게 하는 방법!

이 책은 잘못된 공부습관과 대인관계 형성 등의 문제 등을
87가지 이야기를 통해 알아보고 그에 걸맞는 올바른 해결책을 제시해주고 있다.
이 한 권의 책을 통해 똑소리 나는 부모가 되어보자.
그리고 내 아이가 최고의 명품으로 거듭날 수 있도록 노력해보자.
이 책은 분명 당신에게 꼭 맞는 효과적인 자녀교육서가 될 것이다.

세상을 보는 또 하나의 창 - **inthebook.net**
유행이 아닌 자유추구 - **chungeoram.net**

Book Publishing CHUNGEORAM

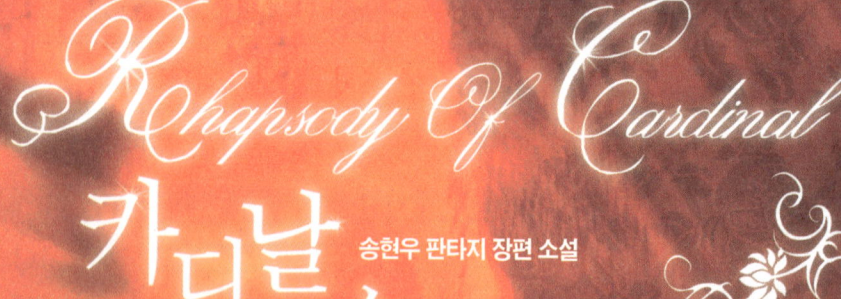

Rhapsody Of Cardinal

카디날 랩소디

송현우 판타지 장편 소설

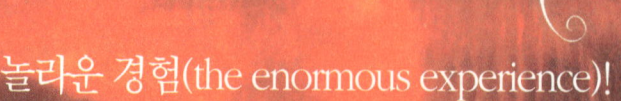

놀라운 경험(the enormous experience)!

He created a completely new world,
It is a place who have never known and where never been able to imagine,
This splendid world will introduce the enormous experience for the
person only who reads,

그 누구에게도 알려진 것이 없으며 상상조차 할 수 없었던 새로운 세계를
작가는 완벽하게 창조해내었다.
이 멋진 세계는 독자들만이 체험할 수 있는 놀라운 경험으로 인도할 것이다.

판타지는 허구다? 아니다. 판타지는 일상이다.
우리의 삶은 연속된 판타지의 연장선상에 놓여 있고,
상상은 우리의 일상을 더욱 살찌운다.
『카디날 랩소디(Rhapsody of Cardinal)』를 경험하는 독자들은
더욱 풍부한 일상 속에서 새로운 삶을 경험할 것이다.
멋진 만남! 흥미로운 경험! 이것이 『카디날 랩소디』가 가진 장점이며,
작가 송현우가 독자들에게 바라는 꿈이다.

세상을 보는 또 하나의 창 - inthebook.net
유행이 아닌 자유추구 - chungeoram.net

Book Publishing CHUNGEORAM